神奇的沐先生

叶紫 —— 著

时代出版传媒股份有限公司
安徽文艺出版社

图书在版编目（CIP）数据

神奇的沐先生/叶紫著.—合肥：安徽文艺出版社，2019.12
ISBN 978-7-5396-6826-0

Ⅰ.①神… Ⅱ.①叶… Ⅲ.①长篇小说－中国－当代 Ⅳ.①I247.5

中国版本图书馆 CIP 数据核字(2019)第 264441 号

神奇的沐先生
SHENQI DE MU XIANSHENG

出 版 人：段晓静	
责任编辑：秦 雯 周 康	装帧设计：主语设计

出版发行：时代出版传媒股份有限公司　www.press-mart.com
　　　　　安徽文艺出版社　www.awpub.com
地　　址：合肥市翡翠路 1118 号　邮政编码：230071
营 销 部：(0551)63533889
印　　制：山东临沂新华印刷物流集团有限责任公司

开本：880×1230　1/32　印张：8.5　字数：240 千字
版次：2019 年 12 月第 1 版　2019 年 12 月第 1 次印刷
定价：38.00 元

（如发现印装质量问题，影响阅读，请与出版社联系调换）

版权所有，侵权必究

目录

第一个故事 被鲜血染红的彼岸花

001 不美好的初遇 / 001

002 奇怪的同事 / 006

003 事有蹊跷 / 011

004 你的声音很好听 / 017

005 不安 / 022

006 被拿走的婚纱照 / 026

007 身边的恶魔 / 031

008 就算死也不能把我们分开 / 035

009 真相显露 / 039

010 生死攸关 / 044

011 法网恢恢 / 048

012 奇妙的缘分 / 053

第二个故事 甜美的毒药

013 逼真的演出 / 061

014 开启工作狂模式 / 066

015 三位嫌疑人 / 071

016 性感女神 / 075

017 讨厌的情敌 / 080

018 八卦的力量 / 085

019 关键性线索 / 090

020 线索又断了 / 095

021 清者自清 / 100

022 美好的夜晚 / 106

023 吃醋了 / 112

024 突破性进展 / 118

025 现在约也不迟 / 125

目录

第三个故事 故人兮魂归

026 无比期待 / 132

027 奇闻 / 137

028 传说中的神秘女人 / 141

029 身上的伤痕 / 147

030 嚣张的气焰 / 154

031 她是与众不同的 / 160

032 假口供 / 167

033 被逼婚了 / 175

034 悲惨的童年 / 180

035 她不是我的妻子 / 184

036 可怜之人必有可恨之处 / 189

037 我愿意 / 194

第四个故事 人偶的世界

038 残忍的凶手 / 202

039 嫉妒得快发狂了 / 207

040 再次无功而返 / 213

041 危险的提议 / 218

042 这下玩大了 / 222

043 遇险 / 229

044 毕生难忘的方式 / 234

045 可怕的生日礼物 / 239

046 获救的希望在自己手中 / 245

047 蛛丝马迹 / 250

048 她一定会平安归来 / 255

049 又将面临新的挑战 / 261

第一个故事

被鲜血染红的彼岸花

001 不美好的初遇

夜幕降临,整座城市被笼罩在色彩斑斓的光影里,看不到星星,也看不到月亮,只有鳞次栉比的高楼和马路上连成一线的车灯,壮观得宛如一条流动的星河。

洛雅宁驾驶着她那辆小巧的甲壳虫轿车混迹在车流中,此时正被堵在一个繁华的十字街口。她看了眼红灯下的倒计时牌,又不安地看了一眼后视镜——一辆白色的路虎车正悄然停在她的车后,车窗玻璃上倒映着霓虹灯闪烁的影子,看不清楚车里坐着的究竟是什么人,只隐约可见是一个男人。洛雅宁有些心绪不宁,因为她发现这辆车已经跟了她很长一段路。她从公寓出来后不久,这辆车似乎就已经出现,刚开始还隔着一段距离,渐渐地就越跟越紧了。

第一个故事

洛雅宁是电视台一档热门节目的主持人，拥有不少忠实的拥趸，热情的粉丝认出她后，常常缠着她签名合影，她已经习以为常。如果换作平时，她或许不会那么紧张，可今天这辆路虎车的主人似乎并不是寻常的粉丝，因为他一直都不急不缓地跟在自己的身后，不甩开，也不靠近，如果是粉丝的话恐怕早就追上来了。

其实这几天洛雅宁一直都有一种奇怪的感觉，她总觉得暗处有一双眼睛在盯着自己。不知是不是女性的直觉，无论是在上下班的路上，还是在工作的地方，她都感觉到有人在窥视自己，可每当她回过头时，那双眼睛又消失了。这种被人暗中窥探的感觉很不好，也让她心中升起一股不祥的预感。

所以，当今晚这辆奇怪的路虎车紧跟着她过了好几条街道后，她觉得这不是巧合。

红灯熄灭，绿灯亮起，洛雅宁还在恍神间，车后响起了不耐烦的喇叭声，她驾车穿过十字街口，直奔电视台。等她拐进电视台门前的露天停车场，再回头一看，果不其然，白色路虎车也跟了进来。

她握住方向盘的手微微颤抖，不知是因为害怕还是愤怒。不过这里是她的地盘，她心中安定了很多，所以，她决定教训一下那个跟踪狂。

她深吸一口气，随后解开安全带冲下车，径直走到那辆白色路虎车前。等对方打开车门，她就一把抓住男人的衣领，狠狠揍了他一拳，直接命中那人的脸颊。男人本能地捂住了脸。

"你为什么跟踪我？"洛雅宁大吼一声。

光线有些暗淡，她只看到对方穿着得体的西服，身材也不错。她解了气，没等对方反应过来便快速跑开了，同时在心中暗爽，无论这个人跟踪自己是出于什么目的，这一拳算是对他的警告，别以为她是个女人就好欺负。

洛雅宁疾步跑进电视台的大楼，因为心情不错，脚步也轻快了很多，一路上有熟悉的同事和她打招呼，她也都热情地回应。在拐进电梯间的时候，她看到电梯门正缓缓合上。

"等一下,等我一下。"她加快脚步,像一头灵巧的小鹿一般噌地一下蹿进电梯,然后动作优雅地按下了自己要去的楼层号。

等电梯门重新合上,她才看清楚同在电梯里的人,那是她的顶头上司——台长大人。

台长此时脸色有些阴沉,他板着脸说道:"你看看你,还是我们电视台的著名主持人呢,在公共场合一点都不端庄稳重,以后怎么上得了大场面?"

洛雅宁吐了吐舌头,难得暴露一次本性,竟然就被台长抓了个正着,不过她心里很清楚台长其实是个面恶心软的小老头,于是温柔一笑,乖巧地说:"对不起,下次我一定会注意的。"

台长这才满意地点了点头,脸上的阴云渐渐散去:"嗯,这还差不多。"

"台长,这大晚上的您还喊我过来录节目,是有重量级的嘉宾吗?"洛雅宁赶紧转移话题。

台长看了她一眼道:"今天的这位嘉宾可是从来不接受媒体采访的,我们也是联系了好几次,他才勉为其难答应下来。所以为了迁就他的时间,只能临时把你叫来了。"

"这么神秘啊?"洛雅宁好奇地问,"是谁?"

台长的嘴角微微上翘,露出一丝微笑。这时,叮的一声响,电梯到达,台长信步走出,洛雅宁也赶紧跟了过去。

"这个人,就是著名编剧沐安澜。"台长有些得意地说出神秘嘉宾的名字。

"沐安澜?"洛雅宁的音调顿时提高了几度,她激动地拉住台长的手,"您说的就是那位最擅长推理的编剧沐安澜?他的每一部电影我都看过,推理逻辑缜密,情节跌宕起伏。他可是被誉为悬疑推理界的天才编剧啊!

我居然可以采访到他？天哪，我太开心了！"

台长见洛雅宁一副小迷妹的模样，有些无奈地摇了摇头："你们这些小女生啊，听到沐安澜的名字就没有不兴奋的。我女儿也是这个样子，迷他迷得要死，刚才还打来电话提醒我不要忘记找他要签名……"

"那当然了，物以稀为贵嘛，现在像他这样兢兢业业写剧本的良心编剧可不多了。而且我听说他本人长得超级帅，台长，是不是真的？"洛雅宁的眼眸亮了起来，显然对沐安澜充满了好奇。

"嗯，这个传言倒是不假。"台长一板一眼地说道，"就算以我这个老头子的眼光来看，我也不得不说，沐安澜的确长得很帅气，就是性格有那么一点儿……"

台长的话还没说完，电梯间传来一阵喧闹的声音，然后就听到节目监制高亢的嗓音回荡在空气中："沐先生，您看这件事情闹的，都是我们的责任。您放心，我们一定会把这个罪魁祸首找出来，给您赔礼道歉……"

台长连忙小声提醒洛雅宁："说曹操曹操就到，沐安澜来了。"

洛雅宁连忙理了理头发，露出最甜美的微笑，回过头去……

只见一位年轻高大的帅哥被众星捧月般地围在中间，他如黑玉一般的头发在灯光的照耀下散发着淡淡的光泽。他眉心微蹙，看起来心情不是很好，黑色的眸子里蕴藏着锐利而冰冷的寒意，像箭一样射向洛雅宁，就连形状姣好的薄唇也紧抿着……

洛雅宁还来不及欣赏沐安澜的"美貌"，就已经被他冷冰冰的样子吓住了。她脸上的表情有些僵硬，挥到空中的手不自在地收了回来。

紧跟在沐安澜身边的节目监制一直在表达歉意，台长急忙问道："怎么回事？"

监制面露难色，小声说道："沐先生在电视台门口被人……被人打了一拳……您看这个……"

洛雅宁一听这话，脑袋轰地一下就大了。她再度打量了沐安澜一番，只见他的眼角有淡粉色的瘀痕，身上的外套也有些熟悉，似乎就是她出手教训的那个"跟踪狂"所穿的颜色和样式，面料良好的触感仿佛还停留在她的指尖……

这下可糟大了，她竟然打了节目嘉宾！这个人还是沐安澜！

沐安澜显然也认出了她。

无奈之下，洛雅宁硬着头皮上前一步，对沐安澜说道："刚才那一拳是我打的，可能是我误会了你，对不起。"

"什么？是你？"监制低声道，"你疯了吗？"

洛雅宁小声辩解道："我从家里出来的时候就感觉有人在跟踪我，而他的车一直跟在我后面，我才会误会的。对不起，可能是我神经过敏，最近总有被人窥视的感觉。"

"不是你神经过敏。"沐安澜淡淡扫了洛雅宁一眼，似乎并没有把这件事情放在心上。

洛雅宁这才发现，沐安澜的冷或许并不是因为生气，而是他生来就是这样的性子，疏离而冷漠。他继续说道："我确实发现有人在跟踪偷拍你，而我们两个人的目的地相同纯属巧合。本来在停车场的时候，我就想告诉你的，没想到刚一下车，你就不分青红皂白地打了我一拳。"

"对、对不起。"洛雅宁连连道歉，但心里原本已经渐渐消失的担忧又重新被放大，她的感觉没有出错，果然有人在跟踪她。

沐安澜似乎看出了她内心的焦虑，说道："我建议你报警，让警察介入调查这件事情。"说罢，他便快步离开了，监制连忙跟上去。

台长见洛雅宁一副心事重重的样子，忙安慰道："没关系的，雅宁，你现在这么红，跟踪你的一定是你的粉丝。"

"台长，我没事。"洛雅宁勉强笑了笑，心里的疑虑却更深了。

台长拍了拍洛雅宁的肩膀："我知道你最近的工作强度大了点，如果你觉得压力太大的话，可以跟我说，我会给你安排假期的。"

"我知道了,谢谢台长。"洛雅宁的情绪有些低落,没心思继续说下去,便借口准备节目离开了。

002 奇怪的同事

洛雅宁主持的是一档很受欢迎的职业访谈节目,会请来各行各业中的翘楚,带领观众了解各行业内不为人知的一面。

沐安澜是洛雅宁梦寐以求的采访对象。

洛雅宁很喜欢看悬疑推理类的小说和电影,尤其是沐安澜担任编剧的电影,她更是一部不落,很是崇拜沐安澜所展现的缜密细致的推理手法。

可今天和沐安澜一起坐在摄像机前,洛雅宁显得有些心不在焉。她明明在录制前就已准备好了访谈内容,可到了真正录制的时候,却不在状态,幸好她经验丰富,又擅长变通,将失误巧妙地掩饰过去了。

这些细小的变化,也许别人看不出来,沐安澜却注意到了。节目录制结束后,他再一次提醒洛雅宁,如果觉得身边有任何不对劲儿的人或事,一定要赶紧报警。

洛雅宁十分感激沐安澜的提醒,觉得他虽然外表冷漠,却是个热心肠的好人。只是她目前毫无证据,不便报警。

送走沐安澜后,洛雅宁拖着疲惫的身体回到办公室。她的办公室兼休息室,和录影棚在同一层楼,十分宽敞,布置得极为温馨,房间里摆满了她喜欢的绿植,以及粉丝寄给她的礼物和信件。她很喜欢这里,每次录完节目,她都要回办公室放松一下,整理节目资料,翻阅邮件。可今天晚上,她第一次觉得这里太大了,大到让人没有一点安全感。

她坐在舒适的沙发上揉了揉太阳穴,可刚闭上眼睛,就感到似乎有一道人影从她面前一晃而过。她忙睁开眼,眼前空荡荡的,什么都没有,可门却是敞开着的。她的心猛地往下一沉,难道自己刚才进来的时候没有关门吗？不可能，她一直都有随手关门的习惯。只是，如果真有人进来，她不应该无所察觉。

也许是这段时间神经绷得太紧，紧张过度导致产生错觉。洛雅宁一边在心里安慰自己，一边起身去关门。她还伸出脑袋朝走廊看了一眼，走廊里有灯，但没有人，夜风吹来，凉飕飕的，她忙缩了缩脖子，紧紧地关上门。这时候，她又觉得屋子里安静得可怕，只有墙上挂钟嘀嗒嘀嗒走动的声响。

她突然注意到存放粉丝礼物的桌上多了几样东西——几个漂亮的毛绒娃娃、一盒包装精美的巧克力，还有一盆香雪兰。

她觉得有些奇怪，她确实很喜欢绿色植物，尤其是香雪兰。可因为工作太忙，没有时间打理，所以她放在办公室里的都是一些易养的花草。就算是台里的同事，也很少有人知道她喜欢香雪兰，怎么会突然有粉丝送这样的一份礼物给她呢？

洛雅宁扫了眼空荡荡的屋子，走过去拿起那盆香雪兰。她这几天在办公室的时候，总觉得有一双眼睛每时每刻都在盯着她。她的换衣间在办公室的一角，可就连换衣服的时候，她都有这种强烈的感觉。

难道有人在她的办公室里安装了摄像头，偷窥她的一举一动？

想到这里，她浑身的汗毛都竖了起来。她小心翼翼地拨开香雪兰的花叶，仔细寻找了一番，没有任何发现，她这才轻轻舒了口气。

就在她收拾东西准备回家时，手机铃声响起，是她的好朋友胡莉亚打来的。她仿佛看到救星一般，一边接电话，一边关掉办公室的灯，大步往外走去。

胡莉亚是洛雅宁最好的朋友，在一家外贸公司从事普通的行政工作，经常会加班。而洛雅宁的工作也让她没有固定的下班时间，所以两人见面时基本上就是约着吃夜宵。

两个姑娘在一家二十四小时营业的面馆一边吃东西一边聊各自的近

况。胡莉亚一如既往地抱怨工作的烦琐，洛雅宁则一脸愁容地说起自己被跟踪的事。

"听上去挺严重的，你的精神好像也差了很多。"胡莉亚推了推眼镜，似乎也察觉到了事情的严重性，露出担忧的神色。

洛雅宁拍了拍脸颊，努力让自己振作精神："我每天都在这种不祥的预感中度过，精神怎么可能会好？我一直怀疑办公室里被人装了摄像头、监听器之类的东西，但没有找到证据。这种感觉实在太糟糕了，如果继续下去的话，我真的要去看心理医生了。"

"谁让你现在是炙手可热的主持界新星呢，有那么多狂热的粉丝喜欢你，保不准就有疯狂的粉丝在暗处盯着你，那你可就危险了，电视剧里不是经常有演吗……"胡莉亚说道，"我还是帮你报警吧？"

"好了，好了，你就不要吓我了。"洛雅宁捂住耳朵，"我不听，我不听。"

胡莉亚担心地拉下她的双手："既然状态不好，就请假休息几天吧，你们台长不都准许你请假了吗？"

看着窗外闪烁的霓虹灯，洛雅宁叹了口气。看来也只能这样了，她决定从明天开始在家好好休息几天，缓解一下紧张的情绪，否则，她根本没办法全身心地投入工作。

第二天是难得的好天气，阳光照耀着大地，天空很是澄澈，微风吹拂着树梢，枝叶随风轻轻摆动。

这是洛雅宁自工作以来第一次请假。她美美地睡了一个懒觉才起床，然后拉开窗帘，让金色的阳光洒满整间卧室。

当她洗漱完毕准备找食物时，发现冰箱里只剩下矿泉水了。前几天工作忙，她根本就没有时间储备食物，都是在外面简单吃点工作餐。现在闲来无事，她正好外出采买食物和日用品。

家门口就有一家超级大卖场，洛雅宁随便穿了件休闲外套，把头发束在脑后就出门了。今天不是周末,人应该不会很多,她可以安安静静地逛一逛,选购想要的东西。

在卖场里转了一圈,她来到售卖鲜花的自选柜台前,鲜花琳琅满目,一走近就有浓郁的花香扑面而来。她想到自家客厅里的花快枯萎了,而自己最近又总是心神不宁,便决定买一束百合,百合的花香有宁神静气的功效。

就在弯腰选花的时候,她突然注意到柜台的玻璃上倒映出一个男人的影子。那男人正目不转睛地盯着她,目光阴沉,让她不寒而栗。

洛雅宁吓得猛地回过头,背后却空空如也,周围只有几个货架,还有一对母子。那位母亲见洛雅宁表情惊恐,生怕吓着自己的孩子,神情疑惑地看了洛雅宁一眼,急急忙忙推着购物车离开了。

难道又是自己的错觉?洛雅宁再也没有心思买花了,只想赶紧离开。她步履匆匆,结果在穿过一排长长的货架时,突然迎面重重地撞上了一辆购物车。

"对不起,对不起……"洛雅宁慌忙道歉,抬起头却不由得笑了。她撞到的不是别人,正是同在电视台工作的同事张相文。

张相文是个沉稳老实的男人,属于放在人堆里不起眼的那种。他比洛雅宁大不了几岁,却显得异常成熟。他在剪辑室工作,两人偶有接触,谈不上熟悉。但洛雅宁今天刚受到惊吓,能看到认识的人,心里的恐慌一下子便消释了很多。

张相文点了点头,微微一笑,似乎有些腼腆和紧张:"没、没事,没想到会在这里遇到你,好巧啊。"

"是啊,我今天请假了。你今天也不用上班吗?"洛雅宁不知道应该和他聊些什么,说话也不敢太过随意,于是没话找话地寒暄。

张相文坦诚地回答道:"是啊,我这几天休年假。"

洛雅宁的购物车已经被塞得满满当当,她便准备就此回家,于是客气

第一个故事

地对张相文邀请道:"我家就在附近,要不要去我家坐一坐,喝杯茶?"

她原本以为以他们二人的熟悉程度,自己客套一下,对方会礼貌地拒绝并且表示感谢,然后各奔东西。可不知道张相文是不是过于实诚,竟然把她的客气当了真,毫不犹豫就答应下来:"那好吧,正好我也可以帮你把东西送回去。"

洛雅宁有些不知所措,然而是她自己发出的邀请,总不能反悔,便只能有些尴尬地推着购物车去收银处付了款,由张相文帮忙拎着大包小包,将她送回家。

回到家,洛雅宁招呼张相文进屋。

屋子里乱糟糟的,她不好意思地收起沙发上的睡衣并挂到浴室里,抱歉道:"家里有点乱,请别介意。我给你沏杯茶吧,谢谢你帮我拎了这么多东西。"

"不客气。"张相文没有拒绝,站在客厅的照片墙前细细欣赏着。

洛雅宁在厨房沏茶,探头张望,发现张相文在看相片,就解释道:"大学的时候我喜欢旅游,经常和朋友一起天南地北地跑,留下了很多照片。工作后虽然也拍过不少,却都不是我喜欢的。"

张相文一张张看过去,看得十分仔细,有时还伸出手细细抚摸相片上的纹理。听洛雅宁这么说,他开口赞道:"那个时候的你,青春、美丽、飞扬……"

这样的赞美洛雅宁听过不少,所以也没有太在意。她把沏好的茶放在茶几上,示意张相文过来坐。

张相文还没有答话,此时洛雅宁放在厨房的手机响了,她说了声"抱歉",便跑到厨房接电话。

电话是台长打来的,他告诉洛雅宁,跟踪她的偷窥狂已经被警察抓住了,让她有时间的话回台里一趟。

这个消息让洛雅宁兴奋不已,搅得她几天几夜睡不好觉的家伙终于落网了，也算是卸下了压在她心头的一块大石。

"台长，谢谢您，我现在就回台里，看看这个偷窥狂究竟是谁。"洛雅宁挂了电话，回过头，发现张相文已经不在客厅里了，"张相文？"

此时，张相文正站在通往卧室和书房的过道处，像是刚从那两个房间里走出来。见状，洛雅宁有些不悦。他在客厅坐坐也就罢了，卧室和书房是很私人的地方，怎么能不经主人的允许就随意进出？

可能看出洛雅宁的不悦，张相文忙解释道："你家里的装修挺别致的，所以进来看看。"

"你喜欢的话，我可以给你设计师的联系方式。"洛雅宁举了举手机说道，"实在抱歉，我有急事要去台里，不能招待你了。你要回台里吗？我可以顺路捎上你。"

张相文闻言，连忙说道："我还在休假，暂时不用回台里。你忙你的事吧，我先走了。"

洛雅宁松了一口气，等张相文离开后，她直奔停车场，赶往电视台。她已经迫不及待地想要知道，究竟是谁一直在她背后搞小动作了。

003 事有蹊跷

台长亲自陪同洛雅宁去派出所见那个被抓住的偷窥狂。

洛雅宁没想到，跟踪她、给她带来困扰的人竟是电视台的清洁工韩彬。在她的印象中，韩彬一直默默无闻地辛勤工作，存在感极低，丝毫不会引起旁人的注意。可此时，韩彬一看到她，就突然像疯了似的扑过来，大喊道："雅宁，我爱你！我是你忠实的粉丝，没有人比我更爱你！"

韩彬差一点就扑到洛雅宁的身上，幸好旁边有两位民警及时拽住他，才没有让他得逞。可他依旧不甘心地对着洛雅宁大喊："雅宁，我爱你！因为爱你才会跟踪你！我想随时随地都能见到你，可在电视台很难遇到你，就

第一个故事

算遇到了,也只能远远地看着你,所以我偷拍了很多你的照片,这样我就能时时刻刻看到你了!"

洛雅宁被吓得连连后退,她虽然见过很多热情的粉丝,却没有见过这么狂热的。韩彬看她的眼神简直像要生吞了她,实在太恐怖了。

民警把还在拼命挣扎的韩彬押走后,一位女民警留下给洛雅宁做笔录。

洛雅宁满腹疑惑,等别人都离开之后,连忙问那位女民警:"你们怎么知道韩彬就是那个在暗处偷窥我的人?"

女民警耐心解释道:"我们收到了匿名举报,随后便查到了韩彬的头上,我们在他的住所里搜到了大量他偷拍你的证据。我们向台长了解情况后,知道你最近正为这件事感到不安,好在人已经抓到了,你不必再担惊受怕了。"

"匿名举报?是谁?"洛雅宁觉得这个人真是自己的救命恩人,得好好感谢一番。

"既然是匿名举报,我们自然也不知道是谁。"女民警显然很喜欢洛雅宁,一直笑眯眯的,"可能也是你的粉丝呢。"

"这样啊……"洛雅宁还是有很多疑惑,"那你们在搜查韩彬住处的时候,除了我的相片之外,有没有看到监视器终端什么的?我最近总觉得有人在监视我的一举一动,在家里或在单位里,我都有这种强烈的感觉。"

女民警摇了摇头:"暂时还没有其他发现。不过洛小姐您放心,我们还会继续跟进调查这件事的,一旦有了新动向,我们会第一时间通知您。"

"谢谢你们抓到了韩彬,让我安心了不少。如果有一天你们知道了匿名举报人是谁,也请告诉我,我想当面说声谢谢。"

"没问题。"女民警完成了笔录,起身和洛雅宁握了握手,"谢谢您的配合。"

"应该的。"抓到了那个躲在暗处的人,洛雅宁此刻心情无比轻松。

事情结束之后,她第一时间打电话约胡莉亚逛街、吃饭、看电影,庆祝她获得"新生"。

"有没有这么夸张啊?"漆黑的影院里,胡莉亚因洛雅宁的开心跟着心情大好。

"当然,你不知道那种被人背后偷窥的感觉,就好像自己随时随地都暴露在危险之中……"洛雅宁正说得起劲儿,电影里突然爆出砰的一声枪响,一名妙龄少女倒在了血泊之中,把她吓了一跳。

胡莉亚咯咯直笑:"谁让你喜欢看沐安澜的电影?那可都是血腥的凶杀案,你不成天疑神疑鬼才怪呢。不过这个沐安澜也的确挺奇怪的,他成天关起门来研究怎么杀人、怎么推理,会不会也有这方面的倾向啊?对了,你前几天不是刚采访过他吗,他是个什么样的人?"

沐安澜的模样突然浮现在洛雅宁的脑海中。

"我觉得,他并不像表面上那样冷漠,他其实是个挺热心的人……"

休息了几天后,洛雅宁便回去工作了。她其实是个闲不住的人,如果让她天天待在家里无所事事的话,才是真的难为她。

更何况,现在没有了心理负担,做什么事都更带劲儿,洛雅宁又满血复活了。她工作状态极佳,接连主持了好几期精彩的节目,一切似乎又恢复了往日的平静。

沐安澜的那一期节目剪辑完毕后,洛雅宁看着节目里自己的表现不是很满意。沐安澜却表现得很好,镜头前的他从容、优雅,说话条理清晰,虽然没有太多笑容,清冷的气质却很吸引人,这种感觉很独特。洛雅宁敢打赌,这期节目播出之后,沐安澜一定会俘获一大群少女的芳心。

洛雅宁让剪辑部的同事拷贝了一份视频文件,带走留作纪念。

离开的时候,她在走廊里遇到了张相文。她礼貌地点头微笑,打了个招呼便与他错身而过。可她不知道,张相文看着她的背影许久许久……

这一天,洛雅宁在节目录制现场妙语如珠,与嘉宾们聊得热火朝天,整档节目在她的带动下气氛轻松而活跃。

节目录制结束后,为了感谢同事们长久以来的配合与支持,洛雅宁邀请大家吃饭、唱歌。她的人缘本来就好,众人纷纷响应。

众人聚在一起开心地边吃边聊,相互敬酒打趣,洛雅宁却发现张相文有些闷闷不乐地坐在角落里,他很少动筷子,也不大和身边的人互动。

张相文本就是一个老实木讷的人,洛雅宁担心冷落了他,就端起酒杯走到他身旁,微微弯下腰,问道:"你怎么了?为什么不和大家一起喝酒聊天呢?"

张相文默默举起酒杯一饮而尽,然后把酒杯放回桌上,继续保持沉默。

洛雅宁讨了个没趣,表情有些讪讪的,她本意是不想冷落任何一个人,却拿张相文毫无办法。

坐在张相文身边的是和洛雅宁一个部门的同事文彦。文彦和洛雅宁年纪相仿,两人比较聊得来,平日里除了工作上的接触,还会聊一些私事,也算是朋友。文彦做事认真,为人诚恳,洛雅宁十分欣赏他,两人一个在台前,一个在幕后,一向配合默契。

只是不知道为什么,就在洛雅宁转身离开的时候,她无意中看到文彦向张相文投去古怪的一瞥。她说不出那眼神意味着什么,似乎不太友善,像是警示,又像是威胁,可他们两人在工作上应该不会有什么矛盾啊。

洛雅宁奇怪地看了文彦一眼,他却若无其事地收回了目光,同身边的人寒暄起来。

唱歌的时候,洛雅宁又发现文彦和张相文虽然坐在一起,但全程毫无交流。洛雅宁感觉得到文彦对张相文的敌意,而张相文看起来呆呆的,似乎什么都不在意。

玩到中途的时候,洛雅宁去洗手间补妆。刚走出包厢,她突然看到在通往洗手间的过道拐角处不起眼的地方，文彦和张相文正在说话。准确地说，是文彦在说，而张相文低着头默不作声。

虽然不知道他们在说些什么，但看两人脸上的表情，应该是一件很严肃的事。洛雅宁有些疑惑，她想了想，便轻手轻脚地往拐角走去，但还是被文彦看到了。

文彦轻轻碰了碰张相文的肩膀。张相文见到洛雅宁，神情有些慌乱，文彦倒是镇定自若。

"你们在聊什么呢？怎么不进去和大家一起唱歌？"洛雅宁问道。

文彦看了张相文一眼，表情颇为不屑："没什么，在聊一点私事。"

见他们不愿说，洛雅宁笑了笑："大家都在等你们一起玩呢，没什么事就赶紧进去吧。"

"好，我们马上回去。"文彦点了点头，双手插在裤兜里，似乎在等张相文先走。张相文识趣得很，先文彦一步离开。

洛雅宁心中奇怪的感觉更强烈了，但又觉得是自己太过敏感多疑，可能因为她太喜欢沐安澜的电影而受到了影响吧。

聚会在热烈愉快的气氛中结束了。第二天，一切如常，洛雅宁也全身心投入新一轮的工作中。

不出洛雅宁所料，沐安澜的那期节目播出之后，收视率直接爆表，很多热心观众纷纷打来电话，希望能够看到更多关于沐安澜的采访和报道，连洛雅宁的人气也跟着水涨船高。

洛雅宁很想知道沐安澜得知这些事之后的反应，可又觉得像他那样的人，应该不太看重名利，否则也不会这么多年都不接受任何人的采访。洛雅宁觉得自己很幸运，至少可以如此近距离地接触到他。

想起那天晚上她不分青红皂白就打了沐安澜，洛雅宁觉得愧疚不已。她一直想找机会向沐安澜当面道歉，而且现在偷窥跟踪她的人也被抓到了，于情于理她都应该给他一个交代。只是沐安澜性格冷淡，她和他又没什么交情，如果贸然拜访，也许会给他留下不好的印象。

正当洛雅宁犹豫不决时，她的手机响了，是文彦打来的。文彦经常会在非工作时间找她讨论工作，她已经习以为常。她随手接起电话，电话刚接通就被挂断了，她再拨回去的时候，已是无人接听。

洛雅宁心中生出一丝疑惑，文彦做事最为严谨认真，不喜欢开玩笑，更不可能长时间不接听电话。

会不会出了什么事？洛雅宁心中不免有些担心。幸好她家与文彦家离得不远，于是她马上赶了过去。

洛雅宁很快就来到文彦所居住的公寓楼，可敲了半天都没人应门，明明她在楼下时看到屋里有灯光。她越发感觉奇怪，既然有人在家，为什么不开门，难道真的出了什么意外？

情急之下，她找来物业的工作人员。物业工作人员听完她的描述，吓了一跳，马上找来备用钥匙为她开门。

打开门，洛雅宁边走边唤道："文彦，你在吗？"

简单清爽的公寓一眼就可以看到头，但洛雅宁找了一圈都没有发现文彦的踪影。屋里空荡荡的，只有灯亮着。

"你确定你朋友真的在家吗？"物业工作人员觉得自己被耍了，满脸的不高兴，"你也看到了，屋里根本就没有人。"

"可是……"

"说不定只是出门的时候忘记关灯了呢？"物业工作人员担心地说道，"既然没人，那我们赶紧离开吧。如果让业主知道我擅自拿备用钥匙开门，恐怕我连工作都要丢了。"

洛雅宁理解他的难处，于是很快退了出去。

回家之后，她越发觉得事情蹊跷，再次拨打文彦的手机号码，可他的手机已经关机了。

004 你的声音很好听

这一夜，洛雅宁睡得不太安稳。

洛雅宁是被丁零零的声音吵醒的。她习惯性地把手伸向闹钟，却发现叫醒她的不是闹铃，而是手机铃声。

她不情不愿地接起电话，不耐烦地道："喂？"

"请问您是洛雅宁小姐吗？"电话那头传来一个男人冷冰冰的声音，听起来有些严肃。

"对，我是洛雅宁，你是？"洛雅宁还不太清醒，但尽量保持着礼貌应对。

"我是市公安局刑警支队的，滨江大道发生了一起刑事案件，需要您协助调查。"

洛雅宁一下子就清醒了，心中涌起了不祥的预感："刑事案件？协助调查？"

"死者是您的同事文彦，希望您能配合我们的调查。"

文彦？洛雅宁差点尖叫出声，她的一颗心怦怦直跳，但她顾不得其他，马上起床，简单梳洗后，立刻赶往公安局。

洛雅宁到达公安局后，一位看起来三十多岁的刑警接待了她。

"洛小姐，您好。我姓张，是刑警支队的队长，刚才就是我给您打的电话。"张支队礼貌地说道。

"张、张队长，您好。"洛雅宁虽然喜欢看悬疑推理小说，但还是第一次遇到这种阵仗，不免有些紧张，"请问究竟发生了什么事？"

张支队简单说道："事情是这样的。今天清晨，我们接到报案，报案人是负责滨江大道卫生的环卫工人，他称在路边垃圾桶旁清理垃圾的时候，发现了一具男尸。经过我们确认，死者正是你们电视台的工作人员文彦。洛小姐,请问您最后一次见到文彦是什么时候?"

"最后一次?"洛雅宁仔细想了想,"应该是昨天上班的时候,可他那时还好好的,并没有什么异常。"

"我们走访了被害者居住的小区,小区物业的工作人员说你昨天晚上找过他,还用备用钥匙给你开了门,你进入过他的房间,结果并没有发现被害者,是这样吗?"

"是的。"洛雅宁正准备向张支队说明这件事,但没有想到他们已经掌握得如此清楚了,"昨天晚上我接到文彦打来的电话,可接通之后他就挂断了,再打过去却没有人接听。我觉得有些奇怪,就去他家找他,后来的事你们都知道了。"

张支队一脸严肃地仔细打量洛雅宁,似乎在斟酌她说的话的可信程度。

洛雅宁有些着急,忙替自己辩解:"张队长,你不会是怀疑我吧?我昨天晚上虽然去找过他,但并没有见到文彦本人啊,我也不知道他去了哪里。这些情况,那个帮忙开门的物业工作人员可以为我做证。"

"洛小姐,我并没有怀疑您的意思。真相究竟是什么,我们一定会查清楚的。"张支队认真地说道。

洛雅宁咽了下口水,虽然昨天晚上她就觉得事有蹊跷,却没想到会发生这样的事。她轻声问道:"我、我可以看一下文彦最后的样子吗?"

"可以,做完笔录之后,我会让人带你去。"张支队虽然表情严肃,却并不是不通人情。

做好笔录后,一位侦查员带着洛雅宁去见文彦最后一面。因为是刑事案件,法医需要准备尸检,查明死亡原因和时间,更要从尸体上寻找有助破案的证据。

面对法医解剖室的大门,洛雅宁有些害怕,她深深吸了口气,为自己做心理建设。

文彦是她的同事,也是她的朋友,他的死让洛雅宁感到震惊和伤心。她实在想不明白，一个有原则，有上进心，也有爱心的人，究竟与旁人结了什么仇、什么怨，竟然落得如此下场。她也不知道，自己是否有勇气面对他死后的样子，只觉得自己有责任，也应该见他最后一面。如果昨天晚上她再坚持一下，再警醒一点，选择报警，是不是就能阻止这一场悲剧的发生？

"洛雅宁？"

一个低沉好听的声音在洛雅宁耳畔响起，打断了她纷乱的思绪。她赶紧回过头，只见她的身后不知何时站了三位男士。

其中两位穿着白大褂的男人，她不认识。而另一位开口叫她的人，竟是沐安澜。

"沐安澜？你怎么在这里？"不知为何，看到沐安澜的瞬间，洛雅宁的心绪突然安定了不少。

"我来看一位朋友，"沐安澜淡淡扫了洛雅宁一眼，"你呢？"

洛雅宁的声音有些喑哑："死者文彦，是我的同事。"

"洛小姐，你好，久仰大名，我是法医何乐。"这位法医看上去并不像洛雅宁想象中那样死板严肃，他朝洛雅宁热情地伸出手，"我就是沐安澜说的那个朋友。"

洛雅宁看了一眼何乐伸过来的手，想到这双手应该触碰过不少尸体，心情有些复杂，但还是礼貌地和他握了一下："给您添麻烦了。"

"这是我的工作。"何乐按动密码锁打开解剖室的门，示意洛雅宁和沐安澜跟他进去。

洛雅宁踌躇了一会儿，想到即将面对文彦冷冰冰的尸体，心里还是有些发怵。

"怎么了？"沐安澜似乎是这里的常客，神色淡定，"害怕的话，就不要进去了。"

何乐从门里探出半个脑袋，冲洛雅宁眨了眨眼："不要害怕，我们对死者应该怀着敬畏之心，帮他查明真相。这样想的话，你就会觉得好多了。"

洛雅宁自然想要查明真相,于是她硬着头皮戴上沐安澜递过来的口罩,跟随他们一起进入解剖室。

解剖室里阴森森的,除了四面白墙,以及屋顶上惨白明亮的灯,便是各种器械。屋子中间摆放着一张解剖台,文彦就躺在这张冰冷的解剖台上。

洛雅宁虽然有些害怕,但当她看到熟悉的同事兼朋友无声无息地躺在那里,心里就涌起了想要找出凶手的强烈信念。

何乐性格开朗,可一开始工作,就变得十分严肃认真。沐安澜是来旁观的,眼睛一眨不眨地盯着何乐的每一个动作。看来他能写出那么多关于法医、凶杀、鉴证内容的剧本,得归功于他的这个法医朋友。

"死亡时间应在昨天晚上十点到零点之间。致死原因是背后的刀伤贯穿心脏大动脉,引起大出血,最终导致各脏器衰竭。尸体上没有发现其他伤口,应该是凶手趁被害人不备从背后袭击,一刀致命。"何乐用手轻轻抚摸文彦身上的伤口,伤口周围的血迹已经凝固,清洗干净后露出一个骇人的刀口,令人触目惊心。他用尺子量了一下刀口,对一旁的侦查员说:"记录一下伤口的长度和深度,稍后做一个倒模,确定凶器的形状。"

侦查员一一记下尸检结果。

"从尸斑的形状和尸体被发现时的姿势来看,尸体被发现的地点并不是第一案发现场。也就是说,被害者是在被人杀死之后,移尸到垃圾桶附近的,所以垃圾桶附近只有滴落的血迹,且很少。"

洛雅宁安静地站在沐安澜身边,仔细聆听何乐所说的话。

"滨江大道刚开发完成,通车还没多久,路两边的监控设备不够完善,凶手之所以大胆地把尸体丢弃在这里,显然是料定警方很难依靠监控追查。"沐安澜摸着下巴推测道,"这应该是一场事先做足了准备工作的有预谋的谋杀案。"

何乐抬起尸体的手部,一边拿着放大镜仔细察看,一边漫不经心地回答沐安澜:"这就不属于我的职责范围了,你可以给出建议,帮专案组确定侦查方向。"

沐安澜没有理会何乐,见他拿着放大镜看了半天,问道:"还有什么发现?"

何乐放下放大镜,拿起指甲刀,小心翼翼地剪下尸体的指甲,放在取证盒里,交给侦查员:"被害人的指甲缝里有一些新鲜的泥垢,可能是遇害倒地时无意间抓到的,拿去化验室化验,确定里面所含的成分,然后对比本市及周边地区的土质,希望可以确定第一现场。"

法医的工作细致而烦琐,尽最大可能给破案提供大量的物证支持,只是这个过程不是谁都可以接受的。何乐和沐安澜那么专注,洛雅宁却忍不住一阵阵地犯恶心,但她还是强忍住不适,生怕打扰到他们的正常工作。

"我要开腔检查死者胃部残留物……"何乐看了洛雅宁一眼,问沐安澜,"你需不需要回避一下?"

沐安澜耸了耸肩,表示不需要。

何乐无奈地指了指洛雅宁:"我知道你是没关系,什么场面都见过。我说的是洛小姐,她可是第一次来这种地方,还是回避一下比较好。"

经好友提醒,沐安澜这才后知后觉地发现洛雅宁脸色苍白。他想了想,接受了何乐的建议,便劝说洛雅宁和他一起出去。

刚出解剖室,洛雅宁就捂着胸口,对着垃圾桶干呕起来。

沐安澜看着洛雅宁难受的样子,有些手足无措。他完全没有安慰人的经验,等洛雅宁终于平复下来,他才默默递过一包纸巾。

"不好意思,我真是太丢人了。不知道你第一次看何法医验尸是什么感觉?"洛雅宁原本以为自己至少可以待到尸检结束,可实际上自己的意志力并没强大到能克服心理障碍。她现在只要一闻到消毒水的味道,就忍不住反胃。

沐安澜看着洛雅宁,平静地回答了她三个字:"没感觉。"

洛雅宁尴尬地笑了笑，觉得沐安澜的古怪冷淡果然名不虚传。

"抱歉，我不太会安慰人。"沐安澜继续说道，"不过你是女孩子，已经很难得了。"说完，他就转身往外走去。

洛雅宁愣了愣，沐安澜的确不太会安慰人，但至少会说抱歉，看来他也并不全像外界所传的那样，冷硬得像块石头。洛雅宁见他渐渐走远，忙追上去："其实我一直想当面对你说声抱歉的，今天正好有机会，能不能让我请你吃个便饭，就当是赔罪了。"

沐安澜停住脚步，看着洛雅宁好看的眼睛，笑了笑："好。"

005 不安

二人来到一家环境优雅的西餐厅。餐厅窗外有一片小小的花园，蔷薇爬满了铁艺栅栏，显得时光静谧，是一个适合吃饭聊天的好地方。

洛雅宁选择这里其实就是想找一个安静的地方和沐安澜聊几句，她觉得沐安澜其实是一个很有趣的人，尽管看上去有些冷漠，可也许只是他不太懂得与人相处罢了。

至少他没有拒绝与自己共进午餐的邀请。

"你有没有看过你的那期节目？反响很好，很多观众写信、打电话到电视台，询问什么时候会再有关于你的访谈。"洛雅宁见沐安澜一脸茫然的样子，惊讶道，"你不会没看吧？"

"没时间看。"沐安澜淡淡道。

洛雅宁问了一个困惑她许久的问题："我知道你从来都不接受媒体的采访，可为什么偏偏答应上我们的节目呢？"

沐安澜抬起头，双手交叉着撑在桌上，一脸认真地说道："因为我觉得你的声音很好听。"

"啊？"洛雅宁正在喝水，惊讶得差点打碎水杯。

沐安澜依旧没有什么表情，只是解释了一下："我之前看过你的节目，主持得很好，声音也很好听，我很喜欢。所以，当你们台长向我发来邀请的时候，我就同意了。"

"原来是这样。"洛雅宁有些害羞，但心里还是涌起小小的得意。

"不过我们合作的那一期，你发挥得有些失常，"沐安澜客观地说道，"你原本可以表现得更好一点。"

洛雅宁嘿嘿笑着："和大神合作，难免紧张。"

此时，服务生端来了他们的午餐。

洛雅宁最爱这里的菲力牛排，可今天看到牛排上浇着的黏糊糊的酱汁，她突然就想到在解剖室的所见所闻，胃里立刻翻腾起来，她忙丢下刀叉，趴在一边干呕。然而她从早晨起来到现在都没吃过东西，吐出来的也只有几口清水罢了。

沐安澜似乎早就预料到她会有如此反应，淡定地再次把纸巾递给她。

洛雅宁冲他摇了摇头："不好意思，我没有胃口了，你自己吃吧。"

沐安澜拿起搭在椅背上的外套，说道："那我也不吃了。你的状态不太好，我送你回家休息吧。"

"送我回家？"洛雅宁愣了一下，难以置信地又问了一遍，"你，送我回家？"

"是啊，"沐安澜耸了耸肩，"或者，你要自己打车回去？"

"不、不，那多谢你了。"既然沐安澜都主动开口要送她回家了，她哪还有拒绝的理由。

早上走得匆忙，洛雅宁的家里乱糟糟的，她赶紧收拾了一下，让沐安澜得以落座，随后走进厨房沏茶。

"不好意思，事发突然，来不及收拾就出门了，让你见笑了。"

沐安澜随意环顾了一下，只见客厅里到处都是毛绒玩具和装饰品，还有一本掉在地上的书。他弯腰捡起，发现那是一本诗集，他露出一丝笑意："看来你的日子过得挺惬意的。"

他笑起来的样子很好看，好像照亮了整个世界，只可惜那笑容来得快去得也快，洛雅宁还没看清楚就消失不见了。

"我就当你是在夸我了。"洛雅宁不希望沐安澜太早离开，拼命地找话题，"对了，你是怎么知道今天发生了命案的？"

"我和何乐在爬山，他突然接到紧急通知让他回局里，我就送他过去。我常去局里，和许多人都很熟悉，也经常参与案件的讨论。"沐安澜见洛雅宁似乎不太相信，又说道，"其实编剧是我的副业，我的主业是犯罪心理学顾问。"

"原来如此。"洛雅宁一脸期待，"那你也会参与这个案件吧？"

"应该会。"沐安澜说得随性，其实内心很想参与这个案件，因为被害人是洛雅宁的同事。他对洛雅宁有好感，是因为他工作压力大，而洛雅宁温婉动听的声音能帮他解压。如今与洛雅宁有了接触之后，他又多了一个喜欢她的理由——她的眼睛，如清泉一般澄澈，一眼就能望到底。

两人相谈甚欢，虽然沐安澜不是一个健谈的人，但洛雅宁觉得和他聊天很有意思，他对很多事物都有独特的见解，言简意赅却信息量巨大，还会时不时来点冷幽默。

临分别的时候，洛雅宁有些依依不舍。幸好今天有沐安澜开解她，否则她一个人回到空寂的家里，还真的会有点害怕。

因为文彦是节目组重要的幕后工作人员，台长决定给节目组放几天假，让大家缓和一下情绪。

洛雅宁的心里一直惴惴不安，仿佛为了印证她的预感，才刚消停了一天的时间，第二天中午过后，她又一次接到了公安局打来的电话——那个跟踪狂韩彬在家里自杀了。

韩彬的家在一个老旧的小区里，这个小区是开放式的，平日里人来人往，警察的突然到来使得看热闹的居民把韩彬家所在的楼房围了个水泄不通。洛雅宁费了很大劲儿才从人群里挤进去，来到韩彬的住处302室。

房子不大，有些局促，屋内乱糟糟的，门和窗户大开着。洛雅宁进去的时候，就闻到了一股刺鼻的煤气味。尽管已经通风换气了，她还是捂住了鼻子："张支队，我来了。"

"死者是开煤气自杀的，可能与你有一些关系，所以请你过来了解一下情况。"张支队一边说，一边护着洛雅宁来到卧室。

韩彬就伏在卧室的电脑桌上，似乎已经死去多时了。

洛雅宁捂着鼻子，小心地走进去。狭小的卧室里比客厅还要凌乱，最显眼的便是靠床的一面墙上贴满了自己的相片，各个时期、各种场合的都有。洛雅宁看到这些相片时心里很不舒服。尸体还在房间里，床头的整面墙上却贴满了她的相片，这种场景实在太过诡异，她怎么可能不害怕？

"队长，这里有死者生前写下的遗书。"一名年轻的侦查员指着电脑上的文档说道。张支队迅速走过去，一目十行地看完电脑上的文字："还真是遗书，可他为什么不用笔写，而是用电脑呢？"

"可能是他的个人习惯吧？"

"你把文档都保存好，打印出来存档，这些都是重要的证物。"张支队吩咐道。

这时，法医何乐也赶到了，在他身边还有一个熟悉的身影——沐安澜。

能够在这里见到沐安澜，那真是太好了。洛雅宁给了他一个微笑，沐安澜也微微点了点头。

何乐一进来就手脚麻利地开始现场勘验，他先用相机记录下尸体最后的样子，然后仔细端详尸体的死状。何乐的神情很是凝重，过了半晌，他弯下腰，轻轻拉了下尸体的胳膊，又掰开尸体的嘴查看口腔内部。

屋子里很安静,所有人都看着何乐的动作。

"发生什么事了?"洛雅宁走到沐安澜身边,忍不住问出声,"难道有什么蹊跷吗?"

沐安澜抱着胳膊,他的声音不大,但在场的每个人都听得真真切切:"韩彬应该不是死于自杀。"

"不是自杀?"张支队问道,"我刚才看过死者留下的遗书,他说因为文彦举报他偷窥洛雅宁,所以一直怀恨在心,前几天一怒之下便杀了文彦。他应该是觉得自己逃不过法律的制裁,所以选择用煤气结束生命。"

洛雅宁连连点头:"对,这话说得过去。"

沐安澜轻轻地摇了摇头,指着韩彬的尸体说道:"但凡煤气中毒而亡的人,都是面色红润,口唇艳红如樱桃的颜色,而且四肢柔软,不会产生尸僵。可你们看死者的死状,没有一点符合煤气中毒的样子。他的脸色灰白,嘴唇微微发青,指甲也有些青涩,并且四肢僵硬,已经产生尸僵,这不符合煤气中毒的形态。"

之前的侦查员抢着说道:"可邻居报警的时候说,闻到韩彬家传出浓烈的煤气味。我们上门后,发现门窗都完好无损,没有打斗过的痕迹,初步看死者身上也没有伤痕。这是怎么回事呢?"

"没有打斗并不代表不是他杀,也许是熟人作案,然后伪装成煤气自杀。"沐安澜镇定自若,似乎对自己的判断很有信心。

何乐这时才直起身子,支持好友的观点:"沐安澜说得没错,韩彬的确不是煤气中毒死的,他是因氰化物中毒身亡。具体的致死毒物还需要做完尸检才能确定。"

006 被拿走的婚纱照

沐安澜在屋里屋外转了一圈,然后闲庭信步地踱回来,说道:"我刚才已经找过了，整个屋子都没有找到装有氰化物的瓶子。卫生间的浴缸里放满了水，虽然已经凉透了，但应该是用来洗澡的，可水是干净的，说明他还没有洗就死了。他的下巴很干净，显然刚刮过胡子。如果他是一个想要自杀的人，一定会把所有事都做完的。"

洛雅宁觉得他的话很有道理，原来仔细观察现场能发现这么多有用的信息，自己刚才怎么就没有注意到呢？

"队长，我在电脑里还发现了一些其他的东西，您过来看一下。"那位侦查员叫了起来，众人纷纷围拢过去。

原来电脑里不只有遗书，还有韩彬和别人在网上的交易记录。交易品便是洛雅宁的照片。在他的电脑里还发现了大量洛雅宁的各式照片，很大一部分都是偷拍的。既然韩彬靠偷拍洛雅宁来赢利，就更找不到他自杀的理由了。

洛雅宁隐约觉得这件事情并不如表面上看到的那么简单。如果韩彬不是自杀，而是被人谋杀的话，她总有种感觉，这件事和自己脱不了干系。她身边的人接连出事，仿佛有片阴云围绕着自己，如影随形。

沐安澜的脸色越发阴沉，他再次仔细地观察这间小小的卧室。突然，他的目光聚焦在墙面洛雅宁的相片上。相片贴得密密麻麻的，但在其中的一角却有一块缺失，那里原来应该是有一张相片的，只是不知为何被人撕掉了。上面有一块新鲜的痕迹，明显是近期才被撕掉的。难道是凶手撕掉的？可如果是凶手撕的，他为什么要这样做呢？那么多相片，他为何只单单撕这一张呢？

"发现了什么吗？"张支队小心地询问。

沐安澜用戴着手套的手摸了摸那块空白的地方："记得查一下，这被撕掉的相片到底是哪一张？"

"好的，我知道了。"张支队点了点头，还想再问得详细一些，手中的电话突然响了。局里传来一个重要的讯息，他们发现了文彦被害的第一现场。

第一个故事

听到这个振奋人心的消息，张支队连忙召集在场警力，留下一部分继续在现场勘查取证以及走访周边群众，剩下的人和他前往文彦案的第一现场。随后他看了沐安澜一眼，沐安澜心领神会，主动说道："我和你一起去。"

"我也想去，"洛雅宁跟着说道，"这件事可能和我有些关系，也许我能帮上忙。"

张支队有些为难："我觉得你还是不要去比较好。"

然而张支队拒绝得并不那么坚定，让洛雅宁有机可乘："我想早点知道真相，否则就算让我待在家里也不会安心的。案子不破，我也没办法安心工作。"

沐安澜轻叹了口气："既然她想去就让她去吧。"

张支队考虑了一下，终于点头答应。洛雅宁便跟在沐安澜身后，和张支队同乘一辆车，一起赶往文彦案的第一现场。

张支队一边开车一边介绍关于文彦案的调查进展情况。文彦指甲缝里的泥垢，被检验分析之后，得知其是一种特殊的胶质土，在本市只有西郊的林场附近才有，于是调查范围便缩小了。另外，侦查组调取了文彦所住小区的监控，发现案发当晚，他是自己一个人出去的，并没有被人胁迫或者挟持。这就说明很可能是凶手把他约出去的，然后杀了他。可惜一路上的监控并不完整，没能追踪到他的行动轨迹。所幸最终发现了第一案发现场，希望能在那里找到有价值的线索。

开车前往西郊林场用了近一个小时的时间，到达的时候，已经是傍晚时分了。远离都市，空气格外新鲜，林场里的树木绵延数里。此时，在夕阳的映照下，林场披上了一层美丽的霞光，微风吹来，树梢掀起层层波浪，很是壮观。

洛雅宁下车的地方正好有一块很大的岩石，她站在石头上眺望着一望无际的林海，心中无限感慨，如此美丽的地方，世外桃源一般的所在，竟然埋藏着不为人知的罪恶，实在是让人觉得遗憾。

"走了，我们可不是来郊游的。"沐安澜拍了拍洛雅宁的肩膀。在他们前面，张支队带着侦查员们已经快步往不远处的案发现场赶了过去。

林木间拉起了一圈警戒线，还有警犬在四处搜寻。洛雅宁心中有点乱，她用手拂了拂被风吹乱的头发，问道："已经接连死了两个人，如果凶手不是韩彬，那他们又是被谁杀死的？"

"我们需要相信的不是感觉，而是事实。证据是不会说谎的，我相信只要是犯罪嫌疑人做过的事情，就会留下痕迹，所以总会破案的，不必担心。"

沐安澜轻描淡写的几句话，顿时让洛雅宁心里踏实了许多。不错，现在想这些有什么用呢？无论凶手是谁，只要他还在这个地球上，就一定会被揪出来绳之以法的。有句话说得好，天网恢恢，疏而不漏，不是吗？

侦查员正在向张支队汇报目前发现的情况。稍早的时候，指挥中心接到护林员的报警电话，说在林子的边缘处发现了大量血迹，多数呈喷溅状。护林员无法确定是人血还是动物的血迹，所以选择报警。除此之外，在林子里还发现了车辙的印迹。前几天刚下过一场雨，外面的泥土虽然已经干了，但林子里地势低洼，积了一些淤泥，加上这里地方偏僻，平时很少有车辆进出，所以车辙的印迹就被清晰地保存了下来。

现场的血迹已经凝固发暗，张支队问现场的痕检员："检验过了吗？有没有确定这血迹是死者的？"

痕检员答道："第一时间就送去DNA检验了，结果刚出来，确定血迹属于死者文彦。而且从现场的出血量以及痕迹分析，可以确定这就是死者的第一遇害现场。"

洛雅宁看着地上那一片触目惊心的血迹，心中难过又疑惑，究竟是谁把文彦骗到这里，然后残忍地杀害了他？

沐安澜正蹲在地上，仔细检查泥土上的车辙印迹。他看了一会儿后站起身来,拍掉手上的尘土,说道:"应该是熟人作案,否则文彦不可能一个人在夜晚跑来这种地方。"

张支队接着他的话说道:"嗯,可以从文彦身边的人开始调查,着重排查同时认识文彦和韩彬的人,三人之间很可能有某种联系。"

"同时认识文彦和韩彬的人可就多了,"洛雅宁说道,"他们两个都是电视台的员工,虽然韩彬只是个清洁工,但认识他的人不少,只是没什么交情罢了,认识文彦的人就更多了。"

"可以缩小排查范围。你仔细看一下这些车辙印,"沐安澜示意张支队朝他手指的方向看去,"这辆车的左前胎齿印更为清晰,应该是刚换过的新轮胎。痕检员已经记录下车辙印的花纹,等确认轮胎型号和车型后,再去汽修店排查最近有没有车辆更换新的车前胎,从这个方向去查或许会有收获。"

这时,张支队的手机又响了起来。他看完短信后对沐安澜说道:"韩彬家墙上丢失的相片已经查出来了,你要看一下吗?"

洛雅宁也听到了张支队的话,她和沐安澜一左一右地凑到张支队身边,看向他的手机屏幕——那是一张洛雅宁身穿婚纱的相片,相片中的她穿一袭白色长纱裙,双手放在胸前,拿着一朵白色的小花,明眸善睐,含羞带怯,确实美丽动人。

何乐也凑过来看了一眼,奇怪地问道:"你不是还没有结婚吗?"

要不是今天突然看到,洛雅宁也快忘记自己还拍过这样的相片了。她仔细回想后说道:"这好像是我去年拍的公益广告宣传照,原本是有一组的,这只是其中一张。"

"不错,很漂亮啊。"何乐看了又看,"不过你好看的相片有很多,凶手唯独拿走这一张是有什么特别意义吗?"

洛雅宁耸了耸肩:"我怎么知道呢?我觉得这就是一张很普通的相片,如果非要说特别的话,应该就是穿了婚纱吧。这是我目前唯一的婚纱照,发行量不大,比较小众,很少有人知道。"

何乐又问沐安澜:"你觉得是什么原因?"

沐安澜神情严肃,他看着手机里的相片,久久没有说话。

007 身边的恶魔

勘查完现场,天色已完全暗下来了。张支队带着何乐和侦查员们回局里开专案会。沐安澜和洛雅宁帮不上忙,所以,送洛雅宁回家的任务便交给了沐安澜。

出租车停在洛雅宁家小区门口。沐安澜原本准备下车送洛雅宁进去,但洛雅宁考虑到他也辛苦了一天,想让他早点回去休息,沐安澜就没有再坚持。他看着洛雅宁走进小区后,便坐出租车离开了。

今晚楼道里格外安静,连一位同行的人都没有,洛雅宁像往常一样走到电梯口,却发现头顶上的灯忽明忽暗地闪烁了起来。前几天这盏灯就快坏了,物业却一直没有派人来修,现在看着特别阴森恐怖。幸好电梯很快就下来了,洛雅宁连忙小跑进电梯,按下楼层号。

回到家后,洛雅宁把所有灯都打开,随后关上窗户,拉上窗帘,这才觉得安全感回来了一些,但还是有些不安心。不知道为什么,现在只要她一个人独处,就会有一种强烈的不安全的感觉,好像自己的一举一动都在被人监视着。而文彦和韩彬的死扑朔迷离,死亡的阴影一直围绕着她,让她快要窒息了。

洛雅宁其实很想打个电话给沐安澜。她觉得和沐安澜说说话也许会放松一些,可平白无故给他打电话,他可能会觉得自己太多事。如此胡思乱想了一会儿,洛雅宁看了看时间,准备去厨房弄点吃的。可简单做完吃食后,她却一点胃口都没有了,于是又把食物通通丢进垃圾桶,然后冲了一杯咖啡。

喝完咖啡,她的头却开始隐隐作痛,她最近的睡眠一直不好,现在太阳穴的痛感就更明显了。她决定什么都不再想,早点上床休息,也许明天醒来就是一个艳阳天。

冲了个热水澡,情绪也放松了一些,洛雅宁换上白色的宽大浴袍,拿起吹风机准备吹干头发。就在这时,门铃响了一下,她放下吹风机,跑过去开门。

这个时间跑来找她的人,十有八九是胡莉亚。胡莉亚工作的地方离她家不远,以前也经常加完班跑来找她一起吃夜宵。她暗暗决定,今晚胡莉亚来了就不让她走了,留在家里给自己做个伴,有个人一起说说话,自己就不会胡思乱想了。

可当洛雅宁打开门,门外却一个人影也没有,没有胡莉亚,也没有其他人。难道是谁在恶作剧吗?

洛雅宁一低头,看到地上放着一束花,她将花拿了起来。花包装得很精美,搭配得却很奇怪,是一大束彼岸花夹杂着红玫瑰。两种花都是火红的颜色,娇艳的玫瑰加上蜿蜒舒展的彼岸花,有一种诡异而艳丽的感觉。花束里有一张小小的信笺,上面用红色的墨水写了一行小字:

你做饭的样子很好看,可是空腹喝咖啡对胃不好。

洛雅宁吓得"啊"的一声尖叫,连忙将手中的花和信笺扔了出去,花束落在雪白的地砖上,散了一地,红得触目惊心。

洛雅宁回头看了眼熟悉的家,总觉得里面像是有要吃人的怪兽一般。这下她终于明白那种如影随形被人跟踪的感觉源于何处,原来她一直都在被监视着,否则这个给她送花的人怎会知道她刚才在厨房里做过饭,又怎会知道她空腹喝咖啡?想到这里,她连屋子也不敢回了,她的腿有些发软,连衣服和手机都没来得及拿,一鼓作气冲向电梯口,按下楼层号,径直来到底层大堂。

奇怪的是,平日里至少还有值守的保安在,可今天晚上大堂里竟然空无一人。洛雅宁不敢逗留,忙又冲出小区,往马路上跑去。她想找人求助,任何她认识的人都可以,去公安局,或者去任何一个她认为安全的地方。

外面突然变了天,乌云密布,在黑暗的天空中翻滚着,树梢被风大力吹动着,眼看一场大雨就要落下来。

洛雅宁顾不上这些,她心慌意乱地沿着马路往胡莉亚公司的方向跑去,一路上不住地回头看一看有没有出租车可以载她一程。

跑了没多久,一辆白色的高尔夫车无声地停在她的身边,车窗被缓缓摇下来,露出一张洛雅宁熟悉的脸,是同事张相文。他探出半个脑袋,疑惑地问道:"雅宁,发生什么事了?你怎么穿这么少就跑出来了?"

此时,洛雅宁看到张相文就像溺水的人抓住了最后一根救命稻草,她忙拉开车门,坐到副驾驶位置,急迫地说道:"快,快去派出所,我要报警。"

"到底怎么了?"张相文锁好车门,看了一眼一脸惶恐的洛雅宁,"你是遇到什么事了吗?"

"我……"洛雅宁紧张地回头看了一眼,生怕身后有人跟上来,"我被人跟踪监视了,现在要去派出所报警,麻烦你送我过去好吗?"

张相文看着车窗外乌云翻滚的天空,轻轻"哦"了一声说:"好吧,我送你过去。"

"谢谢你了,幸好遇到你。"洛雅宁跑得口干舌燥,紧张地系好安全带,还不忘表达自己的感激之情。

张相文重新发动车子,缓缓往前方驶去。车外狂风大作,豆大的雨滴砸下来,落在车玻璃上。而后雨越下越大,在玻璃上汇成一道道水痕,路上的车辆和行人越来越少。雨水就像从天上倾倒下来一般,整个世界变成了白茫茫的一片。

"你是不是还没有吃饭?"张相文一边开车,一边在储物盒里找东西,可只翻出了一瓶咖啡,然后递给洛雅宁,"不好意思,我车上只有这个,要不你先喝点咖啡吧。"

第一个故事

洛雅宁拧开盖子喝了一小口后,觉得味道有点奇怪,便又把盖子拧上了。

"怎么不喝了?"张相文抿了抿双唇,诡异地一笑,"你不是很喜欢喝咖啡吗?之前在家里还喝过一杯呢。"

洛雅宁的心脏猛地一缩:"原来是你!"

"是我,怎么了,为什么这么惊讶呢?还是因为知道原来是我一直在默默地关心你,所以太开心了?"

张相文侧过身看着洛雅宁。他的样子很沉静,可越是这样沉静和面带微笑,在洛雅宁看来越是恐怖至极。她连忙去拉车门,就算车现在还行驶在路上,她也要逃离这个魔鬼。可自从她上车以后,车门就已经被锁住了,这根本是张相文早就计划好的。

"你快放我下去!"洛雅宁大声叫喊,可车外的暴雨遮掩了路人的视线,也淹没了她的呼救声,她拼命拍打车玻璃,却没有丝毫的作用。

张相文竖起一根手指放在唇边,轻轻"嘘"了一声,示意洛雅宁安静:"你不要闹,我会好好待你的,你不知道,我有多喜欢你……"

"你这个变态,快放我下去!"洛雅宁吓得眼泪都要掉下来了。她的脑子飞快转动着,她知道现在这样的情形,呼救已经没有用了,只能想办法自救。她的胳膊肘用力撞击车玻璃,她知道人体最坚硬的地方便是关节,用关节撞破车窗,她还有一丝的希望。

"不要试图反抗,这样做是没有用的。"张相文的脸色阴沉下来,冷冷地盯着洛雅宁。

洛雅宁折腾了一会儿,却渐渐感到头脑昏沉,四肢瘫软无力,眼前的一切都变得不再真切,随后她陷入了昏迷。

张相文看着倒在副驾驶位置上的洛雅宁,露出满意的笑容,他计划了许久,终于可以得到她了,他心中的女神。

008 就算死也不能把我们分开

沐安澜因为要赶稿，所以送洛雅宁回去之后就径直回了家。写完稿子已经是两个小时之后，他看了眼时间，是晚上九点。窗外下起了倾盆大雨，他赶紧起身关紧窗户。

站在窗前望着被雨幕笼罩的世界，不知道为什么，沐安澜突然想起了洛雅宁。她今天回家的时候满脸愁云，应该是因为韩彬和文彦的死而感到害怕，只是自己当时一心想着回家赶稿，所以没太注意，现在想想自己实在有些大意。虽然他们两人才认识不久，但他至少应该安慰一句的。

于是，沐安澜给洛雅宁打了个电话，想问问她的情况。可电话响了许久都没有人接听，他只得暂时放弃，转拨给了何乐。

"何乐，有什么新发现吗？"

"有新发现，我正准备打电话给你呢。"电话那头何乐的声音有些兴奋，"我们查到韩彬的电脑里还有一条被删除的交易记录，就是昨天晚上他遇害之前的。技术部门恢复数据之后，找回了当时的聊天记录，他们约定晚上十二点在韩彬家见面交易。"

"晚上十二点？"沐安澜推测这可能是为了掩人耳目，韩彬所住的小区人员众多，深夜到访的话，邻居们应该都睡了，真有动静也不容易被人发现，"你们查到买家是谁了吗？"

"我们查到了买家的IP地址，大致范围就在电视台附近，也就是洛雅宁工作的地方。"

"电视台附近？"沐安澜的心里一下就涌上了不好的预感。

最后一次和韩彬交易的这个人，很有可能就是杀害文彦并企图栽赃给他的凶手。IP地址在电视台附近，意味着凶手极有可能同文彦和洛雅宁相识。再联想到刚才给洛雅宁打电话没有人接听，沐安澜不由得深深担忧起来。

"是的,还有车辙的痕迹正在做分析,很快就会有结果了……"

何乐还在絮絮叨叨地说着,但沐安澜已经等不及了,他立马挂断电话,抓起桌上的车钥匙就冲了出去。他此时心里七上八下的,要去看一眼洛雅宁才能安心。

沐安澜一走出电梯,就看到洛雅宁家的大门敞开着,里面灯光大亮,门口的地上散落着大朵的彼岸花和红玫瑰,这一切都昭示着大事不妙。他立刻充满戒备地冲进屋,却发现屋里空空如也,哪里还有洛雅宁的影子。

沐安澜环顾整间屋子,任何角落都没有放过,屋里并没有被人强行闯入的痕迹。他走回屋外,捡起那张红色花朵中的信笺仔细看了几遍。信笺虽然是手写的,但应该刻意改变过书写习惯,所以很难断定出自谁的手笔,不过这也印证了沐安澜心中所想——洛雅宁不知所终,一定是落入了犯罪嫌疑人的手中。他马上掏出手机报警,通知侦查员第一时间过来调查取证,时间过去得并不久,希望能够平安地把洛雅宁找回来。

洛雅宁从昏迷中醒来的时候,发现自己正躺在一张陌生的床上,她缓缓坐起,觉得头昏昏沉沉的。床头开着灯,是温暖的橘色灯光,但屋里还是有些暗。她抚摸着疼痛不已的脑袋,看了一下四周,只见这间屋子装饰得极为温馨豪华,头顶是繁复华丽的水晶吊灯,她的身下是一张漂亮的公主床,地上则铺着米色的地毯,每样东西都仿佛经过主人的精心布置。

"我这是在哪里?"洛雅宁努力回想着,终于想起自己昏迷之前看到的是张相文那张笑得诡异的脸。她一个激灵,马上从床上跳了下来。这一跳让她发现,自己身上穿着的已经不是慌慌张张从家里出来时没来得及换下的浴袍,而是一件白色的婚纱。

这究竟是怎么一回事?她忙跑到镜子前打量自己,镜中的自己头发凌乱,婚纱却穿得一丝不苟,而且婚纱很合身,就像是专门为她定做的一样。

她再仔细一看，发现这款婚纱与她之前拍公益广告时穿的那件一模一样，不知道张相文是从哪里弄来的，竟然还趁她昏迷时替她换上了。

张相文就是那个一直在背后监视她、了解她一言一行的人。

洛雅宁没有在屋里看到张相文的身影，不过自己也不想看到他，眼下最重要的还是要赶紧离开这个地方。她顾不得换下身上奇怪的装束，连忙往门口奔去。然而门被人从外面锁上了，她根本无法打开，她用力拍打了几下，无人应答。她折回到窗前，幸好窗户还可以打开。

外面的大雨不知道什么时候已经停了，到处都是湿漉漉的。借着朦胧的月光，可以看清这是一栋房子的二楼，外面有一棵高大且枝叶繁茂的树，可惜离窗口的位置还有些远，要是强行跳过去的话，很可能会直接掉下去。洛雅宁又看向一楼，这里离地面还是太高了一些，她没有把握跳下去后能完好无损，如果扭伤了脚照样跑不了。

就在这时，房门被打开，洛雅宁正跨坐在窗台上，闻声一转头，与张相文四目相对。

张相文穿着正式的西服，打着领结，就像新郎一样。他的相貌原本极普通，但经过如此打扮，倒也显得精神了一些。他见洛雅宁想要逃跑，连忙上前一把将她从窗台上拉了下来。

"你想要干什么？"洛雅宁惊恐地看着他，身子有些瑟缩。她和张相文认识快有两年时间了，一直以为他是个老实木讷又没有什么存在感的人，却没想到他竟然会做出如此丧心病狂的事来。

"我不想干什么，其实有好多次，我都想邀请你到我家来做客。"张相文紧紧拉着洛雅宁的手，不让她挣脱，"你看看，这就是我为你准备的房间，漂不漂亮？我知道你最喜欢这种色调，简单干净，就像沉静优雅的公主一样，你喜欢吗？"

张相文的力气很大，洛雅宁被他反剪住双手，挣脱不了。而张相文此时显得异常兴奋，无比期待地看着洛雅宁，等待她的回答，就像是在一个大人

第一个故事

面前邀宠的孩子,急切地想要得到表扬和肯定。

洛雅宁慢慢冷静下来,她知道惊慌失措是没有用的,这栋房子是张相文的,自己既然被他带来这里,一定无法轻易逃脱,一味反抗只会激怒对方。

"还不错,我挺喜欢的。"洛雅宁喘了口气,假装欣赏屋里的摆设,想要稳住张相文。不过这么一看,她还真发现,屋里的装饰大都是她喜欢的元素,就比如摆放在对面矮柜上的白色花盆,里面种着一株被打理得很好的香雪兰。

"我就知道你一定会喜欢的。既然你喜欢,我们就住在这里好不好?"张相文兴奋得满脸通红,"你知道吗?从第一眼看到你的时候,我就疯狂地爱上了你。你是那样美丽纯洁,就像天使一样美好,只可惜你一直都看不到我,我只能默默注视你,默默爱你。但是现在不一样了,你就在我身边,我终于可以独自拥有你了。"

他的这番话说得发自肺腑,洛雅宁却起了一身鸡皮疙瘩。从高中时代起就不乏追求她的人,他们说过各种甜言蜜语,可没有哪次让她感到如此反感和害怕,她怀疑张相文的精神出了问题,否则不可能有这么大的胆子做出如此丧心病狂的事。

"我知道你的心意了。"洛雅宁又看了一眼窗外,外面完全看不清楚有什么标志性的建筑物,无法判断自己身在何处,"你要我住在这里也行,但我出来得匆忙,没有带换洗的衣物,不如你让我回去拿些衣服,或者去商场买也可以。"

"不用了,我都为你准备好了。"张相文拉着洛雅宁的手,强行把她带到衣柜前。

只见整个衣柜里塞满了衣服,而且都是洛雅宁平日里喜欢的品牌和风格,无论是春天的小外套、夏天的连衣裙、秋天的风衣,还是冬天的大衣,都能在衣柜里找到,还有睡衣和运动服,简直应有尽有。洛雅宁心中越发惊慌，张相文显然是早有预谋。

"你……你打算把我囚禁起来吗？"洛雅宁感到有些绝望，"但很快就会有人发现我失踪，他们会找到我的。"

"那就试试看吧。"张相文的脸色一下子变得阴沉起来，他咬牙切齿地说道，"谁也不能把我们分开，就算是死，我也要和你死在一起。"

这个"死"字让洛雅宁的心狠狠往下一沉，看来她这次是真的遇到大麻烦了。

009 真相显露

市公安局刑警支队的会议室里，灯火彻夜通明。自从接到沐安澜的报警电话后，负责这个案件的张支队便紧急召开专案会。这件事情发生得太突然，侦查员们好不容易才找到一些线索，准备顺藤摸瓜，此时却感觉到了无比沉重的压力。

他们在洛雅宁家中搜到了监控设备，除了客厅和卧室，其他地方都被装上了摄像头，也就是说，洛雅宁的一举一动都在那个人的监视之下。可是，那个人是怎么把摄像设备装进洛雅宁家的呢？

"这个人一定就在洛雅宁身边，有机会接触到她，并且去过她家里。"张支队脸色凝重地说道，"所以我们要从这个方向排查，寻找近几个月和洛雅宁接触频繁的人，她的朋友和同事。"

张支队的话音刚落，沐安澜就补充了一句："只需要查她的同事就好。韩彬电脑里最后交易的那个人的IP地址就在电视台附近，我觉得这不是巧合，杀死韩彬的犯罪嫌疑人很可能就是绑架洛雅宁的人。"

张支队颔首表示同意："派一组人去电视台排查工作人员，其余人继续调查文彦案第一现场的车辙印，确定车型和车牌号。好了，会议就到这里，都去忙吧。"

第一个故事

大家纷纷响应。如今有一条年轻鲜活的生命正处于危险之中，他们必须争分夺秒，才能尽快救回洛雅宁。

洛雅宁身处的别墅已经有些年头了，从外面看一点都不起眼，外墙上爬着一些青苔和藤蔓植物，室内却布置得十分温馨和豪华。当太阳升起后，这栋老旧的别墅，因为有浓荫的包裹而显现出勃勃生机。

洛雅宁一整晚都没有睡着，倒是张相文拥着她躺在床上，睡得很是香甜。太阳升起时他也醒了，侧过身看着洛雅宁，洛雅宁被他的目光看得心中发毛。

"早安，亲爱的，"张相文声音温柔地说道，"你一定饿了吧，我去给你做早餐。"

洛雅宁连忙点了点头，只有张相文离开，她才有机会逃走，至少找到向外界求救的方法。

"我现在需要去楼下做早餐，所以不能让你离开我的视线。"张相文扶起洛雅宁——昨晚睡觉之前，他用绳索把洛雅宁牢牢地捆绑起来，洛雅宁这个时候根本动弹不得，不管什么行动，都要靠他帮忙。

"你能不能解开绳子？我的手好痛。"

洛雅宁可怜兮兮地看着张相文，希望能激起他的一点同情心，但张相文只是心疼地摸了摸她的脸，坚定地摇了摇头："不行，我现在还不能放开你。在结婚之前我都要绑着你，否则你一定会逃走的。"

"结婚？"洛雅宁吓得下巴都要掉下来了。

"是的，我要和你结婚。"张相文又高兴起来，"我昨天晚上就和你说过了，我爱你，从我见到你的第一眼起就决定了，这辈子非你不娶。"

洛雅宁感到好气又好笑，他凭什么说这样的话？又如何认定自己一定会嫁给他？就因为他绑架、威胁了自己，就能够让她就范吗？不，她死也不会同意的。

"我不会嫁给你,我不爱你。"

张相文原本开心的笑脸突然阴沉下来,他从西装口袋里掏出一把折叠匕首,唰地一下打开,用寒光闪闪的尖刃对准洛雅宁的脖颈:"嫁不嫁给我可不是由你说了算的,你不要激怒我,还是乖乖做我的新娘吧。"

洛雅宁感觉到从锋利的刀尖上传来的冰凉,那匕首仿佛随时都会刺穿她的血管。

张相文的态度瞬息万变,前一刻还很温柔,但只要洛雅宁说出他不爱听的话,下一秒他就立刻变得冷酷无情。洛雅宁意识到,张相文现在已经彻底失去理智,什么事情都做得出来,眼下真的不该刺激他。

见洛雅宁低下头,张相文得意地笑了,他喜欢洛雅宁温顺的样子。他抓起她被绑住的手,带她一起走出卧室。

洛雅宁光着脚走在张相文的身后,一步步走下螺旋状的楼梯。木质的楼梯有些斑驳,走在上面能感到楼梯在轻颤。一楼的客厅连着开放式厨房,张相文把洛雅宁安置在餐桌边,将绳子的另一头紧紧拴在桌腿上,然后自己才去厨房忙碌。

洛雅宁现在简直成了待宰的羔羊。不知道有没有人发现她失踪了,如果发现了,他们会如何猜测?恐怕短时间内查不出是张相文所为吧,毕竟他平日里表现得太正常了,一点都不惹眼,连她自己也被骗了。

洛雅宁心想,既然张相文把她绑到这里来,只怕那两起命案也与他脱不了关系,对于一个身上已经背了两条人命的杀人狂来说,哪怕多杀一个,他也不会在乎吧。一瞬间,洛雅宁的脑中闪过许多念头。

此时,张相文把丰盛的早餐端上桌,献宝似的说道:"你试试看,合不合你的胃口。"

洛雅宁哪里还有胃口,她勉强挤出一丝微笑:"看起来很不错,我都看饿了。你快帮我把绳子解开,我就可以吃东西了。"

张相文轻轻摇了摇头:"我说过了,在我们正式结婚之前我不能松开你,如果你逃走了,我就没有新娘了。你放心吧,我不会饿着你的。"他拿起勺子,舀了一勺清粥送到洛雅宁的嘴边,温柔地说道,"我来喂你。"

洛雅宁只觉得一阵恶心,紧咬牙关不松口。张相文固执地把勺子搁在她的嘴边,眼睛一眨不眨地盯着她,眼底涌起几分暴戾的气息。洛雅宁不得已张开嘴,忍住屈辱喝下了那口粥。

"嗯,这样才乖嘛。"笑容又回到张相文的脸上,"吃过饭我带你去楼上看我的房间,那里有我所有的成长足迹,我给你讲我小时候的故事,让你多了解我一些。这栋房子是外祖父留给我的,他最疼爱我,只可惜他几年前去世了。外祖父临终前我答应过他,一定会把孙媳妇带回来给他看,明天就是他的忌日,我要在这一天当着他的面正式迎娶你。乖,先吃完早餐。"

洛雅宁脑子里乱极了,极力压抑住快要崩溃的内心,麻木机械地张开嘴,一口一口喝粥。

一大早,刑警支队便忙得不可开交,张支队将队里所有的刑警分成两组,一组继续调查文彦和韩彬的被害案,另一组由他和沐安澜带领,积极寻找洛雅宁。虽然是分头行动,但这三起案件已经并案调查,因为他们基本可以确定,绑架洛雅宁的人就是文彦和韩彬被害案的犯罪嫌疑人。

张支队和沐安澜前往电视台调查,台长听说洛雅宁被绑架的事情后,吓了一大跳。

"有什么需要我提供帮助的,我一定会尽力配合。雅宁是我们台里非常优秀的主持人之一,也没有听说和谁结过怨,请你们一定要找到绑架她的人,救她回来。"台长很是激动,一把抓住沐安澜的手,"沐先生,你和她合作过,你知道她是什么样的女孩,请一定要救救她,保证她的安全。"

"您先不要激动,"沐安澜推开台长的手,"我们怀疑犯罪嫌疑人就是洛雅宁身边的人,很有可能是她的同事,所以希望您能够提供一份洛雅宁所在节目组的员工名单,我们想知道今天是不是有人未到岗,还要对他们当面进行排查。"

"当然可以。"台长给节目组拨打电话询问情况后，对沐安澜和张支队说道，"我刚才初步问了一下，这档节目和雅宁一起工作的共有十一个人，除了前几天遇害的文彦，还剩下十个人，而这十个人中，今天有一个人没来上班。"

"是谁？"张支队和沐安澜同时警觉地问出声。

"他叫张相文，是个比较老实本分的人，应该不会是他吧？"台长有些疑惑地喃喃道。

沐安澜和张支队互相看了一眼，彼此心照不宣。

"台长，请你把张相文的个人资料都给我。"

台长点了点头，连忙去调阅人事档案。

这时，张支队接了一个电话，听了一会儿后，他转头问台长："我想问一下，张相文是不是有一辆车是白色的高尔夫6？"

"你怎么知道的？"台长有些吃惊地推了推脸上的眼镜，"他确实有一辆白色的高尔夫，平时开着上下班。"

张支队神情凝重地说道："我刚接到队里打来的电话，从文彦案第一案发现场提取到的车辙印属于一辆高尔夫6，我们的人还在进一步排查车主的信息。"

"不用浪费时间再查了，嫌疑人就是张相文。"沐安澜皱紧眉头。

这时候，台长也把张相文的个人资料调了出来，沐安澜马上拨打张相文的手机，但已经关机了。

"我们去他家里。"张支队果断地说道。

沐安澜一刻都不敢耽误，但他心里明白，张相文不会傻到把洛雅宁绑到自己家里等着警察上门，不过只要有万分之一的希望，他们就不会放过，解救人质争分夺秒，他不希望洛雅宁出事。

第一个故事

010 生死攸关

吃完早饭,张相文把洛雅宁带到楼上的另一个房间里。在房间的墙上,洛雅宁看到了张相文外祖父的照片。这是张相文曾经住过的房间,他说这是他心中永远的净土。

房间的陈设很陈旧,地板磨损得相当严重,却打扫得十分干净,无论是床还是衣柜都一尘不染。书架上放着很多书籍,有颇具年代的漫画和小人书。看得出来张相文是一个怀旧的人,不仅把书籍保护得很好,就连他小时候玩的每一个玩具都保存良好。

"我是由外祖父带大的,很长时间以来他是我在这个世界上唯一的亲人,无论是快乐还是悲伤,我都愿意和他分享。他一直住在这里,直到去世的那一天。"张相文珍惜地环顾房间里的每样东西,然后他转过身,看着一袭白纱的洛雅宁,笑了笑,"不过就算他离开了也没有关系,如今在这个世界上还有另一个我爱的和信任的人,那就是你。有你做我的妻子,我这辈子就不会觉得孤单了。"

"可这只是你的一厢情愿而已,你从来都没有问过我的意愿。"洛雅宁小声地说道,"这就是你爱一个人的方式吗?强行占有,你会觉得幸福吗?"

"是的,这就是我幸福的方式。"张相文突然露出阴森恐怖的眼神,"不然呢?你喜欢谁?那个叫沐安澜的男人吗?"

洛雅宁不知他为何会突然提起沐安澜,吓了一跳。

"别以为我不知道你喜欢沐安澜那个小白脸,上次做节目的时候我就已经感觉到了,后来你还让他送你回家,我不能允许除了我之外的男人去你家里!"张相文的脸上写满了嫉妒,"他有什么好的?不过就是会点推理的小把戏,他会来救你吗?不会,最后在你身边的人只能是我。"

"你……"洛雅宁艰难地吞了口口水,无意和他辩驳,只是问道,"你是怎么监视我的?"

张相文冷笑一声,走到一扇拉着的帘子前,突然掀开帘子。只见帘子后面放着好几台监视器,屏幕上的画面除了洛雅宁家的客厅和卧室,还有她的办公室和车内。看到这些,洛雅宁顿觉毛骨悚然,原来这么久以来,她都活在张相文的监视之下。

"现在知道我有多爱你了吧?"张相文觉得洛雅宁的反应有趣极了,他就喜欢看她露出这种表情——担惊受怕,却不得不臣服于自己。此时,监视器的画面里突然出现了一个男人的身影——是沐安澜,他就坐在镜头前,目光炯炯,似乎正透过镜头看着他们。

"沐安澜竟然找到了我家,真是厉害,"张相文诧异地看着画面中熟悉的场景,"我还真是小瞧他了。"

洛雅宁顿时有些激动地往前跨了一步,如果这个监控设备是双向的,她真的想当场向沐安澜呼救。张相文一把拉住她,用力掐住她的胳膊,掐得她生疼。

"张相文,你的罪行已经暴露了,我们很快就会找到你的藏身之处。如果你现在放洛雅宁平安回来,警方会考虑对你从轻发落,但如果你执迷不悟,我们就只有采取强硬手段了。"监视器那头的沐安澜一副胸有成竹的样子,仿佛已经掌握了张相文的动向。

洛雅宁趁机劝道:"他说得有道理,你现在放了我,还有可能回头。"

张相文恶狠狠地瞪了洛雅宁一眼:"你以为这番鬼话就能吓到我吗?如果他知道我在哪儿,早就带警察来抓我了,还会坐在镜头前和我谈判吗?他们永远都找不到我们!就算找到了,有你在我手中,他们也不敢拿我怎么样。所以,雅宁,你还是安心嫁给我吧。"

洛雅宁再也忍受不了,她是一个从来没有遭遇过危险的女孩,现在不仅被一个犯罪嫌疑人绑到这里,还被胁迫嫁给他,她一直伪装出来的坚强和冷静再也无法支撑下去。洛雅宁疯了似的捶打着张相文,还用力往他身上撞,最后趁着他反应不及,掉头往门外冲去,可张相文随手一抓就将她拽了回来。她被狠狠摔在房间的角落里,坚硬的地板撞痛了她,她一时间痛得爬不起来。

"你不要逼我。"张相文抽出匕首逼近洛雅宁,他的声音就像从冰冷的地狱里冒出来似的,让人不寒而栗。

"张相文,我劝你冷静一点。"沐安澜明明看不到他们这边发生的事,却像多长了一双眼睛似的,通过监视器怒斥张相文不理智的行为,"你不是爱她吗?爱她就不要伤害她。"

张相文错愕地回头看了一眼监视器。趁着他分神,洛雅宁强忍着疼痛爬起来,爬到远离张相文的另一个角落,惊恐地蜷缩着身子。张相文刚才分明就是想杀了她,他的眼神告诉她,如果得不到她,他一定会毁掉她。

监视器那头的沐安澜缓和了一下,声音柔和起来:"我知道你喜欢洛雅宁,想和她在一起,想把她占为己有,所以才会做出这些事。但你好好想一想,爱一个人不是自私地占有,这种占有是毫无意义的,你喜欢她的快乐、她的笑容,但你绑架了她以后,这种快乐还会有吗?张相文,你如果真的爱一个人,就应该学会成全和放手。"

沐安澜的怀柔之策似乎一点作用也没有,张相文冷笑一声,直接上前关闭了监视器。

"想找到我吗?不可能!"张相文恶狠狠地对着屏幕啐了一口。

"如果他找到我们,你打算怎么办?"洛雅宁小声问道。

张相文猛地回头,阴狠地回答:"不可能,他们不会找到我们的,没有人知道这里。而且就算他们找到了,也不能把我们分开!"

洛雅宁看着他狰狞的面孔,害怕地往墙角退了又退,她看到张相文的眼中充满了杀机。

"如果他们找到这里,我们就一起去死。总之,明天这个时候我们一定要结婚,活着要结,死了也要成为夫妻,谁也不能把我们分开。"

洛雅宁只能在心中默默祈祷:"沐安澜,你一定要找到这里,发挥你的智慧和推理能力,一定要找到我。"

在这生死攸关的时刻,她发现自己唯一抱有希望的,竟然是这个不算熟悉的男人,自己的性命仿佛维系在这个男人的身上。

在张相文的家中,一屋子的警察在进行地毯式搜索。沐安澜坐在监控摄像头前软硬兼施地对看不见的凶手说了许久,直到张支队给他拿了一瓶水,他才揉了揉有些酸痛的眼睛离开座位。

"怎么样?你这么做有用吗?"张支队见沐安澜满脸愁容,拧开瓶盖将水送到他的面前。

沐安澜重重叹了口气,摇头道:"没有用,但我必须这样做。"

"你不怕激怒他吗?"

"我们还有别的选择吗?说不定张相文已经对人质下手了。我只能尽我所能唤醒他心中最后的一丝良知,但希望不大,否则他也不会用两条人命的代价去喜欢一个人了。"

"真是个变态!"张支队感叹了一句,"也不知道洛小姐现在怎么样了。"

"现在的情况不容乐观,虽然我们掌握了洛雅宁小区内的监控录像,可出去之后就没有详细的影像资料了,运气实在差了一点。"何乐也凑了过来。

"一切只能尽人事,听天命,"沐安澜看了眼手上的腕表,"我们一定要抓紧时间,尽快查出张相文所有的底细。"

"这可难了,"张支队摇了摇头,"张相文从小父母双亡,是个孤儿,平日里也从不和其他人说自己的事情,我们目前能够掌握的关于他的信息实在有限。"

"那也要查,"沐安澜抚了抚太阳穴,"我相信,只要他做过的事,总会留下蛛丝马迹。"

张支队拍了拍沐安澜座椅的椅背，叹了口气："我再去查查。"

何乐等张支队离开后，才低下头在沐安澜的耳边小声说道："我觉得你对这次案件的重视程度超过了以往所有的案件，是不是因为受害人是洛雅宁？"

沐安澜瞪了何乐一眼："都这个时候了，你还有心思开玩笑！"

"我没有开玩笑，我只是说出了内心真实的想法。"何乐有些委屈地扁了扁嘴，"我觉得就算是也很正常啊，这些年你一直没有遇到合适的女孩子。"

沐安澜冲何乐翻了个白眼，实在忍受不了，起身离开。何乐看着他的背影喃喃念叨了一句："不说话就是默认了。唉，洛雅宁，你可千万要平安回来啊。"

011 法网恢恢

沐安澜又在张相文的房间里转了一圈，侦查员已经把有调查价值的东西装进证物袋，一一登记编号。沐安澜发现大多数东西都和洛雅宁有关，无论是相片，还是一些她用过的东西，都被张相文珍藏起来，并标注了日期和来历，可见张相文对洛雅宁的迷恋已经到了丧心病狂的地步。

"有什么发现吗？"张支队问道。

沐安澜从证物中找到一个木质的相框，里面是一张张相文和洛雅宁的结婚照。照片中，张相文西装革履地站在洛雅宁的身边，洛雅宁的表情很自然。沐安澜立刻就想到这是用洛雅宁拍摄的宣传照合成的，那现在基本可以确定，从韩彬家里被抽走的那张照片就是张相文拿走的，因为他需要用它合成他与洛雅宁的结婚照。

张支队从沐安澜的手里接过相框，仔细看了看，说道："这合成技术还不错，如果不是我们事先知道，还真看不出来。你有什么想法吗？"

"张相文在韩彬家中将韩彬杀死,并企图把杀害文彦的罪名嫁祸给韩彬。但当他看到墙上洛雅宁的婚纱照时,十分喜欢,便撕下来带走了,所以才留下这么大的破绽。"

"现在虽然有证据可以逮捕张相文,"张支队又叹了口气,"可我们谁都不知道他现在人在哪里,又把洛雅宁绑到什么地方去了。"

"总会找到的。"沐安澜皱了皱眉,"你说他父母双亡,那他父母是同一时间去世的吗?"

"现在还在对张相文的关系网进行走访,只是听说在他很小的时候父母就去世了,"张支队挠了挠头,"暂时还没有得到其他消息。"

"既然他很小的时候父母就离世了,他总不可能是一个人流浪长大的吧?是在福利院,还是有其他的亲人或者养父母呢?"

正在这时,去电视台走访的侦查员打来电话,说查到张相文还有一位外祖父,几年前因病去世了,这外祖父很疼张相文,张相文也很孝顺他。

"那么张相文的外祖父有没有给他留下房产呢?"沐安澜的脑中骤然窜进一个念头。

张支队低声询问了一句,回答道:"说是有一栋自建的别墅,但只有大致的位置,没有详细地址,要想找到的话,还需要一点时间。"

"那就马上行动吧,只要有百分之一的希望,我们都应该付出百分之百的努力,绝不能轻易放弃。"沐安澜有种强烈的预感,如果张相文绑架了洛雅宁,一定会把她带到自己最亲的人面前。

张支队也意识到了这一点,与沐安澜互看一眼:"快走。"

一天的时间很快就过去了,转眼已是落日西沉。

张相文给洛雅宁做了一桌丰盛的菜肴,他没有多说一句话,只是默默地把菜端上桌子。洛雅宁盯着桌上的饭菜,感觉这就像是她的最后一餐。

"吃吧,过了今晚十二点,我们就是正式的夫妻了。"张相文的声音再

第一个故事

度温柔起来。

洛雅宁别过脸,这时候她怎么可能还有心情和张相文共进晚餐。

"你头发乱了,我帮你梳一下吧,我要你做一个漂亮的新娘。"张相文也不在意洛雅宁的态度,而是拿起一把梳子,站到她身后,替她梳理长发。

洛雅宁的手脚都被绑着,她只能赌气地拱起身体,极力避开张相文的碰触:"你就不要痴心妄想了,我是不可能嫁给你的!我告诉你,他们一定会来救我的!沐安澜既然能查出是你,自然也能查到这里,他马上就会来的。"

"沐安澜"这三个字刺激了张相文,他一把揪住洛雅宁的长发,用力往后拉。洛雅宁被他拉扯着,整个人都扭曲着向后仰去,她皱着眉头,忍住剧痛,从她的角度看去,张相文的脸恐怖又狰狞。

"你倒是提醒我了,"张相文咬着牙,眼神空洞,像是在自言自语,"既然他们已经查到我,那这里就不再是安全的藏身之所了。不过我一点也不担心,因为从头到尾我就没打算让任何人把你救出去,就算是死,你也要死在我的怀里。"

洛雅宁浑身颤抖,张相文的眼中涌上一片血色,他拽着洛雅宁的头发:"你跟我来。"

"我不去,"洛雅宁死命撑住椅子,不肯离开,"我不去!"

"别怕,不会觉得痛的,"张相文温柔地哄她,"我会让你在我的怀里安详幸福地死去。放心,我不会让你一个人走,我会和你一起去另一个世界,永永远远地陪伴你。"

洛雅宁惊恐地大叫:"救命啊,救命啊!"

"你不用白费力气了,不会有人来救你的。"张相文一使劲儿就把洛雅宁拽离椅子,然后将她扛上肩头,带着她往屋外走去。

洛雅宁不停地挣扎,用被捆绑住的双手和双脚用力捶打、踢蹬张相文的前胸和后背,张相文却像不知道疼一样,一点反应都没有。

后院的外墙已经斑驳，院子的角落里有一道铁门，门内有台阶蜿蜒而下，通往一间黑幽幽的地下室。洛雅宁呼救的声音一路凄惨地掠过，然后消失在那扇日久年深、已经被腐蚀得锈迹斑斑的铁门后面。

地下室倒是不大也不深，下了十几级台阶就到了最里面。地下室内光线暗淡，最中央摆着一张铁床，还有一张摇摇欲坠的桌子，头顶的灯一闪一闪的，仿佛马上就会熄灭似的，有些阴森恐怖，空气中弥漫着霉烂腐败的气息。张相文把洛雅宁强行按在床上，用布条绑住她的四肢，让她完全不能动弹。

"雅宁，你乖乖的，"张相文低下头，轻轻吻了下洛雅宁的额头，轻柔得就像在亲吻鲜花的花瓣，"很快就会过去的，你不会感到一丝疼痛。"

意识到死亡的威胁，洛雅宁拼命叫喊，可空荡荡的地下室中只有她凄厉的回声，叫天天不应，叫地地不灵，而张相文也已经对她的喊声充耳不闻了。

"雅宁，你不要害怕，你不知道我有多爱你。为了你，我可以背叛所有人，甚至付出生命。在这个世界上有这样一个爱你的男人，你应该感到幸福才对。"张相文伸出手指放在她的唇间，示意她安静。

可洛雅宁怎么可能冷静，自从被绑架之后，她一直强迫自己冷静，为营救她的人争取时间，所以她尽可能克服内心的恐惧和煎熬，可救援人员迟迟不到。下一刻她就要死在这个阴暗潮湿的地下室了，她的内心终于彻底崩溃了，忍不住放声大哭。

张相文细心地替她理了理散乱的长发，然后走到桌前，一番捣鼓后取出一支已经被注入了药水的针筒。

"不要害怕，这针不会让你感到任何痛苦，打完你就会像睡着了一样。"张相文的声音温柔似水，"然后我会陪你一起，不会让你感到孤独害怕的。"

洛雅宁用力摇头，她想哀求，可已经说不出话来。张相文一步一步逼近她,他抓住洛雅宁雪白的手臂,快速扎进针头,用拇指摁下推筒,缓缓将里面的液体注入她的血管。

洛雅宁眼睁睁地看着自己的身体被注入药水,她努力想要睁大眼睛,可视线开始模糊,她正在逐渐失去意识。

我就要死了吗?洛雅宁悲伤地想着,自己还很年轻,还有很多事情没有尝试过,就要莫名奇妙地死在这里了吗?

别墅门外,警车已悄然靠近。

沐安澜下车的时候隐约听到了呼救声,好像是洛雅宁的声音,可当他竖起耳朵仔细聆听的时候,那声音又消失了。他对洛雅宁的声音很熟悉,所以相信自己的耳朵,当下便说道:"洛雅宁就在里面,用最快的速度强攻!快点,再晚可能就来不及了!"

洛雅宁的声音突然消失,使得沐安澜心中不由得涌起一股强烈的不祥预感,他急切地看向张支队。

在这紧急的关头,张支队立刻按照早已订好的计划吩咐下属分成几组,分别去不同楼层搜寻人质和嫌疑人,一旦有发现,立刻采取行动。

荷枪实弹的警察冲进别墅,沐安澜紧随其后。他站在楼梯口上下张望了一番,见客厅餐桌上还放有冒着热气的饭菜,推测洛雅宁应该是在吃饭时被人强行带走的。

"去后院。"沐安澜突然说道。

原本已经准备上楼的张支队连忙折返回来,带着一队人跟随沐安澜一起冲向后院。一进后院,他们就看到了一扇紧闭的铁门,门内隐约传来人声。

"就是这里了。"张支队二话不说,率领众人破门而入。

然而地下室里的情形让人倒抽一口冷气,张相文已经把手中满满一针管的药水注入洛雅宁的血管里,洛雅宁神情恍惚,眼睛马上就要闭上了。

在最后的迷蒙中，洛雅宁似乎听到了一阵天崩地裂般的破门声，然后恍惚间看到很多警察冲了进来，他们把张相文死死地按在地上。洛雅宁还感到有人影在她眼前晃动，好像是沐安澜，他关切地低下头，声音动听得就像天使一般，只听他问自己："你没事吧？"

怎么可能没事，洛雅宁遗憾地想着，他们终究还是来晚了一步。只是她再也没有机会说出来了，头顶那盏忽明忽暗的灯闪了几下，最后变成一个氤氲的大光球，她彻底失去了意识。

"她怎么样了？"张支队一边关切地问道，一边呼叫救护车。

沐安澜翻了下洛雅宁的眼皮，又探了探她的鼻息，这才松了口气："没事，她应该只是被注射了麻醉类药物，暂时不会有生命危险。"

张支队这才狠狠吐出一口气，抹了把脸上的冷汗："还好还好，这丫头也算是命大。"

沐安澜解开洛雅宁身上的绳子，抱起她往外走，随时准备将她送上救护车。

张支队指挥下属带走张相文，这栋别墅里不知道藏有多少罪恶，好在张相文已经落网，案子很快就能了结，接下来的工作也会轻松不少。

012 奇妙的缘分

洛雅宁醒来的时候，视野内是白茫茫的一片，白色的墙壁、天花板和灯光，空气中有淡淡的消毒水味道，有一瞬间她是茫然的。她已经死了吗？可是死了怎么还会有感觉？难道真的有另一个世界？死去的人都会去另一个世界吗？

"雅宁你醒了，太好了，你可吓死我了。"高亢的声音中还带着些许哭腔。

洛雅宁感觉自己的灵魂又回到了躯壳里，一切慢慢变得真实。这个声音正来自她的好朋友胡莉亚。

"我还活着?"洛雅宁循声看向胡莉亚,结果发现不仅有她,还有沐安澜和张支队,他们见洛雅宁醒来,忙围拢过来。

"张相文不是给我注射了毒药吗?我怎么没有死?"洛雅宁觉得有些奇怪。

沐安澜终于露出如释重负的神情,他抬手调慢点滴,让洛雅宁感觉更舒适一些,随后解释道:"他给你注射的不是毒药,而是麻醉剂,只是剂量有点大,所以你需要再住院观察一段时间。"接着他又低下头,看着洛雅宁手腕上被绳索勒破的地方,现在已经包扎妥当,"手还痛吗?"

洛雅宁现在才感觉到手腕上传来的疼痛,事实上,她还没有从那个阴暗的地下室里回过神来,人虽然躺在医院的病床上,但精神依旧不太好。

张支队开口说道:"我们在地下室里发现了一定剂量的氰化钾。虽然不知道他为什么先对你注射麻醉剂而不是立即使用氰化钾,不过无疑你是幸运的,这条命算是捡回来了。"

洛雅宁躺在床上,双眼无神地盯着天花板,心想,张相文之所以没有让她马上死去,可能是因为他定下的婚期还没有到吧。他说过第二天是他外祖父的忌日,想在那一天让他看到自己的婚礼,也许他在等零点的钟声响起,正是这种执念救了她一命。

想到这里,洛雅宁不由得打了个寒战。她真的不敢再去想这些事情,虽然现在脱险了,但往后很长的一段时间里,她恐怕都会生活在梦魇里,无法摆脱。

"我觉得你应该去看下心理医生,"沐安澜仿佛会读心术似的,看着洛雅宁的眼睛说道,"你要相信一切都已经过去,这只是意外,你需要重新整理自己的人生,不要受到这次事件的影响。"

洛雅宁脸色煞白,微微点了下头,也不知道有没有听进去。

"你就先别回之前的公寓了。"胡莉亚贴心地说道,"我给你找新的住处,这样你才能摆脱过去的阴影。你现在需要的是好好休息,不要想太多。"

张支队看了眼时间,说道:"我要回队里了,还要连夜审问张相文,他的身上可背负着两条人命呢。沐安澜,你跟我一起回去吗?"

沐安澜被点了名,无奈地问道:"什么时候审问也需要我参加了?"

张支队冲他眨了眨眼:"你难道不想知道你推理的细节和张相文的供词有没有出入?我很好奇呢。"

沐安澜对自己的推理很有信心,而且他留在医院也不方便,便和张支队一起离开了。

他们前脚刚走,胡莉亚就花痴地说道:"这个沐安澜真人比在屏幕里更帅气啊,没想到最后是他救了你。"

洛雅宁突然有些感叹,幸好他赶来了,没有晚一步。

沐安澜和张支队回到队里时,审讯工作已经进行了一段时间,可张相文一句话都不肯说。张支队脱下外套,往椅子上一扔,亲自去了审讯室。

张相文呆呆地坐在椅子上,双目空洞无神,见到张支队也毫无反应,只是在视线接触到沐安澜的时候,目光微微闪动了一下。

沐安澜立刻捕捉到了这个眼神,他坐到张相文的对面,缓缓说道:"或许你愿意和我谈一谈?"

一直没有开口说话的张相文轻轻点了点头。

沐安澜让其他人都出去,审讯室里只留下他和张相文两个人,头顶上的摄像头在静静地转动。张支队和另两名刑警退到隔壁的监控室,几个人紧张地看着监控器屏幕里对峙的两个人。

"你后悔吗?"沐安澜突然问道,"我相信你是真心爱洛雅宁的,可那样对她,你后悔吗?"

张相文抬起头看着沐安澜,仿佛不能理解他的意思,过了半晌才捂住自己的脸,用沙哑的嗓音说道:"我后悔为什么给她注射的不是氰化钾而是麻醉剂，那样的话，你们谁都没办法带走她了。她属于我一个人，我不允许任何人觊觎她。"

沐安澜心想，张相文果然已经丧心病狂，无可救药了。

"你为什么杀害文彦？是因为他发现了你的秘密，对吗？"沐安澜继续问道，"他知道你一直在跟踪洛雅宁，所以才警告你、威胁你，甚至想把这件事情告诉洛雅宁，你怕东窗事发才杀了他。或者还有什么别的原因？"

"你说得不错，我杀他的第一个原因就是他发现我一直在跟踪雅宁，而且几次三番地威胁我，说要把这件事告诉雅宁，我不能让他破坏我的计划。当然还有另一个原因，我发现他也喜欢雅宁，一直以工作的名义不断接近她，甚至和她的关系越来越好，两人还成了朋友。我没办法忍受有其他男人在雅宁身边，我担心他总有一天会先我一步夺走雅宁，所以约他去林场，然后杀死了他，再开车抛尸到滨江大道边的垃圾桶里。那种人，最终的归宿只配是垃圾桶。"

"那韩彬呢？你为什么要杀他？"沐安澜双眼炯炯有神地盯着张相文，"难道只是想找一个替死鬼担下杀害文彦的罪名吗？可你根本就不是怕死的人，洛雅宁早就在你的计划之内，你想将她据为己有，甚至杀死她，再陪她上路，都是你早就想好的，不是吗？"

张相文笑了，戴着手铐的手砸在审讯桌上当当作响："你还真是聪明，难怪雅宁那么喜欢你。"他盯着沐安澜的眼睛说，"我的确不怕死，最后还准备和雅宁死在一起。但我不能那么快死，我要等到外祖父的忌日，我要在这天和雅宁结婚，然后带她一起去见我的外祖父。所以我要暂时找一个人替我顶罪，争取时间。那天，我假装要和韩彬线下交易，约在他家中见面。我趁他不注意，在他杯里放入了氰化钾，等他中毒身亡，又将他伪装成自杀的样子，可惜还是被你们看出了端倪。不过对我来说都无所谓了，反正我自始至终的目的都不是他们，只有雅宁才是我最想得到的。"

张相文说这些话时，语气平静得让人觉得匪夷所思，或许没有人能懂他的世界。这种自私的爱,真是谁遇到谁倒霉。

"我已经交代完了,我承认所有的罪行,但我有一个要求,我可以再见她一面吗?"张相文突然哀求道,"我真的想在死之前再见她一面,一面就好,我还有很多话没有和她说。"

都这个时候了,张相文竟然还想再见洛雅宁,沐安澜想都不想就拒绝了:"她现在还在医院接受治疗,我想她这辈子都不愿见你了,你还是死了这条心吧。"

张相文的眼神黯淡下来,他艰难地从口袋中掏出一朵已经枯萎的花,是暗红色的彼岸花。他把花放在手中看了又看,仿佛无比珍爱,随后又把花举起来,送到沐安澜的面前,恳求道:"请你帮我把这朵花送给她好吗?我最爱的彼岸花。"

"为什么喜欢这样一种不吉利的花呢?"

"彼岸花,情不为因果,缘注定生死,也许在我爱上她的那一刻,就注定了我们之间不会有好结果。"张相文叹着气低下了头。

沐安澜接过花,走出了审讯室。

外面的天色渐渐亮起来,又一个不眠之夜过去了。

沐安澜不能理解张相文口中的爱,爱一个人怎么能自私变态到如此地步?不允许任何人觊觎她,固执地把她带到只有自己的世界里,完全不顾及对方的想法。他知道这不是爱,但是爱又是什么呢?沐安澜有些疑惑。爱情让人痴狂,要从哪里寻找无法得到的解脱呢?

刺眼的晨光中,沐安澜把那朵暗红色的彼岸花随手扔在地上,然后迎着光亮往前走去,地上只留下一团暗红如血的花影……

几天后,洛雅宁出院,她听从沐安澜的建议,出院之后便找心理医生咨询和治疗,尽量让自己忘记这段不愉快的经历。但在最初的几个夜晚,她依旧会从噩梦中惊醒,她梦见自己又回到了那个阴暗潮湿的地下室,又梦到了她以为自己快要死去的那几秒钟,她觉得那短短的几秒钟仿佛定格了她的整个人生。

好在经过一个多月的心理治疗,她开始渐渐淡忘。而当张相文的判决结果出来后,她就再也没做过这样的噩梦,那些不愉快的阴影也一点点地从她的生命中被抹去,她的世界里依然充满了阳光。

洛雅宁决定重新回到电视台工作。同事们知道她的遭遇后,对她十分关心,但在看到她依旧像从前一样开朗热情、奋发向上时,也都放下心来。她就是这样的人,全身上下都充满了正能量,总能给人带来惊喜。

那段时间,洛雅宁没有再回到原来的住处,她一直都借住在胡莉亚的家里。一来她的精神状态不适合一人独居;二来胡莉亚有些挑剔,一直没有替她找到合适的房子。直到洛雅宁结束心理治疗后,胡雅丽才为她找到一套单身公寓,一切才算尘埃落定。

新公寓虽然比以前的房子小一点,但布置得更加温馨。每天早上,阳光会穿过玻璃窗洒满整个房间。到了晚上,透过窗户又能把整座城市的灯光尽收眼底。听完胡莉亚的描述,洛雅宁有些迫不及待地想搬过去。

洛雅宁决定在回电视台上班之前入住新家,也算是人生的一个新的开始。胡莉亚因为加班没有时间陪洛雅宁,就把新公寓的钥匙交给她,让她自己一个人过去。

洛雅宁推着一只不大的行李箱,按照胡莉亚告诉她的地址找了过去。这栋公寓每个电梯只有两户人家,她住在走廊的里边,每次进出都要经过隔壁家的门口。

洛雅宁刚打开门还没进屋,就听到身后有开门的声音,她无意中回头一看,却发现沐安澜就站在她身后不远的地方。

沐安澜穿着一套质地很好的灰色家居服,靠在门边抱着双臂看着洛雅宁:"你就是我新搬来的邻居?"

"你住在这里吗?"洛雅宁简直不敢相信自己的眼睛,这个世界未免太小了,租个房子竟然和沐安澜成了邻居。她在心里欢呼雀跃,十分感激胡莉亚的好眼光。

沐安澜点了点头:"我一直住在这里,听说你会搬家,却没想到搬到我隔壁来了。"

"我觉得很不错呢,有你这样的邻居,至少我很有安全感。"洛雅宁发自内心地笑了,"看来我很幸运,每次都能遇到你。对了,上次的事情还没有谢谢你,如果不是你,我现在还不知道会怎么样呢,你是我的救命恩人。"

"我只是做了我应该做的事。"沐安澜看了眼手表,已经快到晚饭时间了,于是邀请道,"你刚搬来,应该没有准备食材吧,不如来我家,我请你吃饭。"

洛雅宁并不是个忸怩作态的人,她本想叫外卖的,但眼下既然有人发出邀请,她便欢快地放下手中的行李,开开心心地走进了沐安澜的家。

洛雅宁兴奋雀跃的模样似乎感染了沐安澜,他的家里已经很久没有这样热闹过了,此刻因为多了洛雅宁,好像一切都变得生机盎然起来。

沐安澜的家里意外地整洁,就连沙发上的靠枕都是规规矩矩地摆放着。洛雅宁想起自己懒散的生活习惯,深深地感到汗颜。而沐安澜的家最大的特点就是书多,无论是天文地理还是其他杂学,简直应有尽有。四面墙有三面设计成了书架,那么多书被分门别类地放置妥当,非常好找,就连洛雅宁这个第一次来的人,都能轻易看懂书的摆放规则。可见沐安澜是一个很有条理的人。

"这么多书你都看过吗?"

"差不多都看过。"沐安澜在厨房准备晚餐,他的动作细致优雅,看他做饭简直是一种享受。

此时洛雅宁对沐安澜的景仰之情,犹如滔滔江水连绵不绝,这一位不仅是学霸,居然还精通烹饪。

第一个故事

"这世界上怎么会有你这样的人?!"洛雅宁摇头感叹。

"如果这是你赞美别人的方式,那我认同好了。"沐安澜难得冷幽默了一次。

沐安澜并不像看上去那么难以相处,可能只是没有找到契合他的点,或者是因为他交朋友的门槛比较高,一般人难以迈入。可一旦迈入他的世界,就会发现他并不像表面上所表现出来的那样无趣。洛雅宁暗暗思忖。

晚饭很快被端上桌,沐安澜开了一瓶红酒,口感很不错,能看出他是个注重生活品质的人。

"其实我很佩服你的勇气,"沐安澜敬了洛雅宁一杯酒,"你和张相文周旋了一天一夜,坚持到了最后一刻,一般人根本做不到。而且你这么快就能从这件事的阴影中走出来,也是一件幸运的事,我见过许多刑事案件的受害人,他们虽然侥幸逃出,但此后一生都无法摆脱当时留下的阴影。"

"彼此彼此,我也佩服你,你明明不是警察,却冲在第一线。那时候我以为自己就要死了,但临死之前能看到有人不顾一切地救我,知道这个世界上还有关心我的人,那就足够了。"洛雅宁笑着看向沐安澜,"我们连生死都一起经历过了,应该算是朋友了吧。"

沐安澜轻轻地抿了抿唇,微微一笑,说:"算是吧。"

他笑起来的样子很好看,给人温暖的感觉。洛雅宁也开心地笑了起来。两只酒杯碰在一起,两人心照不宣地对视了一眼。

窗外是城市的夜空,很静,也很温暖……

第二个故事

甜美的毒药

013 逼真的演出

　　早晨，微风吹在脸上，有一种清凉舒爽的感觉，这是一年中最舒适的季节，街头裙裾飘扬，女孩们都穿得漂亮时尚，成为都市里一道亮丽的风景线。

　　街道两侧，刚被修剪过的高大的行道树散发着好闻清新的气味，洛雅宁摇下车窗，深深地吸了口气，感觉每一个肺叶中都充满了清爽的气息。

　　洛雅宁的车缓缓开到电视台的大门前，门口的保安见到她那辆颜色漂亮的甲壳虫，早早就打开了电动栅栏让她进去。洛雅宁礼貌地微笑回应，把车停在停车场。她刚拉下手刹，准备下车，台长的电话就打了过来。

　　"台长大人，您不用催我，我今天可没有迟到哦。"洛雅宁看了眼手上的精致腕表，嘟着红唇埋怨道，"还有十一分钟才到上班时间呢。"

第二个故事

"哈哈哈,"台长在电话那头大笑着说,"不错,有进步,知道上班不可以迟到了。不过我打电话是想告诉你,节目的时间有所调整,所以你今天可以不用来电视台了。"

"什么?"洛雅宁愤愤不平地拍了拍方向盘,"台长大人,你为什么不早说啊?早知道的话我就窝在家里睡懒觉了。"

"现在回去睡也不迟嘛。"台长忍着笑意说道,"你不是抱怨这几天一直加班,没有时间和朋友聚会吗?今天就给你放个假,出去好好玩一玩吧。好了,什么时候来电视台我再通知你。"

洛雅宁还想再说什么,台长已经当机立断地挂断了电话。

"什么嘛,这么突然哪会有朋友陪我出去玩?"洛雅宁翻了翻手机通讯录,她天天吵着工作太辛苦,可真有假期时,又不想无所事事地赖在家里睡懒觉,那样其实更无聊。

手机屏幕上突然跳出了沐安澜的名字,洛雅宁刚把名字翻过去,可犹豫了一下,又翻了回来。听说沐安澜最近在剧组跟拍他的新电影《甜美的毒药》,不知有没有时间和她见个面。

电话刚响了几声,对方就接听了,洛雅宁没想到他会接得那么快,倒是吓了一跳。

"你好,我是沐安澜。"

"那个……我是洛雅宁,你在忙吗?"洛雅宁开门见山地说道,"我今天放假,没地方可去,想约你一起吃午饭,不知你有没有时间?"

"午饭?"可现在才到吃早饭的时间,沐安澜显然愣了一下,但他很快说道,"不如你来剧组探班吧,你不是一直都想看电影的拍摄现场吗?正好,中午我可以请你吃饭。"

"好啊!"这正是洛雅宁想要的,她赶紧答应下来,开心地说道,"我马上就过去找你。"

沐安澜所在剧组的拍摄地并不远,驱车半小时就能到达。来到摄影棚,洛雅宁对工作人员说明来意,立刻有人认出她,并客客气气地把她迎了进去。

从外面看,这个摄影棚一点都不起眼,进入里面后却别有洞天。洛雅宁并不是第一次造访摄影棚,不过对于沐安澜作品的拍摄现场,她还是充满了好奇心。她很想知道,那些严谨的、无一丝破绽的推理场面是如何被营造出来的。

"洛小姐,沐先生正在忙,您在这里等一会儿吧。"工作人员殷勤地搬来一把椅子,"如果您没有其他事的话,我就先去忙了。"

洛雅宁看了一眼不远处的人群,沐安澜正在给一位女演员讲戏,很认真投入的样子。她忙回过头,对工作人员和善地笑了笑,致谢道:"谢谢你啊,你去忙吧,我就在这里等他。"

工作人员客气了两句便离开了,洛雅宁却没有落座,而是静静地站在那里看着沐安澜和他身边的那位女演员。身为当红的电视台主持人,洛雅宁算半个娱乐圈的人,所以她一眼就认出了李薇薇。

李薇薇是目前风头正劲的小花之一,长相也比较有辨识度,在鱼龙混杂的影视圈中,算是一股清流。

荧幕上的李薇薇看起来清纯可爱,私底下也是古灵精怪的样子,只是在和沐安澜说话的时候,会不由自主地流露出小女儿家独有的娇嗔。她似乎和沐安澜很熟,还时不时拍一拍他的肩膀。然而沐安澜不为所动,手中拿着剧本,面容严肃地给她讲戏。

看来外界关于沐安澜为人冷淡、不喜欢社交、人缘不好的传闻根本是假的,至少他的异性缘好得很。可能因为他长相英俊,气质独特,所以连李薇薇这样的女星都对他青睐有加。

他难道感觉不到李薇薇对他有好感吗?不知为何,洛雅宁心里居然升起一股不舒服的感觉,让她有些不安。她自嘲道,为什么要不舒服?她和沐

第二个故事

安澜不过是普通朋友,他有交朋友的权利,尤其是女性朋友。

这时,沐安澜正好转过身看到了洛雅宁,他的脸上突然就多了一丝笑意,他当即撇下李薇薇,朝着洛雅宁的方向走来。李薇薇的脸上瞬间闪过一丝错愕的表情,随即又恢复了平静。

洛雅宁将一切尽收眼底,她的虚荣心仿佛得到了极大的满足,看来沐安澜对她的重视程度比她想象中还要高。

"我以为你不过是说说而已,没想到你真的来了。"沐安澜的眼中有一丝小惊喜,"不过我还要忙一阵子,没办法陪你。"

"没关系,你忙你的,我就是来看看你工作的地方。"洛雅宁突然觉得今天这个假放得真好,能在这里尽情欣赏沐安澜工作时的样子也是一种享受。

两人正说着话,李薇薇不失时机地走了过来,她一脸笑意地看着洛雅宁,招呼道:"原来是洛小姐,久仰大名,没想到你也认识安澜,你是来探他班的吗?"

洛雅宁觉得李薇薇有点怪怪的,叫自己洛小姐,却故意亲密地喊沐安澜,是为了在自己面前显示她和沐安澜之间的关系比较亲近吗?

"是啊,今天放假,就来看看朋友。"洛雅宁淡淡地看了李薇薇一眼,不失礼貌,又保持着距离。

沐安澜毫无察觉地介绍道:"这是李薇薇,这部电影的女二号。我还有些事要忙,中午才能陪你吃饭。"

"好的。"洛雅宁点了点头,"你去忙吧,我就在这里随意看看。"

"那真是不好意思了。"李薇薇拉着沐安澜说道,"安澜,我们去那边吧,我还有好几个地方不太明白,想好好问问你。"

洛雅宁见李薇薇拉走了沐安澜,突然觉得有些无趣,就在刚才那张椅子上坐下。这个位置人不多,不会阻碍工作人员,又有一个绝佳的视角,可以看到拍摄现场。

听在场的工作人员说,接下来的一场戏很重要,由董航饰演的反派会用一把匕首杀死由张戚童饰演的男主角,此后围绕着男主角之死引发了一系列令人匪夷所思的剧情。

这场戏是整部电影中最重要的部分,就连导演都从显示器前站起来,全神贯注地凝视场中的演员。

"各部门准备就位了吗?演员注意酝酿情绪,我们争取这一条一遍过。"导演最后叮嘱了一句,然后拿起喇叭喊了一声,"Action(意为开始拍摄)!"

现场工作人员大气都不敢喘一声,只见显示器屏幕上,饰演反派的董航一脸横肉,面目狰狞,他的双眸瞪得宛若铜铃,手中拿着匕首,恶狠狠地扑向张戚童饰演的男主角,在对方毫无防备也无力反抗的情况下,把闪着寒光的匕首重重插进了对方的胸膛。

洛雅宁吓了一跳,不自觉地捂住了眼睛。尽管她早有心理准备,知道拍戏都是假的,只是使用了特殊的道具,可眼前这一幕未免太过真实,她的心脏瞬间漏跳了一拍。她不由得在心中感叹着,董航虽然是万年大反派的饰演者,但是很有实力,他饰演的坏人常常会让人信以为真。

当年洛雅宁还在实习期的时候,曾对董航作过一次简短的访问,虽然只有几句短暂的交流,但感觉得到他本人并不像荧幕上那么可怕,荧幕后的董航是一个十分敬业、认真而执着的人。

今天这气势凶猛的一刀让洛雅宁对董航更加敬佩,他的演技确实很好,只可惜他的长相限制他只能演一些穷凶极恶之徒。

张戚童中刀之后瞪大了双眼,难以置信地看着董航,然后一只手捂着胸口的伤,另一只手指着董航,踉跄着往后退了几步,最终倒在了地上。

"Cut(意为拍摄停止)!"导演十分满意,拿着喇叭大声喊道,"两位辛苦了,完美。"

张戚童的助理连忙拿着一条干净的毛巾跑过去,助理知道张戚童最不喜欢这种戏份,黏糊糊的血浆会让他觉得很不舒服,所以想赶紧帮他清理一下。可没有想到的是，张戚童躺在地上一动不动，胸口上还插着那把匕首，鲜血像小溪一样汩汩地流淌出来。

助理忙蹲下身，摇了摇张戚童："张哥，已经拍摄结束了，地上凉，你还是快起来吧。"

张戚童依然躺在地上，纹丝不动。

董航第一个发现张戚童的异常。他蹲在张戚童的身边，小心翼翼地伸手去探张戚童的鼻息，下一秒，他整个人猛地往后一栽，手指着张戚童哆嗦了半天也没能说出一句完整的话来。

"他，他……"

014 开启工作狂模式

大家这才发现情况不对劲儿，导演大步上前仔细查看了一下插在张戚童胸口上的匕首，发现那竟然不是剧组惯用的道具，而是一把实实在在能捅死人的利刃。

"这是怎么回事？"导演一脸惊恐地站起来，手上还沾着鲜血，"张戚童死了！快，快报警！"

现场顿时乱成了一锅粥，谁都没料到，拍戏拍得好好的，竟然会发生这样的事情。

沐安澜第一时间站出来，镇定自若地指挥工作人员保护好现场，不让任何人靠近，也不允许任何人离开现场。

十多分钟后，市刑警支队的张支队带着人赶了过来，警车把摄影棚围了个水泄不通。

张支队见到洛雅宁和沐安澜有些意外，问道："你们怎么在这里？"

洛雅宁耸了耸肩膀，说道："巧合，我是来探沐安澜班的，没想到会遇到这种事情，有什么可以帮忙的吗？"

"我们先勘查现场,你和沐安澜都是重要的目击证人,一会儿有话要问你们。"张支队说完,就率领侦查员们拉起警戒线,进入工作状态。

经过何乐的初步鉴定,张戚童的确是被一刀刺入心脏而亡的,这一刀刺得快且狠,几乎没有任何生还的可能。

董航作为第一嫌疑人,已经被警方控制住并接受现场询问,他坐在椅子上,把头深深埋入手掌中,显得十分懊恼和颓废。

"我真的不知道是怎么回事。我以为这是把特制的道具匕首,导演要求我们一条过,所以我集中精力在表演上,才会下手那么狠。一刀刺进去之后,我觉得手感有些不对,却没有想到匕首是真的。我真的不是有意要杀他,你们要相信我。"

"你是说匕首被换成了真的?"张支队看了眼刚从尸体上取出来的匕首,看起来并不起眼,就是一把再普通不过的匕首,但也确实是可以杀死人的凶器。

道具师很快被找来,起先他的神情疑惑,在听说自己准备的道具杀死了人后,顿时变得十分惶恐。张支队让他查看装在证物袋里的匕首,他便颤颤巍巍地上前接过,仔仔细细地查看起来,随后连连摇头道:"这虽然和我准备的那把道具匕首很像,甚至可以说一模一样,但不是同一把。我准备的那把是经过特别设计的,虽然表面上和普通匕首没什么两样,却有伸缩的功能,触碰人体后刀刃会缩到里面,只会刺穿演员藏在衣服里的血袋,造成流血的假象,怎么可能杀死人?"

"你确定你准备的东西没问题?"张支队目光灼灼地看向道具师,"也许是你记错了,拿错了呢?"

道具师连连喊冤:"我们剧组不可能有真的匕首出现,每次需要用危险道具的时候,我都会事先把道具锁在柜子里,直到拍摄前都不会有人接触到。而且,我取出来的时候还做过检查,绝对不是这一把。"

"我拿到的就是这把,不可能是我动的手脚,"董航也觉得自己很委

第二个故事

屈,"我根本就没有杀人的动机。"

剧组上下下有几百号人,在相对封闭的环境中,凶手很有可能就藏身于他们当中,可这些人都说自己是无辜的。想要从这么多人中找出真正的凶手,不是一件容易的事。

张支队走到沐安澜身边,放低声音说道:"这件事可能又要麻烦你帮忙了,谁让事情是发生在你所在的剧组呢?"随即,他又用玩笑的口吻说道,"你不觉得自己有几分责任吗?"

沐安澜点了点头。

案件目前还毫无头绪,张支队看了眼几名重大嫌疑人,交代侦查员首先处理现场,然后把相关证人都带回去一一做笔录。

洛雅宁见自己帮不上什么忙,只好走到沐安澜的身边。沐安澜突然开口道:"不好意思,不能请你吃午饭了。"

亏他竟然还能想起这种事来。洛雅宁微微一笑,说道:"没关系,忙正事要紧,我可以做你的助手吗?"

沐安澜正往外走,听到洛雅宁的话后停下脚步,点头道:"一起来吧。"

洛雅宁按捺住内心的激动,三步并作两步追了上去,和他一起出了摄影棚。

回到市公安局,张支队开了一个简单的会议,对这次案件作了分析和部署。会上,参与案件的侦查员各抒己见,只有沐安澜没有说话。

"安澜,不妨谈谈你的想法,你认为凶手的动机是什么?"张支队看着若有所思的沐安澜问道。

"根据何乐的初步尸检结果,死亡原因很明显,凶器也无可争议,所以我觉得可以从匕首上寻找突破口。无论凶手是出于什么原因要杀害死者,有一点可以确定,这个人是剧组内部的演员或者工作人员。"沐安澜又拿起桌上的一份痕检鉴定报告,展示给大家看,"这是匕首上的指纹鉴定,报告显示,匕首上只有董航的指纹,也就是说凶手很有可能是在道具师拿出道具匕首后、拍摄前的期间做了调换,并刻意擦掉了指纹。当然,也有可能这件事本就是董航做的。"

可能是一直对董航有好感的缘故,洛雅宁不太相信这是董航所为,她忍不住嘀咕了一句:"我觉得董航根本没有杀死张戚童的动机,他的风评一向很好,和死者也没有任何矛盾和冲突,所以我觉得不可能是他。"

洛雅宁刚说完,所有人的目光都齐刷刷地投向了她,看得她心里发毛。她摸了摸脸,问道:"你们干吗用那样的眼神看我?我就是实话实说嘛。"

沐安澜别过脸,淡淡说道:"破案不能带上个人的主观情绪,也不是你说一句人缘好就可以轻易排除嫌疑的,破案讲究的是证据。"

洛雅宁有些不好意思地理了理头发,意识到是自己太不专业了,于是暗暗告诫自己,以后不要再轻易发表个人看法。

沐安澜放下手中的报告,对张支队说道:"你们继续做笔录、排查被害者关系网,我去寻找有关凶器的讯息,希望可以顺藤摸瓜,找到它的主人。"

张支队知道沐安澜的个性,他破案有自己的条理和思路,于是对他比了个"OK"的手势。

沐安澜正准备离开,突然想起洛雅宁,他顿了顿脚步,发号施令道:"你和我一起去。"

"好啊。"洛雅宁赶紧像个小跟班一样跟在沐安澜身后,走出市公安局。

"我们是要去寻找凶器的来历吗?"洛雅宁坐上沐安澜的车,扣好安全带,问道,"可那把匕首看起来很普通,又没有什么特殊的记号,要去哪里找呢?"

沐安澜一边发动车一边回答:"破案有时候就是大海捞针,明知道很难,可如果什么都不做的话就更找不到线索了。你要是不愿意和我一起去的话,我就送你回去休息吧。"

"不,不,我很有兴趣。啊,不是,我很有耐心。"洛雅宁真的很喜欢看沐安澜讲案子时认真的神情,所以想和他一起查案,好不容易遇到这样的机会,她怎么能轻易放弃呢?

沐安澜的嘴角露出一丝不易察觉的微笑,他踩下油门,车子像离弦的箭一般冲了出去。

沐安澜和洛雅宁走访了整整一天,都没顾上吃饭,也没有发现什么线索,洛雅宁要一起查案的雄心壮志慢慢被消磨殆尽。

沐安澜什么都好,可一旦查起案子来,简直到了不眠不休丧心病狂的地步。洛雅宁说自己饿了,沐安澜却没有抬头看她一眼,只是专心地在售卖刀具的店里一一比对着。

像他这样的做法,就算三天三夜不吃饭、不睡觉恐怕也找不到,可洛雅宁只能认命地跟在他身后,和他一起跑遍市里所有他们知道的店铺,结果还是一无所获。"找了那么多地方都没有找到,我觉得像这样大海捞针还真不是办法。"洛雅宁四肢酸痛,查完最后一家店铺后,她一屁股坐回车里,看着华灯初上的街景,不由得深深叹了口气,然后一脸哀伤地摸了摸自己的肚子,"哎,从早上案发到现在,我就没吃过东西,你也一样,难道真要等到破案后你才会考虑吃饭这件事吗?到那个时候可能受害人又要多出一个哦——那就是我!我好饿啊,都饿得眼冒金星了。"洛雅宁娇嗔道。

"你想吃什么?"沐安澜终于开始重视这个"严峻"的问题,可能是因为他的肚子也开始抗议了吧。

洛雅宁立马来了精神,从座位上噌地一下坐直了身子:"什么都可以,只要能填饱肚子,我不挑食的。"

沐安澜笑了笑:"好吧,那我们回家去吃。"

"回去吃?"洛雅宁又垮下脸来,"在外面随便吃一点不就行了,为什么那么麻烦回去自己做呢?"

015 三位嫌疑人

沐安澜一本正经地回答道:"附近没有合适的餐厅,这个点到别的地方也很难订到位子,你刚才不是说你快饿死了吗?"

沐安澜的话让洛雅宁倍感无奈,这人难道是一根筋,吃饭永远都是几个固定的地方吗?

她推开车门,说道:"我知道附近有家面馆不用订餐,也可以吃到美味的食物。"

沐安澜皱了皱眉,显然对她的话表示怀疑。

"好了,你就听我的吧。"洛雅宁把沐安澜拉下车,拉着他边走边说,"我曾经在这附近勤工俭学,知道有一家特别棒的面馆,保证你吃了会念念不忘。"

沐安澜还是不太相信洛雅宁说的话。

两人来到路边一家小得不能再小的面馆,店里的位子已经全部坐满,店主又在一棵梧桐树下支了几张小桌子,再有客人来就只能露天用餐了。

洛雅宁大大咧咧地坐下,招呼热情的店主送两碗面来,再一抬头,却发现沐安澜站在原地一动不动,于是连忙叫他:"你怎么了?还不坐下?"

坐哪里?沐安澜看了眼快要散架的椅子和油腻腻的桌子,又见洛雅宁一身名牌,却一点不在意简陋的环境,便问道:"你经常来这里吃面吗?"

"就是因为不常来,所以才格外想要回味学生时代的感觉。"洛雅宁拍了拍身边的空位,催促道,"快坐下吧,一个大男人怎么扭扭捏捏的,不就是坐在路边摊吃一碗面吗,难道会有损你的光辉形象?"

沐安澜没有这个意思,不过他的确是第一次来这种地方吃饭。他一个人居住,有时候也会因为工作在外面吃,但他对食物很挑剔,如果不好吃就宁可饿肚子。今天洛雅宁算是给他出了一个难题,可看到洛雅宁一脸开心的样子,他也不忍心让她失望,于是只得硬着头皮坐了下来。

梧桐树已经结果,偶尔有飘下来的绒絮落在两人的肩头。沐安澜有些不耐烦地拂开飘絮,却有一枚悄然落在了他的头上,他没有察觉。

洛雅宁笑着伸出手臂,小心翼翼地从他头发间取走那枚小绒絮。沐安澜的脸上涌现出不自然的神情,好在这时候店主把两碗面条端了上来。

"好香啊,我们开动吧。"洛雅宁欢呼一声,从筷筒中抽出两双筷子,递给沐安澜一双,随后迫不及待地尝了一口,"这真是我吃过的最好吃的面条了。"

沐安澜见她吃得香甜,不由得低头看了眼碗中卖相不怎么样的面条,犹豫着低头咬了一小口。果然,和他想象中差不多,一点都不好吃。

"怎么,不好吃吗?"洛雅宁倒是觉得面条的味道不错,见沐安澜一脸不悦的样子,不由得笑他,"没想到你一个大男人,和小女生一样有挑食的毛病呢。"

沐安澜听她这样说自己,便有些不自在。

洛雅宁却继续说道:"我原本以为你和我一样,只要饿了,吃什么都是香的,不过显然在这一点上我们不是同一个世界的。在我刚开始工作的时候,工作很忙,经常没时间吃饭,能够在工作间隙吃上一口热乎的东西已经是非常幸福的事了,加上我自己又不会做饭,所以对吃的东西向来不怎么挑剔。"

原来是这样,沐安澜见洛雅宁能把一碗面条吃出大餐的感觉,不免有些心疼她。明明是花一样的年纪,洛雅宁却为了事业如此拼命,这是许多年轻人无法做到的。她之所以能有今天的成就,能作为著名主持人活跃在银幕上,深受大家的喜爱,靠的不仅是外表和天赋,也与她自己的努力分不开。

"快吃吧。"一转眼,洛雅宁已经吃掉了大半碗面,可沐安澜才吃了一口,她忙催促道,"我告诉你啊,坐在路边吃东西就是要大口吃才会香。而且你不觉得在这样的季节,坐在大树底下,晚风吹着,你一边吃东西,一边欣赏街景，是一件很放松、很有趣的事情吗？"

沐安澜仿佛受到洛雅宁笑容的感染，查了一天的案子却毫无收获的沮丧感因为有洛雅宁在身边，也没那么强烈了。洛雅宁的笑容似乎有一种魔力，能把所有的疲惫都化为乌有。原本以为她会在张相文带来的阴影里久久缓不过劲儿来，却没想到她拥有如此强大的自愈能力，这么快就进入了新的状态，依旧是原来那个活泼开朗、热爱生活的女孩。

沐安澜学着洛雅宁的样子，大口大口吃起来，感觉面条好像真的可口了许多。

看到沐安澜的转变，洛雅宁心情更加愉悦。她之所以带沐安澜来吃路边摊，其实是因为不想让他回家一个人继续为案件苦恼，没想到他竟然能迁就自己。见他穿着昂贵的西装坐在车水马龙的街边有些格格不入的样子，还真是……

"我其实有点好奇，你的童年是什么样子的？为什么你不爱笑？"沐安澜总是习惯性地深锁眉头，虽然他在洛雅宁的面前笑得比较多，可很多时候还是面无表情或神情严肃。

沐安澜抬起头，疑惑地问道："我不爱笑吗？"

"拜托，你平时都不照镜子的吗？不知道自己经常板着一张冰块脸很吓人吗？"洛雅宁用手推了推自己的脸，做了个鬼脸，"你笑起来的样子很好看，要多笑才行啊，那样才会有更多的朋友愿意亲近你。"

"我不需要朋友。"沐安澜冷冰冰地甩出一句话。

洛雅宁摇了摇头道："居然有人不需要朋友，你这个人还真是奇怪得很。"

话虽如此，她心里却有些小窃喜，至少自己是一个例外，她现在不已经是沐安澜的朋友了吗？洛雅宁突然觉得，身为沐安澜的朋友，她有一种特殊的使命感，她可不允许自己身边的任何一位朋友如此不合群。

"你上学的时候也是这样子吗？你同班同寝室的同学难道也……"洛

第二个故事

雅宁就像一个好奇宝宝,想要挖掘关于沐安澜的一切。

沐安澜却不耐烦地打断她:"你有八卦我的时间,不如好好想想这个案子吧。"

洛雅宁毫不介意他的态度,既然他不喜欢把话题停留在他的身上,也不喜欢对人说自己的事情,那就换个话题好了。

她眨了下眼睛,托着下巴说道:"那好吧,我们聊案子。那关于这个案子,你有什么新的想法吗?万一找不到凶器的出处又该怎么办呢?"

此时,沐安澜已经吃完了碗里的面条,若有所思地看着远处车来车往的马路,来往的车灯一闪一闪的,他轻蹙眉头,缓缓说道:"既然凶手准备了这种凶器,说明作案是早有预谋的。我们之所以找不到同款匕首,很有可能是因为凶器是照着道具的样子定制的。而且道具师说了,没有人能轻易接触到这把道具匕首,只有开拍之前才有机会调换,那么能够接触到道具的人,就有可能是凶手,我觉得有三个人值得怀疑。"

洛雅宁立刻来了精神,她最喜欢听沐安澜分析案情,于是坐直身体,认真地问道:"快说,是哪三个?"

"第一个是这部戏的女主角叶兰溪,她不仅是张戚童的搭档,也是他的女朋友,她自然有机会接触到这把匕首,把它换成真的。同时,她也知道董航拍戏向来十分投入,所以完全可以借董航之手,干掉张戚童。"

"可她有什么理由要杀掉自己的男朋友呢?"洛雅宁觉得有些奇怪。

沐安澜看了她一眼:"如果我知道凶手的杀人动机,还会坐在这里和你讨论被怀疑的对象吗?"

洛雅宁吐了吐舌头:"那第二个能接触到匕首的人,自然就是执刀杀人的董航了。可他这样做的话不是太直接,也太冒险了吗?所有人都会盯着他呀。"

"最冒险,却也是最安全的做法,只是我们也不知道他的作案动机。"沐安澜接着说道,"最后一个有机会接触到凶器的人,就是男二号阮鸣律。"

"阮鸣律？"洛雅宁歪着脑袋想了想，"我记得他，万年男配嘛，演技很好，就是一直没有大红大紫。我听说他和张威童的关系很不错，两人在电影学院的时候就是铁哥们儿，他杀人的可能性应该也不大吧。"

沐安澜没有表态，而是站起身，在桌上放下了一张钞票。

"我们要打道回府了吗？"洛雅宁伸了个懒腰，抱怨道，"忙活了一天，真觉得累了。"

"我还不打算回去，"沐安澜看了眼手表，"时间还早，我想去拜访一下叶兰溪。如果你累了就先回去吧。"

"不，不，我不累，我陪你一起去。"洛雅宁忙跟上沐安澜。这件案子到现在为止还毫无头绪，她很想知道沐安澜会如何找到突破点。

沐安澜没有反对，好像已经习惯了洛雅宁这个小尾巴。

016 性感女神

叶兰溪住得有些偏僻，沐安澜虽然知道地址，可也是第一次去，找了很久才找到。

这里是全市最高档的别墅群之一，坐落在灵山秀水之畔，环境清幽，安保工作做得极好，业主的隐私能得到很好的保护，所以很多当红明星和富商都选择在这里置业。

沐安澜在门卫处登记后，车一路开进小区，道路两边种满了紫色的薰衣草，整齐而芳香浓郁。

沐安澜带着洛雅宁来到一栋别墅前，见里面灯火通明，便上前按响了门铃。

门很快被打开，温暖而明亮的灯光从屋里透出来，沐安澜和洛雅宁却被前来开门的叶兰溪的穿着打扮吓了一跳。

第二个故事

虽然在自己家里穿着睡衣是很正常的事,可叶兰溪身上那件丝绸的吊带睡衣未免太性感了一点。叶兰溪在屏幕上原本走的就是成熟性感的路线,她身材高挑,一双大长腿又白又直,一头卷曲的长发散落在胸前,半遮掩住胸前的大片春光,脸上的妆容依旧精致,举手投足间既慵懒又充满风情,但神情中透着一种淡淡的无法形容的疲惫。

洛雅宁觉得有些尴尬,而沐安澜虽然强自镇定,但还是有些不自然地别开了脸。

"原来是沐大编剧,没想到您会大驾光临,两位请进。"叶兰溪一点也不觉得尴尬,热情地邀请他们进屋,又随手从衣架上抓了一件灰色的外衫披在身上,遮住了性感的身躯。见此,洛雅宁和沐安澜才松了口气。

叶兰溪不愧是性感女神,举手投足间风情万种,同她相比,洛雅宁简直就是一个清汤挂面、毫无女人味的火柴女孩。洛雅宁悄悄看了眼自己平坦的胸部,心想人比人还真是气死人啊。

屋子很大,也很整洁,从装修风格看,叶兰溪的品位不俗,低调而奢华,还透着温馨的气息。客厅里开着音响,天籁般的音乐缓缓流淌,让人觉得放松而舒适。

"请坐吧。"叶兰溪看了洛雅宁一眼,"没想到洛小姐也会光临寒舍,您和沐编剧是……"

"我们是朋友,"洛雅宁抢先开口,礼貌地说道,"冒昧打扰了。"

"怎么会呢?我一个人住本来就很寂寞,现在有人来陪我聊天,我求之不得呢。"叶兰溪关掉音乐,随后从厨房里端出两杯咖啡放到茶几上,坐到了洛雅宁和沐安澜的对面。

沐安澜自进屋后就一直没有说话,而是默默地打量着叶兰溪,见她慵懒地用手支住了额头,不由得关切地问道:"你是哪里不舒服吗?"

"我做梦都没有想到,戚童竟然就这样死了,"叶兰溪满脸愁容,用纤长的手指揉了揉太阳穴,"我到现在都不愿意接受这个现实,希望这不过是场噩梦。"

"谁都不想发生这样的事，请节哀，叶小姐。"洛雅宁忍不住安慰道。可看叶兰溪的样子，脸上虽然有愁容和倦意，却没有预料中的伤心，她的眼睛里并没有伤心欲绝的神色。相爱至深的人突然去世，她难道就没有一点感觉吗？

叶兰溪轻轻摇了摇头，道："前几天我们还在商量等这部戏杀青后就去国外度假，可现在一切都成了泡影，他永远都不能陪我去了。"

"冒昧问一下，你和张戚童是怎么认识的？"沐安澜突然问道，"我知道你们是娱乐圈公认的金童玉女，所以对你们的事很感兴趣，如果可以的话，你愿意给我们讲一讲吗？"

叶兰溪深深叹了口气，拿起桌上的一包烟递到沐安澜面前。沐安澜轻轻摇头，示意自己不吸烟，叶兰溪便从烟盒里抽出一支，点燃后自己吸了一口，又慢悠悠地吐出烟圈。

烟雾缭绕中的叶兰溪仿佛陷入了回忆。

"和他认识的时候我才刚出道不久，只是一个小模特，我们一起合拍了一个广告。我觉得他为人幽默成熟，对女孩子温柔绅士，他也喜欢和我聊天，后来又有几次合作的机会，应该还是挺有缘分的吧，就决定在一起了。虽然相恋才一年时间，但我们的感情非常好，他很细心，对我也很体贴。前几天我才说最近工作有些累，觉得压力大，他就说等这部戏拍完，就陪我去国外走一走。"叶兰溪盯着手指间忽明忽暗的烟头，若有所思道，"可董航竟然杀了他！"

"凶手是谁现在还不能确定，"沐安澜冷漠地纠正她，"凶手有可能是董航，也可能是凶手借董航之手杀了张戚童，每一个有机会接触到凶器的人都有可能是凶手，所以不能过早地下结论。"

"不是董航还会是谁？"叶兰溪突然反应过来，质问道，"你的意思是说，只要能接触凶器的人都是嫌疑人？我也可以接触到那把匕首，难道我也成为你们怀疑的对象了?这简直太可笑了。"

"在案件明朗之前,所有人都可能被怀疑,你不要多心。"沐安澜淡淡地解释道。

叶兰溪之前无论说话还是动作都优雅动人,带着股慢悠悠的慵懒味,可在提到她也可能被怀疑时,整个人的反应都激烈起来。

"我为什么要杀死自己的男朋友?我爱他,我们将来是要结婚的!我为什么要杀死自己最爱的人呢?"叶兰溪柳眉倒竖,裹紧了外套,愤愤不平地辩解道。

"你不要激动,我没有说你是凶手。"沐安澜连忙安抚她,"今晚来拜访你,是希望你能够提供一些关于张戚童的信息,看能不能找到新的线索。"

闻言,叶兰溪绷直的身体才放松下来,她蹙眉想了一会儿,摇了摇头道:"我没觉得有哪里不对劲儿,戚童也没有得罪过人,他在剧组一向都是那个样子,我实在想不出有谁想要杀害他。"

"你们是男女朋友,可你看上去不太了解他。"洛雅宁早就留意到了,叶兰溪真的如她所说是独自居住。

按理说,叶兰溪和张戚童是恋人,但茶几上摆放的相片只有她的单人照,却没有两人的合影,这不是有些奇怪吗?而且两人正在热恋中,整间屋子却完全没有张戚童留下的痕迹。

叶兰溪脸上顿时露出不自然的神色,她又裹紧了外套,解释道:"我和戚童虽然是男女朋友,但各有事业要忙。你们也知道,现在正是我事业的上升期,除非在一个剧组里,否则我们一直过着聚少离多的生活。所以他身边的人和事,我确实了解得不太多。"

虽然对她的解释不是很满意,但她说的也的确是实情。

坐了一会儿后,沐安澜就起身告辞了。洛雅宁有些莫名其妙,他坚持要来拜访叶兰溪,可没聊几句就突然要走,这是什么情况?

"沐编剧！"叶兰溪将他们送到门口，突然叫住了沐安澜，一副欲言又止的样子。

"有什么事吗？"沐安澜温和地问道。

叶兰溪笑了笑："没什么大事，其实我就是想问一问关于这部戏的事。我们才开拍不久戚童就遇到了这样的事，那还会不会继续往下拍，关于女主角……"

沐安澜瞬间就明白了叶兰溪的意思。叶兰溪和张戚童在一起之后，虽然名气提高了很多，可由于她不会选剧本，人脉积累也不够，接连拍了几部电影后都反响平平，就这样不尴不尬地处在娱乐圈上不去下不来的位置。她现在急需一部有分量的作品让她站稳脚跟。这次好不容易能够在沐安澜的电影中担任女主角，她自然希望借机打一场翻身仗，可如果因为张戚童的事而影响到她女主角的地位，那她的确应该担心，虽然担心的有些不是时候。

"我只是这部电影的编剧，今后如何安排不是我说了算的，所以我无法回答你这个问题，实在抱歉。"沐安澜彬彬有礼地解释着，走下台阶打开车门，"不好意思打扰您了，我们告辞了。"

叶兰溪其实还想说什么，可看到沐安澜拒人于千里之外的姿态，就没再往下说，靠着门对他们挥手告别。

洛雅宁扣好安全带，看向窗外缓缓移动的风景。沐安澜则脸色凝重地看着远方，一言不发。

"你有没有觉得叶兰溪怪怪的？"洛雅宁首先打破了车里的宁静，她很想知道，沐安澜今晚来拜访叶兰溪到底是怎么想的。

"你有什么发现吗？"沐安澜掉转方向盘，从后视镜里能看到叶兰溪的别墅越来越远。

洛雅宁自然知道他是在考验自己的观察力，便说出了自己的想法："我觉得她好奇怪啊，男朋友死了，她不是应该很伤心吗？可我一点都看不出她哪里有伤心难过的样子。我们进门的时候,屋里还放着轻音乐,完全不像她所说的和张戚童正处于热恋中,很相爱的感觉。"

"不错啊,有很大进步,"沐安澜赞赏地看了洛雅宁一眼,"还能观察得如此细微,是我之前小看你了。"

洛雅宁有些扬扬得意:"那你是怀疑叶兰溪就是杀害张戚童的凶手吗?"

沐安澜摇头:"那倒未必。出事的那场戏并没有叶兰溪的戏份,虽说她能接触到道具匕首,可时间上可能有点来不及,但我不会轻易放弃对每个人的怀疑。今晚的发现,只能证明叶兰溪对张戚童并没有多少感情而已。娱乐圈中的情侣表面上看起来恩爱,其实没几个人是真心相爱的,只是彼此利用罢了。"

洛雅宁用力点了点头。叶兰溪也说了,她刚认识张戚童的时候只是一个普通的小模特,而张戚童已经名声大噪,或许叶兰溪只是借张戚童来提高自己的知名度。否则圈子里相貌好、身材好、有演技的女明星不知道有多少,叶兰溪怎么能上升得这么快,还担当了沐安澜新电影的女主角?

017 讨厌的情敌

两人回到寓所时已是晚上十点多了,忙碌了一整天,洛雅宁觉得自己又累又困。她打着哈欠走出电梯,她现在最想做的事情,就是把自己扔到床上,然后美美地睡一觉。可电梯门刚打开,她的动作就停住了。

沐安澜家门口站着一个身穿粉色绣花真丝长裙的女人,肩上背着一个小巧的红色名牌包,正是之前在剧组一直缠着沐安澜的李薇薇。她应该已经等了很久,见到沐安澜,她脸上原本烦躁的表情顿时生动柔和起来,开心地迎上前。

"安澜,你终于回来了,"李薇薇热切地拉住沐安澜的衣服,似乎有些嗔怪地说道,"我在这里等你很久了。"

今晚遇到的两位女明星都是如此热情豪迈的性子，实在让洛雅宁有些难以接受。她从沐安澜身边走过去，还不忘丢下一句话："你们有事就去忙吧，我先回去了。"

"你找我有什么事吗？"沐安澜并没有邀请李薇薇去家里的意思，"是有线索向我提供吗？还是说……"

李薇薇等洛雅宁进屋并关上门后，才看着沐安澜说道："我确实是想和你谈一谈案子的事，你不请我进去坐一坐吗？"

这么晚了，沐安澜原本并不打算请李薇薇进屋，但她提了出来，沐安澜也不好意思拒绝，只好打开门，客气地把李薇薇请了进去。

李薇薇的高跟鞋踩出清脆的声音，她跟着沐安澜走进屋里，随后门被关上了。

此时，洛雅宁正趴在自己家的门上，透过猫眼不住地往外偷看，见李薇薇进了沐安澜的家，她心中有股说不出的失落。她靠在门上，捂住自己的胸口，想要忽略心脏不安地跳动。她发现自己十分介意李薇薇的突然造访。

李薇薇坐在沐安澜家客厅的沙发上，手里端着沐安澜递过来的水杯，眼睛四处打量，触目所及都是摆放整齐的书。

李薇薇放下还在冒着热气的杯子，笑着夸奖道："你家里竟然有这么多书，我还以为到了图书馆呢。你家装饰也很特别，和你的人一样，清爽有气质。"

"你来不是为了和我讨论装饰家居的吧？"沐安澜微微皱起眉头。

李薇薇是个天生的演员，无论是说话还是肢体动作，都透着几分表演的气息，就连每一个微笑都像是经过精心测量，恰如其分地展现出自己的美，也难怪她在娱乐圈里风头正劲。这次的电影她屈居叶兰溪之下，演一个戏份不多的女二号，虽说并没有什么不合适的地方，但也能看出她很不甘心。她和叶兰溪在剧组里很少说话，见了面最多是礼貌性地点头致意，其中很大一部分原因可能就是出于李薇薇对叶兰溪的嫉妒与不屑。

沐安澜原本不想插手女明星之间的明争暗斗，可现在出了命案，他就不得不留心了。显然今晚李薇薇的突然造访绝不是偶然，他便装作漫不经心地问道："你刚才不是说要和我谈案子吗？"

"我就是来和你说这件事的。"李薇薇一副刚回过神的样子，笑道，"其实今天有警察询问过我，可我回家后左思右想还是心神不宁，觉得应该和你讨论一下比较好。"

沐安澜不知道李薇薇的目的是什么，只好耐心地说道："你说吧。"

"你知不知道叶兰溪和张戚童的关系并不像表面上那么好？"李薇薇也不拐弯抹角，直接说道，"媒体报道把他们塑造成一对金童玉女，是娱乐圈难得的模范情侣，可他们私底下的感情根本不是记者所说的那样。"

"你是怎么知道的？"沐安澜盯着李薇薇的眼睛，尽管这也是他所发现的事实，但李薇薇主动和他说起这件事，就让人觉得奇怪了。

沐安澜问得直接，李薇薇一时有些失语，她不自然地坐直身体，用手拨弄了一下头发，清了清嗓子说道："大家都在这个圈子里，多少总会知道一些。张戚童比叶兰溪大了很多岁，一直风流成性，在圈内出了名地好色。他和许多小模特、小明星都有私情，但他善于伪装，在人前表现出很爱自己女朋友的样子，其实私生活混乱无比，不仅和自己身边的女人暧昧不清，就连叶兰溪的好姐妹都不放过。"

这倒的确是一个不小的爆料。沐安澜道："具体说说。"

"我连警察都没有告诉。"李薇薇假装犹豫了几秒，继续说道，"叶兰溪有一个和她同期出道的好朋友，叫卉妍，也是名模特，身材相貌虽然不如叶兰溪，却胜在气质清纯，性格也很简单，是很讨男人喜欢的类型。卉妍经常和叶兰溪还有张戚童一起出去玩，后来张戚童不知怎么就背着叶兰溪，和卉妍在一起了，这件事闹得不小，圈子里很多人都知道昔日好姐妹反目成仇的事。但不久之后，叶兰溪就原谅了张戚童，两个人和好如初，只是这件事一直是两人感情中的一个阴影。"

"你告诉我这些是想暗示什么吗？"沐安澜心知肚明，李薇薇分明是在针对叶兰溪，"你是想说张戚童的死和叶兰溪有关吗？"

　　"我可没这么说，这些都是你说的。"李薇薇大喊冤枉，"我只是觉得叶兰溪和张戚童的真实关系说不定对破案有参考价值，才会跑来告诉你。如果你觉得是我多嘴了，那就当我没有说过好了。"说完，她紧张地端起杯子喝了口水。

　　这件事的确对破案有一定帮助。如果李薇薇不主动提及，沐安澜可能暂时无法得知为什么叶兰溪对张戚童的死一点都不伤心，反而更担心自己女主角的位置能不能保得住。现在看来李薇薇说得有一定道理，或许叶兰溪一开始是爱着张戚童的，张戚童对她的事业也确实有所帮助，但张戚童是一个好色之徒，叶兰溪对他渐渐由爱生恨。对于一个曾经和自己的好朋友暧昧不清、背叛了自己的人，哪怕表面上原谅了，心中怎么可能不留下伤痕呢？

　　"是我失言了，无论如何，都要感谢你提供的信息。"沐安澜心中开始盘算怎么将李薇薇打发走，"你还有别的事吗？"

　　没等李薇薇开口，门铃就响了，沐安澜说了一声"抱歉"起身去开门，结果就看到门外站着已经换上舒适家居服的洛雅宁。

　　沐安澜有些纳闷，洛雅宁刚才回来时明明已经疲惫不堪，现在怎么又神采奕奕地跑来敲自己家的门了？

　　"那个……我刚准备睡觉，但是突然觉得很饿，可我家冰箱里空空荡荡的，不知道你这里有没有什么吃的？"洛雅宁讪笑着说明来意，视线却已经穿过门缝飘进了客厅。好吧，她承认自己说的都是借口，她就是想来看看李薇薇这么晚了赖在一个男人家里是想干吗，她准备什么时候离开，还有他们究竟在聊些什么。

　　"进来吧。"沐安澜自然看出了洛雅宁的小心思，有些无奈地让出一条路，"冰箱里有很多东西，你想吃什么，我给你做。"

洛雅宁吐了吐舌头，迅速地蹿进来，从沐安澜身边经过的时候，听到他低声嘀咕了一句："刚吃了一大碗牛肉面，现在又要吃，就不怕胖吗？"

洛雅宁狠狠地瞪了他一眼，然后换上拖鞋，走进客厅。见到坐在沙发上的李薇薇时，她故意大声问道："咦，李小姐，这么晚了你还在啊，是不是你和安澜还有重要的事没谈完，那我岂不是打扰你们了？"

沐安澜马上接过话茬："没有，我们已经谈完了，我正准备送李小姐出门。"

李薇薇原本还打算多逗留一会儿，可主人已经下了逐客令，她也不好意思厚着脸皮再说留下，只好背起包，对沐安澜说道："那我先走了，如果还有新的消息，我会第一时间告诉你的。"

"谢谢你的配合。"沐安澜说话的语气太过正经，李薇薇的脸色僵了一下。

沐安澜送走李薇薇后，回来看到洛雅宁正坐在餐桌前晃悠着两条大长腿，她手中拿着一盒牛奶，悠闲地喝了一口。

沐安澜打开冰箱门，问道："你想吃什么？"

"我不饿，我就是想知道，一个女明星深夜跑到著名编剧家迟迟不肯离开，是不是有什么企图。嗯，这个标题貌似不错，如果被小报记者知道了，肯定能上明天的娱乐新闻头条。"洛雅宁一本正经地说道。

沐安澜被她的这番调侃弄得哭笑不得："她是来和我讨论张戚童的案子的，你不要想多了。"

"身为朋友，我有点担心你的名节，她刚才根本就没有打算走的意思，你应该感谢我才对。"洛雅宁饶有兴趣地问道，"那你和我说说，案情有什么新的进展，李薇薇又和你说了什么。"

沐安澜习惯性地皱眉："她向我暗示，张戚童和叶兰溪的关系并不好。"

"这件事我们不是已经知道了吗，两个人不是真正相爱的情侣。"洛雅宁有些失望，"这个李薇薇肯定是觊觎叶兰溪女主角的位置，想要挤掉叶兰溪,这样她就能成为女主角了。"

按照李薇薇的说法,叶兰溪确实有理由恨张戚童,也有杀人动机,可一个弱女子真有胆量为了嫉妒和报复杀人吗?沐安澜陷入沉思。

洛雅宁不知道他在嘀咕什么,但他既然在认真思考,自己便不能打扰,只能静静地陪着他。

夜色深沉,沐安澜看着窗外的灯火,思绪纷乱。一天时间就这样过去了,他依然没有一点头绪,甚至不能确认凶手的犯罪动机。目前他们能够掌握的信息十分有限,加上不知道话里有几分真假的李薇薇,整个案件都变得扑朔迷离起来。

018 八卦的力量

因为出了命案,《甜美的毒药》的拍摄不得不暂停,但工作人员需要配合警方的调查,不能擅自离开剧组。命案发生后的七十二小时是侦破的关键时期,也是刑侦人员最紧张最忙碌的时候。

第二天早上,沐安澜到达录影棚的时候,刑警支队的侦查员们正对剧组工作人员进行新一轮排查。沐安澜径直推开休息室的大门,里面除了张支队,还有这部电影的男二号阮鸣律。见沐安澜走进来,阮鸣律礼貌地冲他点了点头。

"好的,情况我已经了解了,希望最近一段时间你能和我们保持联系,如果有事,我们会再找你核实。"张支队已经和阮鸣律结束了谈话,起身与他握手。

阮鸣律看上去憨厚老实,笑容温暖而真诚,和张支队握过手之后,就稳步离开了休息室。

张支队长长叹了口气,仰靠在沙发上,就像一只烦躁不安的狮子。沐安澜知道排查工作一定也毫无头绪,所以他不发一言,安静地坐了下来,看起了手中一份最新的娱乐周刊。

"都什么时候了,你居然还有心思看这种花边新闻?"张支队白了他一眼,"身为这部电影的编剧,在你的地界上出了命案,你就一点都不着急吗?"

沐安澜翻阅的杂志是早上洛雅宁塞给他的,她说多关心一下娱乐圈的事,说不定会对破案有帮助。沐安澜觉得她说得有些道理,他以前从来不关心电影以外的东西,觉得演员平日的私生活和他没有一点关系,现在却觉得有时候报纸杂志上的八卦也并非空穴来风,说不定可以从中查到一些蛛丝马迹。

"有时候证据不是靠问话就能问出来的,凶手会和你说真话吗?"沐安澜随手翻到一页,这期杂志上正好就有不久前对他这部新电影的采访报道,其中对几大主演都有详细的介绍。沐安澜仔细阅读,生怕漏了一个字,此时正好看到对阮鸣律的介绍,他自言自语道:"原来阮鸣律和张戚童在电影学院的时候就已经是很好的朋友了。"

"刚才阮鸣律也提到过,他和张戚童不仅是同学,也是合作多年的好伙伴、好搭档,很多戏都是两人合作完成的,只是阮鸣律经常给张戚童做配角,用红花绿叶来形容他们再恰当不过了。"

"那你有没有留意到,阮鸣律的名气虽然不如张戚童,戏份也总是比他少,演技却比他强了许多。"沐安澜回想了一下,"在这部电影里,阮鸣律的表现也很不错,只可惜他长相普通,所以戏路不宽,一路走来,许多经典之作都与他擦身而过。相反,张戚童长相英俊,性格也是八面玲珑,这就占了不少便宜,毕竟娱乐圈是个看脸的世界。"

"这和张戚童的案子有什么关系?"张支队奇怪地问道,"哎,你就不要卖关子了,直接说你的看法。"

"我没有什么看法,只是一位朋友告诉我,她看过很多明星的八卦新闻,其实张戚童和阮鸣律并不像表面上那样和睦,背后有许多内幕,只不过掩饰得很好,鲜少有人知道罢了。"

张支队来了兴趣,可又对沐安澜这种故意卖关子的行为感到无奈。他坐到沐安澜身边,拍了拍他的肩膀,说道:"有什么话就不能痛快地说出来吗?最讨厌你这种温吞吞的性子了。"

沐安澜装作嫌弃地坐远了一点:"张戚童之所以有今天的地位和声望,缘于毕业之后他拍的第一部电影《谎言》,正是这部电影让他一炮而红,为今天的地位奠定了基础。但很少有人知道,当初导演选角的时候,其实阮鸣律也是候选的男主角之一。只是不知道为什么原本不在候选名单之内的张戚童最后脱颖而出,战胜众多实力强劲的男影星,获得了这个角色。阮鸣律原本是有机会得到男主角的,最后却被张戚童抢走了,而且我听说张戚童抢走阮鸣律角色的事不止这一件。那你想一想,阮鸣律心中就没有一点怨念吗?不过这两人在人前称兄道弟,所以很少有人知道这些事。"

张支队见沐安澜对娱乐圈的事情如数家珍,既好奇又赞叹:"你是怎么知道这么多的?"

沐安澜露出神秘的微笑:"这就是八卦的力量了。"

张支队突然福至心灵,恍然大悟,他狡黠地笑道:"我明白了,是洛雅宁告诉你的吧,否则你怎么可能知道娱乐圈的八卦新闻呢?"

沐安澜没有正面回答:"总之这也是线索之一,毕竟阮鸣律也是能直接接触到匕首的嫌疑人。至于凶手究竟是谁,那可就是你的事了。"

"你好像忘了执刀杀人的可是董航啊,难道他不值得怀疑吗?"张支队目前也没有更多的线索,这些人都有杀张戚童的可能,但又找不到证据。

"雅宁说她曾对董航做过采访,所以比较了解他。董航虽然长相凶恶了一些,演的也大多是穷凶极恶之人,可私底下的风评却很好,这一点我在剧组的拍摄期间也能看到,而且我暂时也没发现他和张戚童之间有什么必须将其置于死地的过节。"

张支队听沐安澜发表完自己的看法后，意味深长地说道："你不觉得你最近的变化很大吗？像你这样一个喜欢独立思考的人，现在怎么总是把一个小姑娘的话句句听进心里又挂在嘴上？你不觉得你提到洛雅宁的频率太高了吗？看来最近发展得很不错嘛。"

沐安澜有些尴尬地轻咳一声："你想多了。"

张支队笑着摇头："真是我想多了吗？"

"绝对是你想多了。"沐安澜又认真地重复了一遍，见张支队点头才作罢。

这一天，洛雅宁在电视台忙着工作之余，脑中想的都是沐安澜剧组里的案子。她昨天晚上查了很多关于叶兰溪和阮鸣律的八卦新闻，这两人和死者张咸童之间都是面和心不和，均有杀人动机。而另一个嫌疑人董航则是她最不愿意怀疑的对象，但她还是趁着午休时间，特意查了一下董航的资料。

董航入行很早，算是老戏骨了，虽然演技一流，但因为相貌凶恶，所以大多数的时候都是以反面角色出现在荧幕上，可他的人生完全不像他所饰演的角色那么阴暗。洛雅宁发现，董航这些年来不仅兢兢业业地做着演员的本职工作，还默默地在做慈善，他不但匿名资助了许多贫困山区的孩子，还投资参与了多个希望小学的建设工程，只是网上对他的报道很少。可能是他刻意低调，不想引起别人注目的缘故。洛雅宁无论如何也不愿意相信这样一个充满善心的人会是杀人凶手。而最重要的一点，他和死者虽不是第一次合作，却没有太多交集，两个人无论是从年龄、性格还是从社会背景来说，都有很大的差别。

下班后，洛雅宁给沐安澜打电话，想问问他案件的进展情况，可无论如何都打不通。她想了想，又给张支队拨了个电话。果不其然，张支队说沐安澜就在市公安局，已经把自己关在房间里快一个小时了。

洛雅宁连忙驱车赶到市公安局。此时，张支队正同侦查员们研究案情，见到洛雅宁,他直接示意她去隔壁房间找沐安澜。

洛雅宁轻轻推了下门,门没有锁,发出咔嚓一声轻响,好在没有惊动里面的人。只见沐安澜坐在地板上,正戴着手套认真拆卸一把匕首,他身边散乱着几个零件。

"你在做什么?"屋子里很静谧,洛雅宁不敢高声说话,她学着沐安澜的样子跪坐在茶几边,好奇地看着他缓慢又小心地拆卸下匕首上的一枚螺丝。

沐安澜没有回答洛雅宁的问题,洛雅宁却认出了这就是杀死张戚童的凶器。这把匕首看上去款式简单,没想到却另有乾坤。沐安澜拆得认真,生怕不小心弄错零件。

"你为什么要拆这把匕首?"洛雅宁很是不解,"这可是重要的证据,你就不怕拆掉了装不回去吗?"

"别吵。"沐安澜终于有了反应,却是不耐烦地皱了皱眉,还瞪了洛雅宁一眼,随后又把注意力放回手中的匕首上。

洛雅宁悄悄吐了吐舌头,知道沐安澜一定是因为案子没有进展而心烦意乱,所以就大人不计小人过,不和他计较了。

匕首被拆分成几大块,手柄、刀刃,还有一些细小的零件。沐安澜最后从刀柄里取出一块小小的黑色的东西,他对着光亮仔细看了一会儿,紧锁的眉头终于舒展了一些。

洛雅宁马上凑过去,看到那个东西上面刻着一个极小的'欧'字。

"这上面有字呢,"洛雅宁惊喜道,"好像是一个'欧'字,这是什么意思?难道是制造匕首的人故意留下来的?"

沐安澜点了点头:"不错,有些制造兵器的人习惯在自己做的东西上留下标记,而且会做得很隐蔽,很难被人发现。这个'欧'字很有可能就是制造这把匕首的人留下来的,如果我们找到他,说不定他会告诉我们这把匕首是谁定制的。"

"你好聪明,连这个都想得到。"洛雅宁冲沐安澜竖起大拇指,"不错不错,有进步,我们可以找人打听一下,有谁是以'欧'为代号的。"

沐安澜不想和她贫嘴,用相机记录下那个小小的标记,然后找张支队下发调查令。

019 关键性线索

洛雅宁见沐安澜不理睬自己,忙追上去:"你是不是回家?我们一起吧。"

沐安澜却脚步不停地往外走,边走边说道:"我还要和张支队查看拍摄现场的录影,今晚可能不回去了,你不用管我。"

"你是我的邻居,我怎么能不管你?警察办案都是不吃不喝的,你也跟着他们一起受罪吗?"洛雅宁很是无奈,这些男人较起真来简直太可怕了,难道案子不破就不吃饭睡觉了吗?

沐安澜很快说道:"谢谢你的关心,只是案子没破,我也无法安心休息,不如留在这里和他们一起工作。"

"既然你不走,那我也留下来陪你们好了。"洛雅宁眨了眨眼,"反正我对破案也很有兴趣,说不定还能帮上你们的忙呢。"她跟上沐安澜的脚步,来到张支队的办公室。

其他侦查员开完会后都各自去继续侦查了,办公室里只剩下张支队一个人。他正对着电脑显示器,桌上还放着两桶泡着的方便面,看样子他们打算将就着对付晚餐了。

张支队见到洛雅宁,有些不好意思地说道:"你还没回去吗?那要不要一起吃方便面?"

洛雅宁嫌弃地摇了摇头,所有快餐食品中,她最不喜欢的就是方便面。可能是大学时期吃了太多的缘故吧,她现在看到方便面就一点胃口都没有。"不用了,你们吃吧,我下班后没什么事就过来看看你们的进度。"

"我今天刚调来剧组拍摄的影像资料,还有现场的监控录像,准备和沐安澜一起看,也许能从中找到一些线索。"张支队起身为洛雅宁拉开椅子,"要是你不着急回去的话,就一起看吧。多一个人多一双眼睛,说不定会有所发现。"

张支队桌上的一台电脑里播放的是还没有被剪辑过的电影拍摄内容,另一台则是监控拍下的画面。虽然无法看到道具调换的场面,但也能作为引导和参考,尤其是案发当天拍到的内容,说不定凶手就隐藏在其中。

"如果凶手真是叶兰溪、阮鸣律和董航三人中的一个,那天都有他们的戏份,凶手必然会把匕首随身携带,等到合适的机会就去调换,我们就着重看他们三人的部分吧。"沐安澜眼睛一眨不眨地盯着屏幕,生怕错过任何一个人的动作。

画面一帧一帧地跳动着,三个人六只眼睛就这样盯着屏幕看。洛雅宁看得眼睛酸涩,就在她准备揉一揉眼睛的时候,沐安澜突然指着画面上的一处说道:"这里停一下,倒回去看看。"

张支队手忙脚乱地按下后退键,又倒回去看了一遍沐安澜所说的画面,却没有发现任何异常之处。

"你看到了什么?"洛雅宁看得眼睛都花了,实在不明白沐安澜指的是什么画面有问题。

"这里……"沐安澜指了下跳动的画面,正是叶兰溪和董航的一出对手戏。

只见叶兰溪不小心撞飞了董航手中的匕首,董航准备捡回来的时候,叶兰溪却抢先一步冲上前,挡住了摄像机和董航的视线,过了两秒钟才站起身。董航这时候才捡起掉在地上的匕首,而叶兰溪身侧的手部有一个细微的动作,看得不甚清楚,似乎是把什么东西放进自己的口袋,接着两个人都走出了摄像机的镜头。

张支队神情严肃,指着电脑屏幕道:"叶兰溪趁着匕首掉落,董航没有反应过来的时候，特意挡住了摄像机镜头的位置，调换了匕首？"

"只是疑似。"沐安澜纠正道。

"对，疑似。"张支队感叹道，"你不说我还没看出来呢，这样一看，叶兰溪倒是真有可能趁这个机会做了手脚。"

洛雅宁也不得不佩服沐安澜了，他居然连这样不易让人察觉的细微动作都能捕捉到。

"不过摄像机并没有拍到叶兰溪调换匕首的动作，这也只是我们的猜测而已，"沐安澜脸上的神色淡淡的，"继续往下看吧。"

画面继续播放，张支队在笔记本上记录下刚才的重要发现。

这一看就是几个小时，洛雅宁觉得越来越饿，人也开始犯困。屏幕上的画面反反复复，没有什么新的发现，对她而言就像是催眠似的。她的眼皮越来越重，她不停变换坐姿，最后整个人都窝进了椅子里。

张支队也困得很，不停地打哈欠，他拿了一瓶风油精在太阳穴处抹了几下，又重新振作精神，继续盯着电脑屏幕。

只有沐安澜一个人从头到尾都没换过姿势，甚至没有吃一口面，一如既往地精神抖擞。

最后洛雅宁终于抵不住困意，缓缓闭上眼睛。张支队也支撑不住，用手撑着脑袋打盹儿。

沐安澜甚至都没发现他们睡着了，他目不转睛地看着跳动的画面，一遍又一遍，终于有一个画面映入了他的眼帘，是阮鸣律和董航的一段打斗戏。

沐安澜一开始并没有发现不妥的地方。董航是老演员，是这部戏中演技最好，且最会表演的演员，无论是表情还是动作都很到位，很少NG（意为拍摄中断）。其次是阮鸣律，他在新一代的青年演员中，演技和身手都很不错。在这段两人对决的打戏中，阮鸣律的动作不多，表现得却很牵强。他先是打掉了董航手上的匕首，和董航争夺起来，随后两个人有几个近身肉搏的动作。沐安澜看到阮鸣律的腰部有些不自然地弓起,而当董航伸手推阮鸣律的时候,阮鸣律顺势翻滚了出去。

　　沐安澜陷入了沉思。他在现场看过阮鸣律的表演,阮鸣律虽然没有练过武功,但身手灵活,不至于做这样一个简单的动作还如此吃力。

　　沐安澜正安静地思考着问题,坐在他身边的洛雅宁的脑袋却缓缓靠了过来。洛雅宁已经熟睡,长发落在他的肩膀上,他温柔一笑,没有管她。可洛雅宁睡得太死,整个人从他的肩膀上滑落下去,眼看就要摔到坚硬的地板上,他忙伸手扶过她的身体,于是她整个人便掉进了他的怀里。

　　温香软玉抱了个满怀,沐安澜有些尴尬,准备叫醒洛雅宁,谁知道张支队在这个时候醒了。

　　张支队揉了揉眼睛,看到抱成一团的洛雅宁和沐安澜,瞪着眼睛愣了几秒钟,突然从椅子上跳起来,憋着笑小声说道:"我什么都没有看见,你们继续。"

　　"喂,你上哪儿去?"沐安澜知道他一定是误会了。张支队原本就曲解了沐安澜和洛雅宁之间的关系,明明他们只是普通的邻居兼朋友,却让他越描越黑,沐安澜也是越想解释却越解释不清楚。

　　"我去趟卫生间,你们不用着急,我要好久才会回来,因为我可能会……便秘,对,就是便秘……"张支队嘴角的笑容越来越大,临走时还不忘关上门。

　　沐安澜深深叹了口气,看了眼安然躺在自己怀里呼呼大睡的洛雅宁,无奈地把她抱起放到一边的沙发上,让她睡得舒服点,又脱下身上的外套,轻轻盖在她的身上。

　　"叫你回去偏不回,却在这里睡着了,真是拿你没办法。"沐安澜看了看时间,已经快十二点了,他叹息道,"你哪里是来帮忙的,分明就是来捣乱的。"

第二个故事

洛雅宁这一觉睡得格外香甜,醒来的时候天都亮了。她睁开眼就看到盖在自己身上的外套,上面有陌生而又熟悉的味道,她立刻意识到那是专属于沐安澜的气息,清新好闻,混合着淡淡的洗衣液的香味。

哦,对了,自己昨晚陪沐安澜一起看录像来着,不知不觉就睡着了。洛雅宁一个激灵从沙发上坐起,环顾四周,屋子里空荡荡的,张支队早就不见了踪影,只有沐安澜一个人趴在桌上睡着了,电脑屏幕上还在循环播放昨晚看了无数遍的录像。

他这是看了一整夜啊。洛雅宁掀开身上的外套,蹑手蹑脚地走到沐安澜身边,微微低下身子仔细地看着他。

洛雅宁认识沐安澜这么久,还从来没有如此近距离地看过他的样子。他的眉眼清俊秀美,有着难以描绘的温润气质,虽然醒着的时候冷淡得让人难以接近,睡着了却格外地单纯美好。他的睫毛很长,洛雅宁还没见过哪个男人的睫毛可以这么长,像一把浓密的小扇子,在头顶灯光的映照下投下一团小小的阴影。他的呼吸清浅均匀,仿佛随时一个响动就能把他惊醒。洛雅宁不想叫醒他,他已经辛苦了两天,好不容易才睡着,应该让他多休息一会儿。她拿来外套,轻手轻脚地披在沐安澜的肩头,还没有松开手,门就被人砰的一声大力推开了,不仅她吓了一跳,就连浅睡中的沐安澜也被惊醒了。

门口处,张支队手中拿着两袋早餐,脸上还带着阳光般的笑意,见两人一脸不满的样子,忙降低了声音,充满歉意地解释道:"我以为你们俩早就醒了,还特意给你们送早餐过来。"

洛雅宁接过张支队手中的早餐,放到沙发边的茶几上。她昨晚就没有吃饭,早已饥肠辘辘,这会儿也不客气:"还算你有良心,就当将功补过了。"

沐安澜站起身活动了一下手脚,质问张支队:"你昨晚说去上厕所,怎么再也没有回来?"

"我这不是给你们两个腾地方嘛，就去值班室将就了一个晚上。怎么样，你们是不是应该感谢我的大公无私啊？"张支队贼兮兮地笑道，"对了，你有没有新的发现？"

"有，你今天可以讯问两个人。"沐安澜的表情十分严肃，"叶兰溪和阮鸣律。"

"没问题，我马上打电话让他们过来。"张支队立刻进入工作状态。

沐安澜又毫不客气地吩咐道："关于凶器的事要加紧去查，尽快找到制造匕首的人，这对破案会有很大的帮助。"

张支队应了一声，拿起外套就往外走，走到一半才发现有些不对劲儿，什么时候沐安澜成了对他发号施令的人了？他回过头，用手指了指沐安澜，突然看到沐安澜眼睛下的黑眼圈，心想，说到底沐安澜都是为了帮警方破案，于是改变方向指了指吃得正香的洛雅宁，嘱咐道："记得给安澜留点吃的，别饿坏了我的军师。"

洛雅宁微笑着冲表情瞬息万变的张支队点了点头："你就放心好了，我会照顾好他的。"

"这还差不多。"张支队整理了一下衣着，昂首挺胸地走了出去。

020 线索又断了

上午的讯问叶兰溪并没有来，阮鸣律倒是准时到了。

讯问被安排在市公安局的会议室里，会议室的四面都是白色的墙，其中一面墙上挂着一台巨大的显示屏，除此之外再没有多余的装饰，显得庄严而肃穆。

张支队带着沐安澜一起去讯问室，同时带了两杯咖啡，他把其中一杯送到阮鸣律的面前，另一杯递给沐安澜。

"谢谢。"阮鸣律很有礼貌，他接过咖啡却没有喝，而是放在一边，两手交叉放在桌上，一副会好好配合调查的态度。

张支队很满意阮鸣律的态度，从案发到现在，他是最配合调查的人。

挂在墙上的显示器已经开启，屏幕画面中播放着阮鸣律和董航的那段打戏，阮鸣律表现出来的不自然的动作被放大，并缓慢重播。

在阮鸣律看录像的时候，沐安澜便注意着他的表情，希望能从中看出破绽。

阮鸣律却一脸迷茫地问："为什么要给我看这个？"

张支队拿起遥控器定格录像画面，开门见山地说道："你不觉得这段戏有些奇怪吗？"

"奇怪？哪里奇怪了？"阮鸣律一头雾水，"难道是我的演技有问题吗？"

"的确有问题，"沐安澜起身走到显示器旁边，对着画面里阮鸣律弓起的背部画了一个半圆，"以你的身手，不应该是这样僵硬迟缓的动作吧？"

阮鸣律原本一脸紧张，听到这话却放松了下来："不愧是沐大编剧，眼睛可真厉害。拍摄那天我的胃病犯了，又忘了带药，为了不耽误进度，我勉强拍完了上午的几组打戏，却被你看出了问题。"

"你有胃病？"沐安澜凝视着阮鸣律。

张支队则露出一丝失望的神情，看样子他们千辛万苦找到的线索又失去意义了。

阮鸣律笑了笑，说道："我们做演员的工作时间不规律，经常熬夜又没法按时吃饭，有胃病是很寻常的事，平日里看上去好好的，犯病的时候就有些吃不消了。我那天犯了胃病，所以一直都弓着腰，如果你们不信的话，可以去医院调查，我前一天晚上还去医院看过病拿了药，我的助理也可以替我证明，就是他陪我一起去的。"

张支队收起脸上的失望之色，换了一个话题道："上次我问你的时候，你说自己和张戚童关系不错,是吗?"

"是,有什么问题吗?"阮鸣律反问道。

"哦,没什么问题,只是随便问问。"张支队翻了下手中的资料,装作不经意地问道,"听说当年张戚童毕业不久就参演了一部制作精良的电影,因此一炮而红。我还听说当年选角的时候你也位列其中,对吗?能不能说说当时的情况?他是怎么被选上的?"

沐安澜静静地看着阮鸣律的反应。只见阮鸣律在桌下悄悄握紧了拳头,紧得甚至骨关节泛白,脸上的表情也有些不自然,但几秒钟后,他就恢复了平静,也松开了手。

"看来你们全都知道了,那还来问我做什么呢?"

"我们想听听你的说法,希望能帮你摆脱杀人嫌疑。"沐安澜淡淡地开口,"被自己最好的朋友抢走角色,抢走原本可能属于你的风光和未来,你当真一点都不恨吗?"

阮鸣律的反应很迅速:"其实张戚童的戏路比我宽,注定会在这条路上比我走得更远,所以没有你们想的什么内情。他能胜任那个角色,角色自然就是他的,并没有抢走我的角色这一说。"

"是吗?"阮鸣律言不由衷的样子已映入张支队的眼中,他目光如电般射向阮鸣律,"不仅是这一次,还有很多次都发生了他与你抢角色的风波,但你都谦让了,你们俩的感情就这样坚不可破吗?"

"我们是多年的朋友了,感情自然会随着时间的增加而越来越深。戚童身上确实有一些缺点,不过这都是他的性格造成的,如果因为这一两件小事就影响了我们之间的感情的话,我们也不可能做这么多年的朋友。"阮鸣律说得很真诚,也似乎有些道理,"再说,就算我们之间有矛盾,大不了就一拍两散,我为什么要杀死他呢?又不是什么深仇大恨的事。"

阮鸣律的说辞配上他一贯坚毅肯定的眼神,倒让人有几分信服。张支队和沐安澜无言以对,张支队又随意问了几个问题,便送他离开了。

第二个故事

阮鸣律走后,张支队一直摇头叹息:"查了一个晚上,好不容易有了一点线索,现在又断了。"

"不是还有一个叶兰溪吗?她今天没来是因为什么?"

"我打电话给她的时候是她的助理接的,说她今天的行程已经排满了,有空的话才会过来。"

"男朋友死了,还有心情安排那么满的行程,看来叶兰溪和张戚童之间真没有感情可言。"

张支队摊了摊手:"我们没有证据证明她与案子有关,只能请她回来配合调查,不可能强行拘捕。你有什么办法吗?"

"我能有什么办法?我连她人在哪里都不知道。"沐安澜边说边往外走去,远远看到洛雅宁站在大厅,似乎在等他。

洛雅宁见到沐安澜,连忙迎上去,焦急地问道:"怎么样?问出来了没有?"

张支队无奈地说道:"你刚才没看到阮鸣律出去吗?如果有情况,他怎么还能走得了?"

洛雅宁也失望地叹了口气。

"你怎么还在这儿?今天不用上班吗?"张支队好奇地问道。

"我给台长打电话说晚一点过去,其实就是想看看案子有没有新的进展,没想到会是这样的结果。"

沐安澜也是一副无精打采的样子:"我先回去了。"

"我送你吧,"洛雅宁忙说道,"你几乎一夜没睡,又折腾到现在,自己开车回去不安全。"

"我没事。"沐安澜头也不回地走出市公安局,把洛雅宁的好意拒于千里之外。

洛雅宁看着沐安澜疲惫的身影渐渐消失在眼前,有些忧心地看向张支队。

"他没事的。"

张支队和沐安澜共事已久,知道他的脾气和秉性。如果案子有所进展,他就算三天三夜不吃不喝不睡都会神采奕奕,只是现在案子陷入了僵局,他自然没有精神。

"你别打扰他,让他回去好好睡一觉吧,他现在应该心里烦躁得很。"

"哦,那我去上班了。"洛雅宁只好听从张支队的话,暂时不去打扰沐安澜。

洛雅宁一整天都在想沐安澜的事,想到他临走时无精打采的模样,她的心中就莫名地感到难过,可又无能为力。

快下班的时候,台长来到她的办公室。

台长没有注意到洛雅宁心神不宁,把一张红色的邀请函放在她的面前,解释道:"雅宁,你今天晚上带小何去出一个采访,很轻松的任务,是关于救助野生动物的一场筹款酒会,只要拍些照片,顺便采访一下形象大使就好了。"

"谁是形象大使啊?"洛雅宁翻看了一下手中的邀请函,邀请函做得倒是很精致,只是不知道这个酒会上会有多少内容真正涉及需要被救助的野生动物。这种打着慈善的幌子,其实就是为了出风头、博眼球的酒会,她参加过不少,实在没什么兴趣。她暗暗打定主意,让小何拍几张照片,她再找人家随便聊聊就回来。

"哦,你一定听说过这个人,就是最近声名鹊起的叶兰溪。"

"叶兰溪?"洛雅宁怔了怔,沐安澜正愁没机会再找叶兰溪聊一聊,她倒是自己送上门来了,正好可以借着今晚的酒会,让沐安澜和她见上一面。

"雅宁,你想什么呢,想得那么入神?"台长奇怪地看了她一眼,又叮嘱了一句,"酒会今晚七点开始,还有一个多小时,你回去换身衣服。我可告诉你啊,今晚的酒会现场有很多名人光临,你代表了我们电视台的形象,千万不要迟到,知道了吗?"

"知道了,知道了。"洛雅宁连忙敷衍了几句,将台长送走。接着她给沐安澜打了一个电话,可沐安澜的电话一直没有人接听。她猜测沐安澜可能还在休息,心想反正自己还要回家换衣服,便打算去家里找他,然后再一起去活动现场。

洛雅宁打定主意,回家后的第一件事就是去按沐安澜家的门铃,可门铃响了很久都没有人来开门。洛雅宁毫不气馁地继续捶门,里面还是一点动静都没有。她拨打沐安澜的电话,仍旧没有人接听。眼看时间一分一秒地过去,她也顾不得找沐安澜了,赶紧换了一件简洁大方的小礼服,匆忙赶往会场。

021. 清者自清

晚上七点,豪邦酒店的顶楼宴会大厅里,酒会准时开始。

灯光绚丽,觥筹交错,现场找不到一点与此次活动主题相贴合的元素。女士们穿着漂亮的裙子,或端庄或妖娆,衣冠楚楚的男士则举着酒杯,闲庭信步,偶尔停下与熟悉的人闲聊几句,客套的笑声让人觉得异常别扭。

洛雅宁特意穿了一身不起眼的白色短裙,气质文雅清新,却没有什么存在感。她的目光始终在人群中搜寻,希望能早一点看到叶兰溪,然后帮沐安澜和她约个时间好好聊一聊。

不过主角总是在吊足了人们的胃口后才会姗姗而来,洛雅宁都等得有些不耐烦了。

"快看,那不是李薇薇吗?"

这时,身边响起小小的嘀咕声,洛雅宁不由得转身往入口处看去。她手中端着一杯香槟,这一看不打紧,她惊讶得手中的酒都洒了出来。只见李薇薇穿着一条星空蓝色长及脚踝的裙子,她一只手提着裙摆,另一只手则挽着一个男人,让洛雅宁吃惊失态的正是这个被李薇薇挽着入场的男人——沐安澜。

沐安澜只穿着一件白色衬衣,袖口处松松地挽着,露出结实的小臂。他的神态轻松自然,就像是刚参加完晚宴,随手脱下了礼服的王子,高贵而优雅。他一进来就目光逡巡,随后就看到了洛雅宁。

摄影师小何推了推洛雅宁,小声提醒她:"雅宁姐,你这是怎么了?"

洛雅宁这才回过神来,尴尬地扶正酒杯,放到身后的餐台上,又顺手取了一张纸巾擦去手中的酒渍。她表面淡然,心中却五味杂陈。她打了许多通电话,沐安澜都没有回应,现在他却和李薇薇一起出现在这种名流云集的活动现场,而自己刚才失态的样子一定被他们看到了,她现在只想找条地缝钻进去。

李薇薇自然看到了洛雅宁,她拉着沐安澜朝洛雅宁款款走来。有记者凑上前拍照,李薇薇大方地摆了几个造型。

"雅宁姐,李薇薇的男伴看上去有些眼熟啊……哦,对,我想起来了,那不是著名编剧沐安澜吗?之前上过我们节目的,他本人真是又高又帅,比镜头上更好看。"小何忍不住拿起相机拍了几张,"沐安澜不会是李薇薇的男朋友吧?李薇薇从来都没有公开过自己的私人感情,说不定这是个大料呢。"

"沐安澜不是她的男朋友!"洛雅宁有些气恼地瞪了小何一眼,再转过身时,李薇薇和沐安澜已经走到了她的面前。

李薇薇扭动着腰肢,手依旧挽着沐安澜,招呼道:"好巧啊,洛小姐,又在这里遇到你了。"

洛雅宁不喜欢李薇薇,从第一眼看到她起就不喜欢,也就不强迫自己露出和她一样虚伪的笑容。她的目光轻飘飘地扫过李薇薇的脸,然后落在沐安澜的脸上:"我也是没想到会在这种场合下遇到……你们。"

第二个故事

李薇薇似乎看出了洛雅宁的不悦，神情更加得意，她揽住沐安澜的胳膊，笑容甜得仿佛能渗出蜜来："是我邀请安澜做我的男伴的，没想到他竟然答应了。"

沐安澜换了一个站姿，不着痕迹地摆脱李薇薇的纠缠，但还是站在她的身边，默认了她的说法。

洛雅宁有些生气地问沐安澜："我打你电话为什么不接？"

"你给我打过电话吗？"沐安澜拿出手机看了一眼，说道，"不好意思，手机调了静音，我没有注意到。"

沐安澜无所谓的态度让洛雅宁越发感到生气，但她不好表露出来，只能深吸一口气，摇头表示不在意。

这时，有记者邀请李薇薇过去拍照，她虽然有些舍不得离开，但还是很配合。洛雅宁连忙趁机把沐安澜拉到不起眼的地方。

"你是疯了吗？和女演员盛装出席酒会，你知道这里有多少记者吗？他们一定会写你是李薇薇的男朋友！她就是找借口骗你陪她来参加酒会，提高她的新闻曝光率，你难道看不出来吗？"洛雅宁小声地提醒沐安澜，一副恨铁不成钢的模样，但她转念一想，又换了一副表情，狐疑地盯着沐安澜，"难道你喜欢她？"

"你胡说什么啊。"沐安澜看了眼洛雅宁神情复杂的脸，"是李薇薇告诉我，今天晚上参加这个酒会就能见到叶兰溪，我只想尽快见到叶兰溪找她了解情况。"

"找叶兰溪是警察的事，她今天没空，明天再见不就行了吗？你干吗这么积极啊？"洛雅宁实在不能理解沐安澜的脑回路，"这种事值得你牺牲自己吗？"

沐安澜这才听懂洛雅宁话里的重点，他皱了皱眉，问道："你很在意别人对你的看法？"

"你不在意吗？"

"我当然不在意,我和李薇薇之间清清白白,别人爱怎么猜测是他们自己的事,和我有什么关系?"沐安澜有些奇怪地看着洛雅宁,在这一点上,他无法理解洛雅宁的想法。

洛雅宁真的被沐安澜打败了,可看他随意的态度,心中又好受了一些,他只是为了找叶兰溪而已。

就在这时,入口处一阵骚动。洛雅宁一眼就看到了穿着一袭性感礼服、充满野性美的叶兰溪,她边走边和记者轻轻挥手示意,微笑着互动。

"叶兰溪来了。"洛雅宁提醒沐安澜,而沐安澜已经朝着叶兰溪所在的方向靠过去,洛雅宁见状也赶紧跟上。

酒会开始,照例先是主办方致辞。主办方一本正经地描绘了一遍本场酒会的宗旨和意义后,便是与会人员之间的互动和采访,整场酒会热闹却冗长。

沐安澜对这些事不感兴趣,李薇薇坐在他的身边,时不时侧过身与他小声说话。也不知道沐安澜有没有听进她的话,他面无表情,也没有回应。

洛雅宁偶尔抬眼,看到沐安澜的反应就有些想笑。沐安澜的目的性一向很强,如果不是急于找叶兰溪,怎么可能浪费时间听这些?

好不容易等到采访结束,叶兰溪提着裙摆走出记者的包围圈,款步来到就餐区,刚弯腰拿起一个红酒杯,就被快步而来的沐安澜吓了一跳。

"沐编剧?"叶兰溪有些惊讶竟会在这里见到他,随之便恢复了自然的微笑,"你是来找我的?"

沐安澜点了点头,也没有多余的客套,开门见山就问:"你今天怎么没有来公安局?"

叶兰溪看到不远处的李薇薇,顿时就有些明白了,她端起酒杯抿了一口后,才慢悠悠地打趣道:"什么时候沐编剧也开始行使警察的权力了呢?"

面对她的调侃,沐安澜倒没有生气,他正色道:"我在认真和你说话。"

叶兰溪眨了眨眼,一脸无辜地说道:"我也是认真的啊。您知道我是一个演员,有很多工作也是很正常的事,今天不能及时去公安局我也觉得有些抱歉,特意让助理给张支队解释清楚了,明天有空我就会去的。"

"我现在就有些话要问你。"

"我看还是明天去公安局说比较好,"叶兰溪见四周已经有人注意到他们,而沐安澜用看犯人的眼光盯着她,让她觉得颇为尴尬,只好小声说道,"这里不是说这件事的地方。"

叶兰溪的反应在旁人看来就是心虚,沐安澜又怎么可能放过她,于是说道:"那我们换个地方谈吧,你跟我来。"

不远处有一个通往露天平台的小出口,沐安澜指的就是那里。

"不行,"叶兰溪一口拒绝,"这里有那么多记者,如果让他们拍到或者看到,我会有很多麻烦。沐编剧,我……"

叶兰溪的话还没说完,沐安澜已经失去了耐心,他一把拉住她的手腕,想要强行带她前往露天平台。

洛雅宁一直在暗中观察他们,见沐安澜要强行把人带走,吓了一跳,忙放下酒杯走过去。她刚移步,就见叶兰溪已经服了软,往四周看了看,便随沐安澜一同离开。

露天花园因为在酒店最顶层,风有些大,叶兰溪穿着暴露的礼服,冷得抱紧了胳膊,没好气地说道:"好了,这里没别人,有什么话你尽管问好了。"

沐安澜也不客气,拿出手机给她看事先准备好的视频资料:"你往口袋里塞了什么东西?"

叶兰溪一脸疑惑地凑过去,只看了一眼,脸上就有了不自然的神色,可就算灯光昏暗,她的表情也没能逃脱沐安澜的眼睛。

"我……我没有塞什么东西啊。"叶兰溪还想抵赖。

沐安澜不慌不忙地说道:"或者你想去公安局讨论这个问题?"

"我真的没有。"叶兰溪为难地咬了咬唇,艰难地狡辩着,"你们该不会真的怀疑是我换了那把匕首吧？怎么可能？我怎么可能杀死张戚童？就算我有机会，也没有杀人动机啊。"

"你有杀人动机。他是你的男朋友，却背着你花天酒地，甚至和你的好朋友纠缠不清。你因爱生恨，难道还不算强有力的杀人动机吗？"沐安澜的眼睛一眨不眨地盯着叶兰溪，希望能从她细微的表情中发现破绽。

叶兰溪听了他的话后，却轻蔑地笑了，随即像是下定了决心似的说道："我根本就不爱他，我和他在一起是因为他的名望和地位能给我带来更多的机会，能让我在这个圈子里站稳脚跟。他也一样，他喜欢的并不是我这个人，而是我的年轻、美貌和性感。我们在外面虽然表现得像是热恋中的情侣，可私底下根本就没有过多的交集，那些恩爱都是演给别人看的。"

"真的？"沐安澜的心凉了半截。其实在他第一次造访叶兰溪家的时候，就已经有这种感觉，但始终没有确定。

"当然是真的。"既然已经说了，叶兰溪干脆知无不言，只求能打消沐安澜的疑虑，毕竟和杀人罪名比起来，她这个时候也顾不上名誉问题了，"那天我不小心撞到董航，不仅他的匕首掉了，我手里的一张纸条也掉在了地上，我不想被人发现，所以才会遮遮掩掩的，没想到会引起你的怀疑。这真的只是一个误会。"

"是什么纸条让你这么紧张？"

叶兰溪往身后看了看，宴会大厅里依旧热闹非凡，没有人注意到他们这里。她伸手捋了一下长发，从随身小包里拿出一张已经皱了的纸条，递给沐安澜："就是这个。"

纸条上写着时间和一个酒店的地址、房间号，落款处是一个熟悉的名字——沐安澜这部新电影的制片人。沐安澜似乎明白了什么，把纸条还给叶兰溪。

"我知道你一定看不起我，随便你怎么想吧，这个圈子里本来就乱得很，我这点事又算得了什么呢。"叶兰溪尴尬地低下头，已经没有了之前盛气凌人的模样。

沐安澜深吸一口气,叶兰溪自然是因为演技得到他的认可才能当上女主角,没想到竟会有人利用这件事"潜规则"女演员。他觉得有些失望,表面上却淡然地说道:"我对你们这些事没有一点兴趣,也不会告诉任何人。"

叶兰溪还是没有抬头,只是冷冷地说了一句"谢谢"。

"不用谢。"沐安澜转身就走。这个案子的线索又断了一条,他有些失望,此时也没有心情逗留,大步离开了会场。

一直等候在大厅的洛雅宁见沐安澜头也不回地往大门的方向走去,忙追了上去。小何见状拦住她,为难地说道:"雅宁姐,我们还有采访任务。"

洛雅宁此时哪里还有心思关心采访的事,嘱咐小何多拍些照片,自己便匆匆离开了,留下小何一脸茫然地呆立在原地。

022 美好的夜晚

洛雅宁终于在电梯口追上了沐安澜。他的脸绷得很紧,洛雅宁不用问就知道,在叶兰溪身上的线索一定又断了,她默默陪着沐安澜走进电梯。

观光梯缓缓下落,透过玻璃窗可以欣赏到美丽的夜景,可此时谁都没有心情观赏。两人没有说话,直到电梯停在负一层的地下停车场。

眼看沐安澜走到自己的车旁开门准备坐进去,洛雅宁连忙上前拉住他的手。

"喂,你就没有看到我吗?"

沐安澜不高兴的时候就仿佛全世界都从他眼前消失了一般,洛雅宁一个大活人跟了他一路,居然都没能入得了他的眼。

"你是要回家吗?我可以载你一程。"沐安澜面无表情地坐到驾驶座上。

洛雅宁跟着坐到副驾驶的位置上,系上安全带,接着说道:"我知道你心情不好,可就算线索没有了,也不代表破不了案,我们还可以重新找线索啊。"

"可是案发已经三天了,我却毫无头绪,"沐安澜懊恼地拍了下方向盘,把洛雅宁吓了一大跳,"我这几天已经把能想到的线索都想过了,现在脑子里就像有一团糨糊,完全没办法思考。"

洛雅宁从未见过这样的沐安澜,简直像个小孩子,完全不懂得控制自己的情绪。洛雅宁想教训他几句,可看到他眼中的血丝,心中有些不忍,看样子他今天早上回家后也没有好好休息。而且不正是因为他的认真和执着,才使自己在落入张相文的手中后及时获救吗?否则自己也不可能好好地坐在这里了。

对待救命恩人,态度还是应该好一点。洛雅宁正想说些什么来安抚一下沐安澜,却突然听到他开口说了一句:"对不起,我不该对你发脾气的。"

他这是在向自己道歉吗?洛雅宁倒是有些受宠若惊,连忙说道:"没关系,你开心就好。"

洛雅宁傻乎乎的样子让沐安澜笑了出来,他一边发动车子,一边说道:"不说这件事了,我带你出去走走吧。"

"不如早点回家休息吧,"洛雅宁虽然很高兴看到沐安澜重新调整好情绪,不过还是提议道,"我来开车好了。"

沐安澜看出了她的好意,笑了笑,说道:"我现在回去也睡不着,带你去一个地方,那里的夜景很美。"

洛雅宁很想问去哪里,但其实也无所谓,只要沐安澜想去,自己陪着就好。

经过近一个小时的车程,沐安澜带着洛雅宁来到东郊,这里是城市的最边缘,刚被列入市政工程待开发的项目。

连绵起伏的青山中有一座最高的山,叫乌木山,将被开发成本市的一个旅游景点。项目明年才会正式动工，所以乌木山现在暂时还保持着原来的风貌，安静得没有一个人影，偶尔有风吹过密林，发出沙沙的声响。

洛雅宁自大学起就生活在这个城市，闲暇时也和同学一起走过城市大大小小的角落，她知道乌木山是本市最高的山峰，却从来没上去过，没想到沐安澜会在今天带她来这里。

山脚下有一条盘山公路蜿蜒而上，公路有些年头了，有些路段还混杂着大块的石头，车行驶在上面十分颠簸。沐安澜似乎对这里十分熟悉，毫不犹豫地一路往上，约莫开了十分钟就到达了山顶。

山顶上有一块小小的空地，地上铺着几块样式陈旧的花砖，多年前修建的几个座椅已经残破，四周安静得有些诡异。

"你……你经常来这里吗？"洛雅宁不由自主地抓了一件沐安澜的外套抱在怀里，仿佛这样会有些安全感。她不太适应这里的安静和黑暗，说是杀人弃尸的好地方也不为过，在这里做点坏事，根本不可能被人发觉。

沐安澜熄了火，关掉大灯，顿时就真的漆黑一片了。洛雅宁吓得直往座位里缩，战战兢兢地说道："你不觉得这里安静得可怕吗？"

沐安澜当然不觉得可怕，否则也不会大半夜来到这里。他绕到另一侧车门，邀请洛雅宁下车。

"我……"洛雅宁老老实实地说道，"我胆子小，怕黑。"

"别怕，有我陪着你，"沐安澜冲她伸出了手，"我带你去看一些东西。"

洛雅宁犹豫了一下，虽然她不认为这种地方有什么东西可看的，但她全然信任沐安澜，所以最终还是把手伸给他，缓缓地下了车。

沐安澜的手很温暖，紧紧握住洛雅宁的手，她的心慢慢地安定下来，也就不觉得那么害怕了。黑暗的草丛中偶尔传来一两声虫鸣，倒有几分悦耳的感觉。

沐安澜拉着洛雅宁来到山顶的边缘，用手指着脚下的一片璀璨灯火，问道："这里可以俯瞰整座城市的夜景，是不是很美？"

洛雅宁顺着他手指的方向望去，果然看到一个流光溢彩梦幻般的世界。尤其是从这个高度看去，就好像她正站在这个世界之外，以上帝的视角在观望这个美丽的世界。

"好美啊。"眼前的一切美好得让洛雅宁的声音都变得酥酥软软的。

看着洛雅宁眼中亮晶晶的光芒，沐安澜觉得这个世界在她眼中变得更加美好起来。事实上她就是这样一个女孩，她本身就是美好的，被她那双清澈的双眸看过的东西，似乎也变得格外美好。

"你笑什么？"洛雅宁原本正专心看山下的美景，回过头却发现沐安澜正抿嘴轻笑，不由得伸手打了他一下，"你笑什么？"

"没笑什么，我就是觉得你的样子很可爱。"沐安澜说完，有些不自在地别过脸，他的脸颊微微泛红。他还从来没有这样夸奖过哪个女生。

可爱？这虽然不是洛雅宁期望的赞赏，但能让沐安澜开口夸人，本身就是一件困难的事，她也就没有太高的要求了。尤其是看到沐安澜一脸忸怩的样子，洛雅宁也跟着有些不好意思。她仰头看着天空，突然发现，夜空中竟缀满了繁星。

"沐安澜，你快看，这里能看到星星啊，我从来没见过这么美丽的星空，简直太神奇了。"

沐安澜也抬起头，望着那一片浩瀚高远的星海解释道："城市里灯火太亮，平时很难看到星星，而这里远离灯光，自然就能看清楚了。"

"我已经好久都没有看过这样的星空了，"洛雅宁陶醉其中，感慨万千，"好像上一次见到这么多星星还是在小时候，我外婆家远离城市，也能看到美丽的星海。"洛雅宁觉得仰头看星星太累，就在旁边的长椅上坐下，选了一个舒适的姿势靠在椅背上。

沐安澜则坐在她身边，陪她一起凝望星空。

"现在这样好像回到了小时候，每到暑假我都会去外婆家，她家的院子很大，也很清凉，种着桂花树，吃过晚饭我们就会在院子里纳凉，听蟋蟀在草丛里发出响亮的叫声，真的好怀念啊。"洛雅宁陷入了回忆。她的童年很快乐，上山摘花，下河摸鱼，无忧无虑的。后来长大了，课业的压力也大了，她就远离了悠闲的生活，现在想想还真是回味无穷。她突然仰头看向正在沉思的沐安澜，问道："你呢，你的童年是什么样子的？"

　　沐安澜没有说话，他根本就没打算回答这个问题。

　　"我猜你小时候一定是个学霸，整天就知道学习，否则你现在怎么可能这么厉害！但我一点都不羡慕你，因为我体会不到你的成就感，你也体会不到我们这种学渣的快乐，哈哈哈……"洛雅宁说着说着就自顾自地乐了起来，露出两排雪白的牙齿。

　　沐安澜含笑看她："看来你很容易知足啊。"

　　"当然了，知足的人比较容易快乐。你看你整天都板着脸，好像别人欠你一大笔钱似的，你真的觉得快乐吗？或者你有没有什么时候觉得快乐过？"

　　洛雅宁的问题倒真是难住了沐安澜。他快乐吗？好像长这么大他都没有留意过这个问题。要说快乐可能就是在想案件、编剧情的时候，思如泉涌，那种酣畅淋漓的感觉是快乐的。但除此之外，他就真的没有别的快乐了吗？沐安澜又努力想了想，好像真的没有。

　　"对了，你为什么带我来这里？"洛雅宁突然问道，"如果刚才从酒会中追出来的人不是我而是李薇薇，你也会带她来这里看星星、看夜景吗？"

　　答案是显而易见的。如果今天李薇薇没有告诉沐安澜在酒会上能见到叶兰溪，他也不会答应做她的男伴去那样的场合，又怎么可能带洛雅宁来这里呢？

　　"不会。"沐安澜淡淡地回答。

　　这个答案让洛雅宁更开心了："所以在你心目中，我还是比李薇薇强一些的。哎，你这么说，我心里就舒服多了。"

　　"你和她怎么能一样？"沐安澜脱口而出，又发现这话很容易被曲解，但他自己都不知道说这句话到底是什么意思，便连忙转移话题，"起风了，我们回车里吧。"

洛雅宁有些意犹未尽，耍赖道："可我暂时还不想回去。"

沐安澜看了眼时间，说道："不想回去的话，就去车上睡一会儿吧。"

洛雅宁眨了眨眼睛，心想难得可以和沐安澜静静地在这山顶上独处，每一分每一秒都值得珍惜，于是听话地抱着外套回车里去了。

"你不睡吗？"洛雅宁放平座椅，见沐安澜还坐在驾驶座上，便关切地问道，"你要不要把座椅放下来？"

沐安澜想了想，也放平了座椅，然后躺下。

洛雅宁这才满意地说道："这样才对嘛，只有休息好了，才更有精神面对明天的挑战，一个连自己都不能照顾好的人，又如何去帮助别人呢？"

她说得很有道理，可惜这么浅显的道理，直到今天才有人如此认真地告诉他。沐安澜全身放松下来之后，顿觉困意袭来，他很快就进入了梦乡，睡得很沉，也很安稳。

洛雅宁原本闭上的眼睛悄悄睁开，她侧过身看着近在咫尺的沐安澜，发现自己越来越爱看他睡着的样子。沐安澜只有在睡着的时候，才会对人放下防备，像婴儿一样纯美而简单。

究竟是什么样的成长历程造就了他这样的性子呢？他明明很善良，愿意帮助每一个人，却总是一副拒人千里的模样，究竟是因为什么呢？洛雅宁想着想着，也感到倦意袭来，她打了一个大大的哈欠，眼皮越来越重，最后终于迷迷糊糊地进入了梦乡。

山顶上很安静，有风轻轻拂过树梢，树叶微微颤动，草丛里偶尔能听到一两声虫鸣。一辆白色的跑车停在空地上，静静地等待天亮。

终于，城市的灯火一点点地熄灭，经过长久的沉寂后，黎明到来。

破晓的阳光刺破了黑暗，带着绚丽的霞光铺在群山间，照得车玻璃闪闪发光，试图唤醒车中的二人。

第二个故事

023 吃醋了

沐安澜就在这样略有些刺眼的阳光中醒来了。美美地睡了一觉之后，他觉得自己的精神已经完全恢复，尤其是看到淡淡的晨雾中冉冉升起的太阳如此炫目，如此有朝气、有力量，他感到昨晚的负能量已然通通消失。他正想叫醒洛雅宁一起观看这美丽的日出，手机铃声却响了起来，见是张支队打来的，他连忙接听。

"安澜，凶器的制作者找到了，你要不要一起来看一看？"

"当然。"沐安澜一听案子有新的进展，整个人更精神了，他坐直身体，说道，"你把地址发给我，我马上过去。"

他们的对话吵醒了洛雅宁，她揉了揉惺忪的睡眼，听到电话那头张支队的声音后问道："怎么了？是不是有了新的线索？"

沐安澜马上发动车子，同时解释道："不错，已经找到制作凶器的人了，我现在就要过去。我先送你回家吧。"

"不用，我陪你一起去。"洛雅宁赶紧系好安全带。

"你不用上班吗？"沐安澜看了她一眼，觉得她的劲头似乎比自己还要足。

"我今天……休假。"

"那好，坐稳了。"

两人驱车赶往张支队所说的地方，正好张支队也刚到达。何乐也跟来了，远远地看到沐安澜载着洛雅宁，露出满脸揶揄的笑意，沐安澜当然知道他是什么意思，便故意不搭理他。

"制作这把匕首的人就住在小巷的尽头，主人姓欧，所以他做的器械上都会刻一个不起眼的'欧'字。我们把东西拿给他看，他应该可以想起来。"张支队一边说明情况，一边和何乐率先往巷子里走去，脚下是平整的石板路,"这里偏僻难寻,但还是有许多人慕名而来,据说欧先生打造的刀剑不仅锋利结实,而且造型奇特,只有你想不到的样式,没有他做不到的。"

现在是早上七点,欧先生的店铺已经开门。店铺不大,装修得很有特色,门上挂着带有红色暗纹的黑色帘子,增添了几分神秘的色彩,墙上画有古朴的装饰花纹,还挂满了各式各样的刀具,漂亮而又显得有些冷冽。

张支队掀开门帘走进去,看到一个胖乎乎的中年男子正在打磨一把快要成型的匕首。他打磨得很认真,不一会儿已经磨出锐利的刀刃。这位应该就是欧先生。

注意到张支队一行人,欧先生忙放下手中的匕首,起身迎上前,客气地问道:"诸位有什么需要帮忙的吗?"

沐安澜默默地打量店铺里的商品,陈列的部分很少,但都是精品,看样子这里应该是以定制为主。

"我们是警察,不过你不用紧张,我们只是有些事想找你了解一下。"张支队从口袋中掏出证件。

欧先生看了眼张支队的证件,连连点头道:"警察同志,有什么需要帮忙的,您尽管说。"

"我想问一下,从你这里售出的商品都是你亲手打造的吗?"张支队拿出那把凶器,"这个是你做的吗?"

欧先生看了一下刀柄内的标识,得意地说道:"不错,正出自我的手。"

"那你还记得找你定制的人吗?"张支队满怀希翼地问道。

欧先生一脸歉意:"最近客人实在有些多,除了一些熟客,一般我都不大记得他们的长相。您手中的这把匕首造型又比较普通,我没什么特别的印象,何况有很多顾客都不愿透露自己的个人信息,我也不便打听。"

沐安澜一行人顿时有些失望。

张支队收回匕首,又取出两张照片,分别是董航和阮鸣律,递给欧先生,再次问道:"麻烦你看一下,这两个人有没有来过这里?"

第二个故事

欧先生接过相片仔细看了几眼,又想了很久,最后抱歉地摇了摇头:"对不起,我实在想不起来。"

张支队叹了口气,心凉了半截。

"哦,对了,你们要找人的话,我这里有监控录像。"欧先生转身走到电脑桌旁,"你们有需要的话,我现在就调给你们看。"

"太好了。"张支队有些惊喜。

几人立刻上前,认真看了一遍欧先生店里的监控录像。最后,录像画面定格在案件发生前一周的某一天傍晚,一位神秘的顾客走进了店铺。

据欧先生回忆,如果说有什么特别神秘的顾客,那应该就是这一位了。他进来的时候天色将晚,平日这个时间一般没有客人到店里来,欧先生也准备打烊了。这位顾客穿着一身黑色的休闲服,头上压着宽檐的鸭舌帽,脸上戴着口罩和墨镜,一进来就给了欧先生一张匕首的照片,让他按照片里的样子定制一把一模一样没有开过刃的匕首,而且要求尽快制作完成。欧先生没有多问,就按照他的要求接了单。

"他当时蒙着脸,你就不觉得奇怪吗?"张支队几乎整个人都贴到电脑屏幕上了。

欧先生挠了挠头,说道:"当时是觉得有些奇怪,但这是客人的自由,我也没办法要求他摘下口罩,而且他付钱很爽快,我就按照他的要求,做好之后装进快递箱寄了过去。"

"那邮寄的地址呢?"

"是一个公共的收件处,我来找一下,我所有的订单都是有记录的。"欧先生从柜子里找出当天的货单,写下地址交给张支队。

"谢谢你的配合。"张支队收好地址,准备再去取件的地方看看有什么其他发现。

等侦查员调回公共取件处以及周边的监控录像后,众人发现取件人仍旧是去欧先生店铺时的打扮,除了可以确定是个男人以外,根本找不到其他有用的信息，想要从凶器着手调查的线索又断了。

案件再次陷入僵局。

忙了一整天，依旧没什么收获，沐安澜和洛雅宁回家时都有些沮丧。两人走出电梯的时候，洛雅宁惊奇地发现，李薇薇竟然又站在了沐安澜的家门口。

"你怎么又来了？"沐安澜也是吃了一惊，看样子不太欢迎这位不速之客。

他们今天去找欧先生的时候，李薇薇就打过电话给沐安澜，他当时敷衍了几句就挂断了，没想到李薇薇竟如此锲而不舍地追上门来。

李薇薇穿着一身俏丽的短裙，长发及腰，看着沐安澜微笑道："你昨天说过的，只要我帮你找到叶兰溪就请我吃饭。我今天正好有空，一起去吃饭怎么样？"

沐安澜显然已经不大记得曾经说过的话了，经过李薇薇的提醒才揉了揉鼻子，脸上的神情有些尴尬。

"你有客人招待，我就先回去了。"洛雅宁冲李薇薇点了点头，然后绕过她，往自己家走去。

沐安澜则叫住她："你等一等。"

"还有事吗？"洛雅宁转过身问道。

"是这样的，"沐安澜走到李薇薇身边，"我确实答应过只要你替我找到叶兰溪就请你吃饭，但没有说什么时候，我今天忙了一天很累了，吃饭的话还是改天吧。"

李薇薇娇嗔道："你怎么能说话不算数？再说我平时也很忙，就今天晚上有空。"

洛雅宁听着他们的讨论，心想这两人一个偏要赖在这里，一个又不待见对方，真是有些尴尬。

第二个故事

"好了,你们不要再争了。"洛雅宁揉了揉发疼的太阳穴,"来我家吧,我叫些外卖,算我请你们吃饭总可以了吧?"

李薇薇还是不满意,噘嘴看向沐安澜,眼神火辣而赤裸。

洛雅宁实在不喜欢李薇薇这种见了男人就撒娇的性子,自己好心解围,让她有个台阶下,否则以沐安澜的个性,肯定不吃她这一套,可她竟然还不领情。

洛雅宁当下就转过身:"不愿意就算了。"

李薇薇见沐安澜一副无动于衷的样子,眼眸转了转,改了主意:"好吧,就去你家。"

此时洛雅宁已经打开了门:"请进吧。"

李薇薇扭动着纤细的腰肢毫不客气地走了进去,沐安澜见状,也只好跟了进去。

洛雅宁的家装修得简单雅致,虽然没有之前的公寓大而豪华,但经过上一次的教训之后,她觉得家只要温馨舒服就好,反正她一个人住也不需要太大的空间。

"不是吧,你家好小好简陋哦,"李薇薇一进门就夸张地叫了出来,她在屋里转了一圈,不客气地说道,"客厅里什么都没有,也没有专门的健身房,那你平时都是怎么运动的?这日子过得也太糙了吧!真不明白,你和安澜明明是邻居,装修品位却差了那么多。"

"没有谁规定邻居就一定要品位一致,再说了我可不是你这样的大明星,我就是个小小的主持人,对生活没有那么高的要求。"洛雅宁倒是一点都不在意,还顺便揶揄了李薇薇几句,"你们想吃什么?比萨可以吗?"

"我晚餐可不吃这些东西,我在减肥。"李薇薇皱了皱眉头。

"那就吃沙拉好了。"洛雅宁懒得理她,反正自己不减肥,瘦成竹竿真的很好看吗?

沐安澜拿走洛雅宁的手机,开口道:"你们想吃什么,我来做吧。"

"啊，安澜你还会做菜呀？"李薇薇一脸崇拜的样子，"你好厉害，我还没见过哪个男人事业成功，又能下厨房呢。如果谁能嫁给你，真是太有福气了。"

沐安澜不喜欢听她说这样的话，拉起洛雅宁往厨房走去："你来给我打下手。"

李薇薇见沐安澜不愿搭理她，只好坐在沙发上老老实实地看电视。

厨房里，洛雅宁一边洗菜，一边调侃沐安澜："你不要对人家那么冷漠嘛，长眼睛的人都能看出来她对你有意思。再说了，她也帮过你，于情于理你都应该回报她的，给她做顿饭也没什么。"

沐安澜正在切土豆丝，听到洛雅宁的话突然停了下来，压低了声音不紧不慢地说道："谁会担心她？我是怕饿着了你。"

洛雅宁正好好地洗着菜，听到沐安澜一本正经的话，不由得手一抖，水溅了一身。她忙关上水龙头，心虚地擦了擦身上的水渍。

"这么大的人了，做事还那么毛躁。"沐安澜好像完全没意识到自己说的话哪里不对劲儿，他放下菜刀，伸手替洛雅宁擦去鼻尖上亮晶晶的水珠。

"嘿嘿，"洛雅宁不好意思地笑道，"我们还是快点吧，你不说还好，一说我真觉得肚子要饿瘪了。"

沐安澜笑了笑，拿起菜刀重新切菜。

洛雅宁在厨房待了一会儿，虽然沐安澜没再说话，她却觉得气氛暧昧得不得了，赶紧逃出了厨房。

李薇薇正在看电视新闻，正好播到关于《甜美的毒药》剧组停拍的采访镜头，演员们纷纷离开片场，没有人愿意接受采访。镜头对准阮鸣律时，洛雅宁看到他走路的姿势有些奇怪，便随口问道："阮鸣律的腰怎么了？"

李薇薇嗑着瓜子说道："他的腰一向不好，我听说是早些年拍戏的时候从马上摔下来过，后来就落下了病根。"

"他拍戏的时候挺正常的呀，完全看不出腰部受过伤。"

李薇薇不在意地说道："他拍戏时会围一层特制的护腰，外面再穿上戏服，可能这样就会好一些吧。"

这时，沐安澜端着菜从厨房走出来，听到李薇薇的话后愣了一下，问道："你刚才说，阮鸣律在拍戏时是围着护腰的？"

"对呀，你没有注意过吗？哦，对，你从来不进化妆间，自然不会知道。他拍戏时经常会围一件护腰来保护腰部。"

"那案发那天，他围了护腰吗？"沐安澜继续问道。

李薇薇仰头想了下，肯定地回答道："有，他那天围了护腰，我可以肯定。"

洛雅宁见沐安澜手中端着菜，思绪却不知飘去了哪里，忙提醒道："是不是想到了什么？"

沐安澜摇了摇头，他现在还不能确定。

"好香啊。"李薇上前接过沐安澜手中的菜，对他的厨艺赞不绝口。

沐安澜还在思考，直到李薇薇挽住他的手臂，把他拉到餐桌前，才打断了他的思绪。

024 突破性进展

沐安澜的生物钟让他在太阳出来之前就醒了过来，他怔怔地盯着天花板看了一会儿。他每天早上醒来的时候都会这样，因为这个时候人的脑子最清醒，他习惯在此时琢磨一些不太容易想明白的事情。

昨晚李薇薇说过的话突然蹦进他的脑海。她说阮鸣律有腰伤，经常围一件特制的护腰，案发那天他就围着那件护腰。沐安澜当时听到这些话就觉得哪里不对劲儿，可惜被李薇薇打断了思绪，现在想起来，脑中灵光乍现。

沐安澜之前就发现阮鸣律在和董航的打斗戏中姿势有些不自然,阮鸣律解释说他那天胃疼,却没有提及腰伤的事。沐安澜之所以打消了对阮鸣律的怀疑,还有一个原因是当天的戏服没有口袋,根本藏不了匕首,现在看来,阮鸣律完全可以把匕首藏在护腰里。

        想到这里,沐安澜腾地一下掀开被子,从床上跳了下来,他要赶紧去一趟市公安局证实自己的想法。阮鸣律之前在他的眼皮底下逃了过去,现在仔细一想,阮鸣律身上还有很多可疑的地方,显然他们调查得还不到位,还有不为人知的盲点存在。

        沐安澜刚出门就撞上跑步回来的洛雅宁,洛雅宁见他不像平日里那样从容淡定,好奇地问道:"这么一大早你匆匆忙忙要去哪儿啊?"

        "我突然想到一些疑点,现在就要去证实。"沐安澜拿出车钥匙,"你要一起去吗?"

        "当然。"沐安澜有了新的想法,说不定就是案件的突破口,洛雅宁自然不想错过,忙换了一身衣服,和沐安澜一起出了门。

        大清早,刑警支队已经很忙碌了,沐安澜带着洛雅宁直接往张支队的办公室走去。

        沐安澜今天的脚步有些急,见办公室的门开着,也不管里面有没有人,便直接冲了进去。

        "我有事问你!"沐安澜双手撑在办公桌上,盯着张支队,完全无视其他人。

        张支队只好对下属说道:"你们先去忙吧。"

        洛雅宁这时才走进办公室,尴尬地看着沐安澜把其他人赶走。

        "今天怎么这么早?"张支队起身为他们倒了茶,又忍不住看了洛雅宁一眼。

        "我要知道阮鸣律的详细资料,越详细越好。"沐安澜哪有心思喝茶,

第二个故事

不耐烦地敲着桌子催促道:"快,快点。"

张支队眯着眼指了指沐安澜,无奈地翻出一沓资料递给他:"我们对他的调查结果都在这里。你是不是在他身上找到了什么线索?"

沐安澜一把抢过资料,仔细看过一遍后,吃惊地抬起头,问道:"他结过婚?妻子在一年前死了?"

"是的,他的妻子是一个漂亮又温柔的人,可惜患上了抑郁症,由于病情严重,她一年前在家里自杀了。这件事当时好像还上过社会类新闻,在网上引起了有关抑郁症的讨论风潮。"张支队摇了摇头,"阮鸣律很爱他的妻子,对这件事闭口不谈,谁愿意揭开这样的伤疤?"

沐安澜手捧资料默默沉思,久久都没有开口说话。张支队有些纳闷,用眼神"询问"坐在他身旁的洛雅宁,而洛雅宁只是耸了耸肩,表示自己也不太清楚。

"还有一件事需要确定,越快越好,"沐安澜突然开口,"我需要拿到阮鸣律案发那天穿的戏服,还有他围在里面的护腰。你让痕检科用最快的速度对物证做一个化验,尤其要注意腰部的位置,看能否在戏服和护腰上提取到和凶器有关的物质。"

"阮鸣律和张戚童虽然面和心不和,但已经合作了这么多年,如果真有点什么,早就闹翻了,怎么会现在才动手呢?"洛雅宁问道。

张支队倒是点了点头:"你也在怀疑阮鸣律吗?我本来想忙完后给你打电话告诉你这件事的,我发现阮鸣律时常围着护腰,如果把凶器藏在护腰里,是不是很难察觉?"

"他是不是凶手还需要证据佐证。"沐安澜现在急需证据来支持他脑中突然冒出的想法,而阮鸣律的妻子因为抑郁症自杀的事印证了他的猜测,恐怕阮鸣律妻子的死并不那么简单。阮鸣律沉默隐忍的背后,一定藏着不为人知的事情。

"我立刻派人去做这件事情,一有消息马上通知你。"张支队的神情也严肃起来。

　　几个小时后,鉴定结果出来了,张支队接过鉴定报告一看,整个人瞬间从椅子上弹了起来。
　　"怎么样?"沐安澜似乎已经预料到了结果。
　　张支队立刻拨了一个电话:"立即对阮鸣律实施抓捕,马上出发。"
　　洛雅宁有些疑惑地看了沐安澜一眼,而张支队已经快步往外走了,他边走边将手中的鉴定报告扔给沐安澜:"真有你的。"
　　只见报告上清清楚楚地写明在阮鸣律的戏服内侧纤维里,找到了和凶器把柄上一样的油性物质,这也是欧先生制造刀具时特有的材料。
　　"凶手居然真的是阮鸣律?他为什么要杀死张戚童?难道因为他抢了原属于阮鸣律的角色?朋友反目,甚至动了杀机?"洛雅宁惊愕不已,她无法相信那个敦厚老实、努力演戏的人竟会做出这种令人发指的事情。
　　而沐安澜心中已隐约猜到了阮鸣律的杀人动机,可目前只是猜测而已。
　　"一会儿抓到他就真相大白了,不过对他而言,这也未必不是一种解脱。"
　　洛雅宁不太明白沐安澜的话,可看到他坚定又带着哀伤的目光,就知道对这件案子他已是成竹在胸,自己只需坐等真相就好。

　　一个小时后,阮鸣律就被刑警带了回来,他神情平静,见到沐安澜的时候,深深地看了他一眼,随后就被带进了审讯室。
　　阮鸣律静静地坐在椅子上,戴着手铐的双手放在桌上,他低头看着自己的手,一言不发。
　　"我们已经找到证据证明你是犯罪嫌疑人,我劝你还是主动交代吧。"
　　张支队心中感慨万千,他们刚才去抓捕阮鸣律的时候,他的脸上没有

第二个故事

一丝惊讶的表情,他仿佛早就知道警察会来找他,平静地伸出双手戴上手铐。来到审讯室后,他依旧这样冷静,可无论如何都不肯开口说话。

"你不要以为不开口,我们就拿你没办法,就算你不交代,我们也可以证明你的罪行,你自己想清楚要不要配合。"张支队神情严肃地说道。

"我没有打算隐瞒或者想逃脱,人的确是我杀的,我承认是我换掉了剧组的道具,借董航的手杀死了张戚童。"

"那你为什么要杀他?你们不是好朋友吗?就算不再是朋友,也不至于要了他的命吧?究竟是什么样的仇恨让你动了杀机?"

阮鸣律抬起头看着张支队,神情异常平静。

张支队自警校毕业后就被分配到刑警队,见过许多穷凶极恶的杀人犯,他们在承认自己罪行的时候,无不是痛哭流涕或精神崩溃,可眼前的这一位冷静得让人意外。

阮鸣律心里究竟在想些什么,谁都不知道。

阮鸣律淡淡地说道:"我恨他,他抢走了原本属于我的机会,使得我至今默默无闻,只能给他做配角,有时候甚至要讨好他才能得到角色。我终于忍受不了了,所以设计杀了他。"

不,这不是他真正的杀人理由。

张支队看着阮鸣律如一潭湖水般沉寂的眼眸,心中明白,这只是他的借口罢了。身为一名刑警,探究真相是张支队的原则,绝不可以被打破,所以他锲而不舍地追问真相。

"没有别的想说的了吗?我知道这并不是真相,你要清楚,既然到了这里,就不可能再有秘密了。"

阮鸣律似乎动摇了一下,他张了张嘴,最后吐出的话依旧不变:"就只有这个原因,没有其他的了。"

张支队无奈地吐出一口气,转身走出审讯室。沐安澜就在审讯室旁的监控室,把刚才的对话听得一清二楚。

张支队揉了揉头发："我拿他没办法了。"

沐安澜安抚地拍了拍他的肩膀，问道："我试试？"

沐安澜缓缓推开审讯室的门，示意负责记录的刑警暂时出去，审讯室只剩下沐安澜和阮鸣律两个人。

"沐编剧，你怎么来了？"阮鸣律神情放松，就好像和熟人打个招呼。

"张支队是我的朋友。阮鸣律，我们虽然不太熟悉，但我在剧组待了很长一段时间，你的为人和演技我都看在眼里。我虽然不明白你为什么会做出这样的事，可如果你能配合审讯，我答应你，在你被定罪之前让你和你最想见的人见一面。"

"我最想见的人？"阮鸣律喃喃自语，突然嗤笑了一声，"谢谢你的好意，我并不想见谁。"

"是吗？"沐安澜盯着他的眼睛，"在你入狱之前，难道不想去祭拜下你的亡妻吗？你这一走不知道还能不能见到她了。"

沐安澜这句话就像一记惊雷，阮鸣律身形猛地一震，他瞪大眼睛看向沐安澜，眼中涌出复杂的神色——惊讶、悲伤……最后沐安澜终于在那双眼睛里看到了一丝波澜、一丝不舍和留恋。

"你……"

沐安澜取出一张照片放到阮鸣律的面前："你的妻子漂亮、温柔、娴静，她是你此生的至爱，同样她也深深地爱着你。你一定曾经想过，这一生有她就足够了，她就是老天爷对你所有的弥补，即便事业不尽如人意，你也心满意足，因为你们两个过得很幸福。可谁会想到你的妻子竟然患上了抑郁症，受着心灵和生理上的双重折磨，无论你如何悉心照料、关爱她，试图让她走出来，可终究抗争不过病魔。你妻子于一年前趁你不在家的时候自杀了，对此你有什么想说的吗？"

阮鸣律的双唇激烈地抖动起来，眼中渐渐蓄满了泪水。沐安澜说的每个字都像尖利的锥子一样扎进他的心里，把他的心扎得千疮百孔，血流如注。他低下头,无比珍爱地抚摸着照片上笑得温暖灿烂的女人,一颗眼泪落下来,滴在那美丽的笑容上。

沐安澜坐到阮鸣律对面,看着照片中的女人,心里也跟着难过起来:"张戚童对她做了什么?"

阮鸣律用力捶了捶桌子,手铐也跟着咣当作响,原本无声的哭泣化作号啕大哭。他越哭越伤心,越哭越悲痛,仿佛要将所有的情绪都发泄出来。不知哭了多久,他的声音才渐渐小了,他手中紧紧抓着那张照片,泪眼蒙眬地凝视着照片里的女人。

"阿英是我此生最爱的女人,从见到她的第一眼起,我就疯狂地爱上了她。"阮鸣律的声音沙哑,他回忆着,倾诉着,说出了从未对别人提起的秘密,"她那个时候是剧组里一个跑龙套的小演员,和我一样热爱演戏,她是个外柔内刚、很有原则的女孩,一直未得到导演的赏识。后来,我们相识、相知、相爱,成为一对爱侣,度过了一段很幸福的时光,直到我带她去我所在的剧组,遇到了张戚童。从一开始我就知道张戚童对阿英不怀好意,他并没有因为阿英是我女朋友而有所收敛,他原本就是花心而龌龊的人,只是我想着阿英真心实意地爱着我,是不可能和张戚童交往的,所以没有把这件事放在心上。如果我能预先知道后来会发生的事情,我肯定会在他玷污阿英之前就杀了他。"

审讯室里很安静,只回荡着阮鸣律愤怒而后悔的声音。

"不久之后,我和阿英结婚了。我们很恩爱,可好景不长,张戚童经常趁我上节目的时候来找阿英,用各种各样的借口。阿英为了不影响我的工作和心情,也看在我和张戚童是多年朋友的分上,一直忍气吞声地敷衍他。直到有一天,这个畜生兽性大发,竟然强奸了阿英。"

"他强奸了你的妻子?那你为什么不报警?"这和沐安澜之前的猜测相距不远。

025 现在约也不迟

阮鸣律痛苦地捂住脸，这是他此生最后悔也最懊恼的事，每每回忆起来，都会锥心刺骨地痛。

"我知道这件事后，很想马上报警，可阿英拦住了我，她说如果报了警，她就没脸在这个世上活下去。她说，如果我爱她，为她着想的话，就当这件事没有发生过。于是我选择了忍气吞声。可没有用，阿英还是一天天地消沉下去，她大把大把地吃安眠药，头发也掉得厉害，我强行带她去看医生，确诊她患了抑郁症。我以为她吃了药就会慢慢好起来，可并不是这样，她为了不让我担心，隐瞒了病情，自己却饱受煎熬。终于有一天，她在家里自杀了。"阮鸣律再次痛哭流涕，用力捶打着自己的胸口。

沐安澜看着眼前这个高大的男人，他的脸上写满了悔恨。他很脆弱，很可怜，也很值得同情，沐安澜却说不出任何安慰他的话。他杀了人，也有让人憎恨的地方。如果他当初选择报警，让张戚童得到应有的惩罚，尽管阿英会有一段艰难的时光，但一定会在爱人的帮助下走出阴影。可他没有，还装作什么都没发生过，致使张戚童逍遥法外。而阿英郁郁寡欢，最终走向了死亡。阮鸣律何尝没有责任？

"你是在阿英死后，决定要替她报仇的吗？"

阮鸣律重重地点了点头："不错，阿英死的当天，我就在她的面前发誓，一定要杀了张戚童替她报仇。我立刻实施计划，假意和张戚童继续保持好朋友的关系，也装作完全不知道他曾侵犯过阿英。我讨好他，让他帮我接戏，哪怕是配角也没关系，只要有机会和他在一个剧组就可以。可我们合作了好多部戏，我都没有找到杀死他的机会。直到这一次，我想到了偷梁换柱的好办法，成功调换了道具，借董航之手杀死了他。"阮鸣律扬起头，长长地舒了口气，仿佛压抑许久的仇恨一下子就消释了，"他死了，我终于为阿英报了仇，我真的觉得很痛快。"

第二个故事

"然后呢?你有没有想过,其实阿英的事,你需要负一定的责任。"

"我?我为什么要负责任?"其实阮鸣律明白沐安澜话里的意思,只是不愿意承认。

"难道害死阿英的只有张戚童吗?"沐安澜一针见血地说道,"阿英是个好女孩,否则也不可能背负起如此沉重的心理包袱。可她之所以严重到患上抑郁症,难道你就没有一点责任吗?你没有对这件事表示出遗憾和愤怒,以及对她的嫌恶吗?如果没有,为什么她会对你隐瞒自己的病情,而你又发现不了呢?说白了,你对她的爱并没有那么深沉。"

阮鸣律浑身颤抖起来,沐安澜的话一下子戳中了他的内心,这是他一直以来都不敢面对的内心真实的想法。

"你说是我害了她?不,我爱她,怎么可能是我逼她自杀呢?"阮鸣律十分慌乱,茫然地看着沐安澜,"不是我,不是我。"

沐安澜深深地叹了口气:"这个问题,或许你可以用剩下的每一天慢慢思考或者忏悔。阿英更在意的是你对她的态度,她肯定希望你能完完全全地包容她,爱她,抚平她的创伤,而不是以自己的性命为代价为她报仇。所谓的仇恨,也只是你认为的仇恨而已。"

阮鸣律全身瘫软下去,无力地倒在座位上。

张支队推门而入,赞许地拍了拍沐安澜的肩膀:"这次又要感谢你了。"

案子终于破了,嫌疑人也对犯罪事实供认不讳。沐安澜终于放下背负了这么多天的包袱,按理说他应该心情愉悦,可相反地,他脚步沉重地走出了审讯室。

此时,洛雅宁也来到了审讯室外,见沐安澜黑着脸出来,忙上前问道:"怎么了?阮鸣律不肯认罪吗?"

沐安澜摇了摇头:"他已经承认了。"

"那你应该开心才对呀,"洛雅宁心里绷紧的弦也放松下来,"你可以回去睡个好觉了。"

"是啊，我应该觉得开心的，可不知为什么，却一点都高兴不起来。"沐安澜注视着洛雅宁，"为什么你可以如此轻松快乐呢？"

"为什么不能轻松啊？"洛雅宁吐了吐舌头，"我知道每一桩杀人案背后，都有让人难以承受的辛酸，也有不得已的理由，但在法律面前，人人都是平等的。像阮鸣律这样，杀人之前把计划做得如此周全，就没有想过自己的下场吗？可他依然选择了报复，就是认可了自己的罪行啊。每个人要走的路都不一样，何必为了注定的事而不开心呢？"

无论什么事情，经过洛雅宁的解释，都会变得十分简单，她的想法很简单，快乐的理由也很简单。

"好了，别想太多了。你帮助刑警支队破了案子，算是大功臣了吧，张支队是不是应该请我们吃饭呀？"洛雅宁兴冲冲地说完，突然想到沐安澜可能不太愿意和一群人凑热闹，马上改变了主意，"要不还是回家休息吧，你忙了好几天，应该美美地睡上一觉。"

沐安澜却提出邀请："我回去也睡不着，不如出去走走吧。"

这真是个好提议，外面晴空万里，连云朵都格外地洁白柔软，让人的心情也跟着好起来。最重要的是，沐安澜难得有这样的好兴致，洛雅宁立刻说道："好呀。"

热闹繁华的街道上，两人一前一后默默走着，洛雅宁有些跟不上沐安澜的脚步。洛雅宁原本以为沐安澜所说的出去走走，是去郊外看美丽的风景，没想到他说的竟然是逛街。

在最热闹的街道上漫无目地走着，这一点都不像沐安澜的个性，只是沐安澜这逛街的速度实在是有些快，洛雅宁都有点跟不上了。

"喂，你这到底是逛街还是竞走啊？"洛雅宁在被落下一大截之后，终于忍不住抗议道。可人声鼎沸，她的声音被淹没在茫茫人海中，沐安澜完全没听到，兀自往前走着。洛雅宁只好大叫一声："沐安澜，你给我站住！"

沐安澜这才回过神来，发现本该在身边的洛雅宁早已不见了踪影，他转过身，看到她被远远落在后面。

两人隔着人群僵持了一会儿，沐安澜终于在洛雅宁的怒目而视下败下阵来，转身往回走了几步："你怎么走得这么慢？是因为腿比较短吗？"

"我腿短？"洛雅宁被沐安澜一本正经的语气噎了一下，"我的腿一点也不短！是你迈步子的频率太快了！逛街可不能这个样子。"

沐安澜很少逛街，更没有陪女孩子逛过街，哪知道该是什么样子。

"逛街呢，应该慢慢走，走走停停，看看有没有喜欢的东西，再聊聊天，这才叫逛街，否则只能算是赶路。"洛雅宁往前迈了一小步，和沐安澜并肩，"你应该迁就我的速度，我们聊一下彼此都感兴趣的话题，如果我看中什么东西，你要给我意见……"

"真是麻烦，早知道就不出来了。"沐安澜埋怨道，"现在后悔还来得及吗？"

洛雅宁知道他在和自己开玩笑，不由得笑出了声，心想沐安澜其实也有幽默的一面。

眼睛的余光中，洛雅宁看到身边的书报亭前摆放着最新的杂志，其中一本杂志的封面上印着一张熟悉的照片。她拿起来一看，正是那天酒会上沐安澜和李薇薇的同框画面。李薇薇一身华服，骄傲得像一只孔雀，而沐安澜虽然只穿了件简单的白衬衣，气场却和周围的气氛很搭，两人站在一起倒也挺养眼、般配。

这几天只顾着查案，洛雅宁已经忘了这件事，但现在看来还是掀起了不小的风波。

不过也难怪，李薇薇在圈子里是出了名的话题女王，而沐安澜又是公认的天才编剧，孤僻冷傲，这两人出双入对自然博人眼球。

"快看，沐大编剧，你上杂志封面了呢。"洛雅宁调侃道。

其实不仅仅是封面，杂志内文里更是详细介绍了两人当时的情形，有意把读者的视线转移到两人的关系上，虽然没有明言，但其实已经说得很露骨了。

沐安澜只是侧过头看了两眼，根本不在乎上面写了些什么。

"现在的记者可真会玩文字游戏啊，"洛雅宁边看边感叹道，"我都有些相信你是李薇薇的男朋友了。"

沐安澜听她这样说，皱紧了眉头："你信？"

"我信不信不重要，其实读者相不相信也无所谓，反正我知道你是一个不容易被舆论影响的人。你一直都信奉清者自清的准则，所以根本就不会放在心上，对不对？"洛雅宁把杂志放回去，她似乎越来越了解沐安澜了。

沐安澜点了点头："看来你还是一个善解人意的姑娘。"

"既然你说我善解人意，那我再附送你一句话，不知道合不合你的心意？"

沐安澜用眼神示意她继续往下说。

"你的这部新电影，虽然男主角和重要的男配角都没了，但你可能从这起案件中有所感触，所以想要重新选角开拍，我说的对吗？"洛雅宁边说边露出狡黠的笑容，"说对了可不许不承认。"

"好吧，我承认你说的是对的，你是不是会读心术？我真的有计划重拍这部电影。我知道这个圈子有些乱，但没想到这部戏一直被人左右着。"沐安澜有些无奈地说道，"我要求制片人重新选角，否则宁可收回版权。"

"我支持你，我一直觉得你的电影是最棒的，也不希望你的新作拍成电影后，反而违背了你的初心，所以从头开始真的很好。"洛雅宁冲他竖起大拇指，"我很期待哦。"

"如果你喜欢，随时可以来剧组探班。"

沐安澜难得笑得那么开心，那笑容如同天边披着霞光的夕阳，那么

第二个故事

美,那么灿烂夺目。洛雅宁在这样的笑容中恍了心神,她发觉自己越来越爱看沐安澜微笑时的样子。

两人缓步而行,边走边轻声聊天。

霞光披在两人身上,在身后投下长长的影子。

两个月后,沐安澜的新电影重新开机。开机现场十分热闹,吸引了众多记者前来。张戚童案的阴影似乎已慢慢散去,一切雨过天晴。

洛雅宁特意前来捧场,不过现场人山人海,她好不容易才挤进去。沐安澜正在给演员讲戏,洛雅宁发现剧组进行了大换血,一派热闹非凡的景象。

沐安澜看到洛雅宁,放下手中的事,迎了上去。

洛雅宁忙说道:"你忙你的吧,不用管我,我随便看看就行。我听说换了新的男女主角,有些好奇,不知谁能入你的眼。"

"男主角换人了,女主角嘛,其实你也认识。"沐安澜有些欲言又止,"他们都通过了试镜,是所有人都认可的最适合角色的演员。"

"是谁呀,这么神秘?"洛雅宁仔细想了想,"该不会还是叶兰溪吧?"

"不是她,她主动辞演了。"

沐安澜说得越神秘,洛雅宁就越好奇。她正准备打破砂锅问到底,就听到身后传来一个娇滴滴的声音:"对不起,导演,我来晚了。"

导演低声抱怨道:"你怎么迟到这么久?虽然你是女主角,也要珍惜别人的宝贵时间啊。"

女主角?洛雅宁好奇地转过身,吃了一惊,女主角不是别人,正是李薇薇。而李薇薇此时也看到了洛雅宁,她摘下脸上的墨镜,冲着洛雅宁挑衅地一笑。

"她竟然是女主角?"洛雅宁感到难以置信,"怎么会是她呢?"

"你不看好她的演技吗?"沐安澜有些无奈地解释道,"这是层层筛选出来的结果，李薇薇的演技还不错，否则也不会被选中。你要过去和她打声招呼吗？"

洛雅宁连连摇头："不用了，我和她不是很熟。"可李薇薇已经朝他们走来，洛雅宁笑了笑，"她过来了，但我敢打赌，她不是冲着我来的。"

果然，李薇薇径直来到沐安澜的面前，热情地和他打招呼，却把洛雅宁当作空气一般忽略了："安澜，你一会儿有空吗？我们一起吃晚饭吧。"

沐安澜一口回绝："我和雅宁约好了，她之前陪我一起查案，我想好好感谢她。"

洛雅宁则悄悄对沐安澜扮了个鬼脸。从什么时候开始，他说谎都脸不红气不喘了，他们哪有约过？

"这样啊，那只好改天了。"李薇薇有些失望地看了洛雅宁一眼，正好导演喊她，她只得悻悻地走开了。

洛雅宁深深叹了口气，笑着打趣沐安澜："你还挺招蜂引蝶的嘛。"

沐安澜没说话，似乎对她的话颇有微词。

洛雅宁继续调侃道："沐大编剧，我们什么时候约过晚上吃饭来着？"

沐安澜微笑道："现在约也不迟啊。"

"安澜，要正式开拍了。"导演在远处大声喊了一句。

沐安澜同洛雅宁打了个招呼，重新投入工作中。

看着他忙碌的身影，洛雅宁有些怀念查案时的那个沐安澜。那时的他，认真执着，甚至有些疯狂，但偶尔也脆弱无助，需要有人关怀。沐安澜本身就是一个复杂的矛盾体，就像一本被翻开了扉页的书，吸引她慢慢品味……

第三个故事

故人兮魂归

026 无比期待

细雨把天空清洗得干净而清透,太阳躲在乌云上,待到微风吹散乌云,太阳便露出久违的笑脸。阳光从云层中投射下来,绚烂而美丽,照在被雨水冲洗得干干净净的绿叶上。

街头随处可见融融绿意,树枝在微光中飘摇,影子淡淡地落在铺着彩色地砖的人行道上。路边的花开得娇艳,被园艺工人精心打理后摆成各种漂亮的形状。

来来往往的路人也是一道美丽的风景线,尤其是漂亮的女孩,在美好春光的映衬下,赚足了惊艳的目光。

洛雅宁便是其中之一,她穿着一件春意盎然的连衣裙,裙摆上有着攀缘缠绕的绿色藤蔓,开出星星点点的小花。她白皙靓丽的容貌在娇艳色彩的映衬下,显得灵动而时尚。

她正和高中时代的同桌兼死党温荣打电话。虽然高中同学毕业后各奔东西,但现在又都来到了同一座城市。随着在这个城市中的同学越来越多,彼此间的联系也越发频繁,温荣在同学圈子里是最活络的一个。

"我告诉你啊,这次同学会你一定得来。之前大家只能在电视上看到你,那也太无趣了。"电话那头的温荣被委派了一项重要任务,便是力邀洛雅宁参加他们毕业八周年的聚会。

白驹过隙,转眼间,他们离开高中校园已经八个年头,再也不是当年的少男少女了。

"我知道了,你可真啰唆。"洛雅宁抿唇轻笑,她是个念旧的人,自然不会错过这样的机会,"我一定会去的,你就放心吧。"

"这还差不多。我们班里最有出息的就是你了,所以大家想要见你的心情十分迫切。当然,身为你的老友,我也是与有荣焉啊。"温荣听到她的保证才放下心来,"对了,一定要带男朋友一起出席哦。"

"男朋友?"洛雅宁哑然失笑,"我还没有谈恋爱,哪儿来的男朋友?"

温荣惊叫一声:"不是吧?我们班许多同学已经结婚生子了,明天的聚会他们都会带家属参加,你却连男朋友都没有?"

洛雅宁深深叹了口气:"这种事急不来的,你催也没有用,一夜之间我也不可能变个男朋友出来带去参加聚会啊。"

"那我不管,反正大家都会带家属,你如果没有男朋友,随便带个男伴来也好啊,否则一个人孤零零的多没意思。"温荣给她支了个招儿,"难道这么多年你身边连一个蓝颜知己都没有吗?随便找一个,叫上他就行了。"

洛雅宁脑海中突然闪现出一个人的名字,她咬了咬唇,答应下来:"好吧,我尽量。"

挂掉温荣的电话,洛雅宁停下脚步。她站在一个鲜花盛开的街口,拿着手机,仔细想了一下,拨通了沐安澜的电话。

第三个故事

如果非要找一个人带去同学会的话，洛雅宁心中的人选非沐安澜莫属。不过沐安澜最近正在剧组赶进度，可能没有时间，所以洛雅宁也没抱太大的希望。

电话很快就接通了，沐安澜平静而温润的声音传来："雅宁，找我有事吗？"

他每次接电话都会用这句话开头，洛雅宁真心有些尴尬，难道没事就不能打电话给他了吗？好在自己今天是真的有事。

"我明天有个同学聚会，可我不想一个人去，就来问问你有没有空，愿不愿意陪我一起参加？"洛雅宁觉得以两人现在的关系提出这样的要求有些过分，所以她在说话的时候，故意放轻松语气，好像对结果毫不在意，这样的话就算被拒绝了，也不会太不好意思。

"好的，没问题。"沐安澜的回答简单而利落。

洛雅宁没想到他会答应得如此爽快，连忙说道："那明晚五点我们一起出门。"

"好。"沐安澜回答得毫不犹豫，甚至没有问一声为什么会找他，或者质疑时间上的问题，这让洛雅宁欣喜万分。

事情完美解决，洛雅宁看着街边美丽的蝴蝶兰，忍不住开心地蹲下身，用手轻轻抚摸它们如同丝绸般柔滑的花瓣。

对于这次同学会，她竟然比预想中还要期待，难道是沐安澜将陪同她参加的缘故吗？她其实很想和沐安澜分享自己的过去，分享高中时代的快乐与忧愁。虽然她不了解沐安澜的过往，他也不太愿意提起，但她还是希望两个人能互相分享彼此的感觉。

同学会安排在周末，所以洛雅宁能从容不迫地在家好好打扮一番再出门。

因为和老同学多年没见，又是和沐安澜一起参加，洛雅宁非常看重这次聚会。她站在衣柜前挑挑拣拣半天，既怕穿得太正式太出风头，又怕穿得太随意。她对着镜子一件件地试，一套套地比较，最后还是换掉了红色的连衣裙，改为大方的白色衬衣和素色的短裙。这套衣着虽然简单，可仿佛让她回到了青涩的少女时代。他们那时候的校服就是白衬衫，白色承载了她整个青春期美好的梦。

换好衣服后，她把头发松松地绾在头顶，扎了个丸子头，然后对着镜子精神抖擞地扮了个鬼脸，就出了门。

洛雅宁来到沐安澜家门前，整理了一下衣服才按下门铃。沐安澜很快开了门，他竟然也穿了白色衬衣和简单的牛仔裤，还有一双白色的板鞋，显然已经准备好了。

"你今天……"洛雅宁赞赏地打量着沐安澜，他今天看起来阳光帅气，就像是大学校园里走出来的男孩，而且和她的打扮很搭，仿佛他俩事先商量好了似的。洛雅宁的心莫名一跳，赞叹道："你今天很不一样哦，这一身清爽干净，很适合你。"

沐安澜认真地解释道："你今天是去参加同学会，所以我不想穿得太沉闷。"

"不错哦。"

沐安澜长得好看，穿什么都帅气逼人，尤其换了一种风格后，让人眼前一亮，带上这样一个男伴，简直太有面子了。

"走吧，"沐安澜看了看时间，催促道，"路上可能还会堵车。"

洛雅宁扭捏了半天，才小声问道："你为什么会答应陪我一起去呀？你一个人都不认识，不担心去了以后会无聊吗？"

沐安澜一直走到电梯口，按下按键后才回答道："反正我在家待着也很无聊。"

洛雅宁很不满意，难道他是因为无聊才会陪自己去参加同学会的吗？就没有其他的原因和想法吗？

第三个故事

同学会安排在逸顿大酒店的中式宴会大厅,两人一路在温荣的电话催促下,终于来到约定的地点。

宴会厅正对大门处立着一个彩色气球做成的拱门,墙上还拉着红色的条幅,注明是哪所学校、哪一届的同学聚会,大屏幕上播放着他们当年毕业时拍的照片。虽然布置略显夸张,但一进门就能感受到热烈的气氛和满满的回忆。

洛雅宁和沐安澜到达的时候,桌子边上已经坐满了人,看样子其他人都到得差不多了。

"洛雅宁,真是你呀!"

洛雅宁刚进门就有人认出了她,大家纷纷围拢过来,热络地和她打招呼。

温荣拨开众人挤到前面,一把抱住洛雅宁,激动地喊道:"雅宁,你终于来了!"

一来便感受到老同学如此热情的欢迎,洛雅宁有些不知所措。她抱了抱温荣,又客气地和围住她的每个人都打了招呼。

沐安澜就站在她身边,一言不发,静静地看着洛雅宁和她的同学们。

"这位帅哥是谁呀?你男朋友吗?长得真好看。"有人好奇地问道,"雅宁,你不介绍一下吗?"

洛雅宁不好意思地看了沐安澜一眼,刚想介绍,沐安澜已经主动站了出来,彬彬有礼地自我介绍道:"大家好,我是沐安澜。"

"沐安澜?"温荣兴奋地说道,"你就是那个著名的推理编剧沐安澜吗?我可喜欢看你的电影了!"随后她又凑到洛雅宁身边,小声在她耳边问道,"沐安澜就是你的蓝颜知己吗?你都没有告诉过我!"

"我们只是邻居而已。"洛雅宁打着哈哈。

温荣显然不相信,不过仍然热情地招呼洛雅宁和沐安澜坐到她身边的座位上。

同学会的气氛十分热烈，久不见面的同学总有聊不完的话题，现场不仅有老同学，还有他们的伴侣，大家一起分享往事，时不时爆发出热烈的笑声。

还有几个小孩在宴会大厅里跑来跑去，都是三四岁的样子，无忧无虑地笑闹着。不过洛雅宁注意到有一个小女孩一直拉着她爸爸的手不肯松开，一副胆怯的模样，见到有人靠近，就会躲到爸爸身后。

027 奇闻

洛雅宁认出小女孩的爸爸是自己的高中同学卢俊。

卢俊在上学的时候性格温文尔雅，不太爱说话，所以洛雅宁花了些时间才想起他的名字。八年的时间过去了，卢俊的变化挺大，他以前长得很普通，现在则有了一种成熟男人的气质，戴着眼镜，看起来很斯文。可他今天好像有些忧郁和寡言，一直把小女孩抱在自己的臂弯里，也不太和别人说话，与现场的气氛格格不入。

"卢俊也来了，"洛雅宁转身问温荣，"但他看起来好像心事重重的样子。"

"嘘，"性格一向大大咧咧的温荣却突然压低了嗓音，"我和你说啊，在他身上发生了一件离奇得让人匪夷所思的事情，所以我们都不太敢接近他。"

洛雅宁不由得好奇地问道："是什么匪夷所思的事情啊？"

"你听说过死尸复活吗？"

"死尸复活？那怎么可能？"洛雅宁笑着摇头，她才不信这种鬼神之说呢，又不是生活在小说里。

"这件事传得沸沸扬扬，你居然不知道吗？"温荣看了卢俊一眼，悄声说道，"卢俊大学毕业后就娶了一个漂亮的妻子，叫张娜娜。他们结婚的时候还有许多同学参加了他们的婚礼，亲眼见证了两人的爱情。听说卢俊很爱他的妻子,只可惜好景不长。两年前,张娜娜在生他们的宝贝女儿卢岚岚的时候难产死了,此后卢俊便独自一人抚养岚岚,意志也消沉了许多。可后来听说张娜娜死而复生,竟然回来了。"

"死而复生?这也太扯了吧?"洛雅宁听得汗毛都竖起来了。一个人死了那么久,尸体都被火化了,怎么会复活,重新回来生活呢?这完全不科学啊。

"你还别不信,真是这个样子的,凡是见过卢俊妻子的人都说是他死去的妻子复活了。不过他们两个人的生活圈子很简单,也不太和旁人接触,具体是怎么一回事,我就不清楚了。"温荣耸了耸肩,"你就当奇闻异事听听好了。"

洛雅宁看了沐安澜一眼,刚才温荣所说的话,他显然也一字不落地听了进去,他没有发表自己的意见,但表情和态度明显和洛雅宁是一致的。

"我过去和老同学打个招呼。"虽然听起来耸人听闻,但温荣的一席话勾起了洛雅宁的好奇心,她低声和沐安澜交代了几句,便朝卢俊走去。

卢俊显然还记得洛雅宁,见她过去,微微笑了一下,可笑容有些牵强。

"嗨,老同学,还记得我吗?"

卢俊抱着的小女孩生得十分清秀,皮肤很白,一双水汪汪的大眼睛正充满戒备地看着洛雅宁。

"好漂亮的小姑娘,卢俊,你可真有福气呢。"

洛雅宁笑了笑,想伸手摸摸小女孩的头发,结果小女孩突然将脸埋进了卢俊的怀里。

卢俊尴尬地说道:"不好意思,我女儿有些怕生。"

"没事。"洛雅宁宽容地笑道,"她好可爱,叫岚岚对吗?"

卢岚岚悄悄探出半个脑袋,打量着洛雅宁,而卢俊则是一副无精打采、不太想说话的样子。洛雅宁讨了个没趣,只好悻悻地回到自己的座位上。

温荣见她回来,小声安抚道:"怎么样,碰钉子了吧?已经没有什么同学和他来往了,你还偏偏过去和他打招呼。"

洛雅宁转头征求沐安澜的意见："你觉得呢？"

沐安澜也觉得这个卢俊和现场的气氛有些不搭，可每个人的性格脾气都不相同，说不定人家最近有什么烦心事，所以才不愿搭理人呢。他反倒是对温荣所说的死尸复活的事情比较感兴趣，任何事情都不会空穴来风，当中一定有什么缘由。只可惜卢俊的妻子张娜娜并没有来，不然他真想看看这个死而复生的人到底有什么蹊跷之处。

沐安澜起了好奇心，便对这对父女多了些关注，可他们一直都没有什么存在感，无论周遭多么热闹，他们都仿佛置身事外。卢岚岚也格外乖巧，沐安澜还从来没见过这么听话的小孩。

同学会快结束的时候，洛雅宁见卢俊接了一通电话，然后他连招呼都没有打，就急匆匆地离开了。

聚会持续到很晚，大伙儿还意犹未尽。因为酒店地处偏僻，周边景色也很优美，便有人提议住一晚再走。洛雅宁有些心动，征求沐安澜的意见，没想到沐安澜也同意了，这让她感到十分意外又开心。

夜晚的酒店和白天的有着全然不同的风情，这里地处远郊，靠山逢水，地理位置绝佳，植物种类也相当丰富。住宿的地方古朴幽静，有许多亭台楼阁，客人仿佛置身世外桃源，这对于像洛雅宁这样长期住在钢筋混凝土建筑里的都市白领来说，还真是一种难得的享受。

确定住宿后，洛雅宁拉着沐安澜往小花园走去。夜风习习，吹动着树梢，花园里有一汪不大的池水，水面被绿色的浮萍盖住了一半，而另一半则是睡莲，开得正好，散发着清幽的香气。

"谢谢你今天陪我来，"洛雅宁客气而真诚地说道，"我以为你不会愿意留下来的。"

"无所谓，就当是来度假了，反正我很少给自己放假。"沐安澜看着那一池睡莲，心思却不知飘去了哪里。

洛雅宁自然看出了他的心不在焉，忍不住问道："你在想什么？"

沐安澜忙回过神:"我没有想什么。"

"你以为我不知道吗?你刚才走神了。"洛雅宁发现自己真的越来越了解沐安澜,虽然他的表情不是很丰富,但她已经能从他细微的眼神变化中看出他心中的想法了,"你是不是在想卢俊的事?"

沐安澜怔了怔,这还是头一次有人把他的心思看得那么清楚,洛雅宁还真是有细心的一面。

"对,你说得没错,我在想卢俊妻子的事。死而复生这种事你相信吗?"沐安澜干脆说了出来。他原本不想和洛雅宁讨论这种让人扫兴的话题,毕竟她难得参加一次同学会,兴致那么高,自己怎么可以破坏这个美好的夜晚?

可洛雅宁一点都不在意,她说道:"我自然不相信,可温荣说得有鼻子有眼的,如果能有机会见见卢俊的妻子就好了。不过估计不太可能,你也看到了,我今天和卢俊打招呼,他都是一副拒人于千里之外的样子,如果想去他家拜访,肯定也会碰钉子吧。"

沐安澜点点头:"还有一点我也觉得很奇怪,卢俊怎么没带妻子一起来参加同学会呢?按照温荣的说法,他很爱张娜娜,既然如此,为什么要把妻子一个人丢在家里呢?"

"也许他的妻子有其他事忙呢?"洛雅宁突然说道,"我们是不是想太多了,也管得太宽了一点。你这种遇到什么事都要怀疑的心态算不算职业病?"

沐安澜被她逗笑了:"算是吧。我也觉得自己有时候很无聊,随便一个信息都要打破砂锅问到底。"

"也正是因为你的这种性格,才能成为严谨的推理编剧吧。"洛雅宁倒是很欣赏他的性格,他比一般人更敏感细致,但也可能要承受比一般人更多的烦恼,"你每天接触的这些东西,会不会让你觉得人生灰暗,好像没有什么快乐的事情了?"

"会吧。"沐安澜似乎没想过这样的问题,他以前并不觉得自己的人生有多么枯燥和乏味,但认识了洛雅宁之后,他才知道生活可以如此多姿多彩。

只要有空,洛雅宁就会约好友一起逛街、看电影、享受美食,再把当天的心情发表在网络上,和她的粉丝一起分享。就算一个人在家她也经常自娱自乐,哪怕做饭手艺不好,也会做些甜点,邀请沐安澜一起品尝。一本好书、一个好天气,都会让她感到快乐和感恩。她把日子过得有声有色,富有情调。

而沐安澜每天过得都是千篇一律,没什么惊喜,也没有期待,可谓精神上的匮乏。

"所以我有时候真的很羡慕你,你的身边总是围绕着那么多喜欢你的朋友。你热爱生活,还特别爱笑。据说爱笑的女生通常都会有好运气。"

"那倒是,"洛雅宁拍了拍沐安澜的肩膀,"比如说,我遇到你就是一件很幸运的事情。你呢,是不是也觉得遇到我很幸运?"

沐安澜被她的自大逗笑了,别过脸笑而不答,仿佛是对她厚脸皮的一种无声的调侃。

"喂,你那是什么表情啊?"洛雅宁跺了跺脚,"你就不能稍微照顾一下我的感受吗?"

沐安澜忍不住大笑出声。

两人笑闹着往湖边走去。

夜风把他们的笑声带往很远很远的地方……

028 传说中的神秘女人

第二天早晨,洛雅宁是被敲门声惊醒的。她昨天和沐安澜聊到很晚,回到自己的房间之后又睡不着,乱七八糟地想了很多,躺在床上折腾了好久才迷迷糊糊睡着,没想到一觉醒来,太阳都升得老高了。

第三个故事

咚咚咚,门外又传来一阵急促的敲门声,随后是温荣的声音:"雅宁,你醒了吗?"

洛雅宁打了个哈欠,懒洋洋地起床开门:"发生什么事了吗?"

"确实出了点事。"一向嬉皮笑脸的温荣此时脸上的表情有些古怪,"昨天卢俊什么时候走的你知道吗?"

"卢俊?"洛雅宁仔细回想了一下,"好像是晚餐快结束的时候,他接了一个电话,然后就离开了,应该是八点半左右吧。怎么了?"

"今天一早就有警察来问话,说是卢俊家的保姆高红被人杀了,警察是来调查取证的。"温荣一脸后怕的样子,"怎么会发生这样的事?"

闻言,洛雅宁顿时一个激灵,彻底清醒了。

"我们赶紧过去看看。"洛雅宁换了一身衣服,正准备敲隔壁房间的门时,被温荣一把拽住了。

"沐安澜已经过去了,他好像和警察很熟,就是他让我来喊你的。"

温荣和洛雅宁来到酒店的一间VIP休息室,几名刑警侦查员和昨晚没有回家的同学都在,沐安澜也在。

"洛小姐,您是卢俊的同学,能不能和我们说一下,昨晚卢俊是什么时候离开的?离开之前是不是一直都和你们在一起?"

洛雅宁把自己知道的情况都告诉了侦查员。对方一一记录在案,又问了一些问题后,便合上了笔记本:"谢谢您的配合。"

"不客气。请问死者是怎么死的?案子发生在什么时候?"洛雅宁好奇极了。虽然她和卢俊只是普通的高中同学,对卢俊谈不上有多了解,但她觉得卢俊不可能是凶手。

"对不起,我们需要对案件的侦查工作保密。"警官一板一眼地说道,"如果你实在关心的话,可以向沐编剧了解情况。"

想来这位侦查员是知道洛雅宁和沐安澜很熟才会这么说的,洛雅宁却不由得红了脸,小声嘀咕道:"我就是好奇而已。"

"那就一起去看看吧,"沐安澜拿起外套,"刚才张队长打电话过来,让我去现场找他。"

"那我也要去。"洛雅宁怎肯错过这个机会。

案发现场就在卢俊的别墅,洛雅宁昨天还和沐安澜说起对卢俊和他的妻子十分好奇,没想到今天就有机会登堂入室,不由得有些兴奋。

卢俊家的别墅外已经拉起警戒线,何乐拎着法医的工具箱从别墅里走出来。沐安澜见到何乐,便问了一下关于死者的情况。

何乐告诉沐安澜,死者名叫高红,是卢俊家的保姆,三十多岁,据说平日里勤劳诚恳,在卢家工作已经有好几个年头了。昨晚卢俊一家人都不在,高红却死了,致命处在后脑勺,被钝器所伤。她的身上还有许多擦痕,应该是死之前有过激烈的搏斗,屋子里被翻得很乱,丢了不少值钱的东西,初步判定是一起入室抢劫杀人案件。

沐安澜皱了皱眉,虽然听上去这样的判断没错,但他心中隐约觉得事情并不是那么简单。

沐安澜刚要掀起警戒线准备进屋,就看到有一男一女从别墅里走出来。男人正是昨晚见过的卢俊,而女人眉清目秀,应该是他的妻子张娜娜。

这个被传得神神秘秘死而复生的女人,看上去没什么特别之处,不过长得确实漂亮。

卢俊双手插兜往外走,他紧绷着脸,没有说一句话。张娜娜跟在卢俊的身后,似乎有话想对他说,但卢俊一副爱答不理的样子,甚至都没有正眼看过她。

"俊,你等等我!"张娜娜追上自己的丈夫,拉住他的胳膊,一脸委屈地说道,"我也不知道会发生这样的意外,早知道的话,我就不会在昨晚出门了。"

卢俊回过头看了妻子一眼,依旧一言不发,却露出满脸的嫌弃。他这样的表情让张娜娜更加委屈了,眼泪在眼眶中打转,但没有落下来。

看到张娜娜这副楚楚可怜的样子,就连身为女人的洛雅宁都不禁心软,卢俊却不为所动。洛雅宁和沐安澜对视了一眼,都觉得有些奇怪。按照温荣的说法,卢俊和张娜娜在大学时代就相识相知相爱了,感情非常好,可眼前这一对的感情却和他们听说的大相径庭。

沐安澜上前拦住卢俊夫妻二人:"不好意思,可否问两位几个问题?"

卢俊认出沐安澜,露出疑惑的表情,而在看到沐安澜身后的洛雅宁时,表情越发尴尬:"有什么问题,你问吧。"

而张娜娜则是神情有些不安,手拽着衣角,一副分外紧张的样子。

见状,沐安澜开口问道:"卢太太,你昨晚去了哪里?是什么时候发现保姆遇害的?"

张娜娜怯怯地说道:"平时我都是在家的,昨晚我的好朋友王梓涵约我去逛街买衣服,正好我老公也带着女儿去参加同学聚会了,我一个人在家无聊,就答应了。我们只是在街上随便逛了逛,后来觉得没什么意思就回来了,可没想到一进门就看到高红躺在地上,浑身是血。我吓坏了,第一时间给我老公打了电话,让他赶紧回来,然后我们就报了警。"具体情况会由侦查员核实,沐安澜初步了解后就点了点头,掀开警戒线往里走去,洛雅宁也跟了上去。

别墅很大,一进门就看到客厅被翻得乱七八糟,地上堆满杂物,简直无从下脚。洛雅宁一不小心踩上了一本书,脚下一滑,眼看就要往前扑去,沐安澜反应很快,把她抱了个正着。

"怎么这么不小心?"沐安澜紧紧抱着她,努力扶正她的身体。

洛雅宁差点就摔了个大马趴,有些不好意思地理了理头发,又想起刚才跌在沐安澜的怀里,感受到他温暖而宽厚的怀抱,顿时心扑通扑通跳得厉害。她悄悄摸了下脸,感觉脸蛋也有些发烫。

沐安澜倒是没有一点不自在,把洛雅宁扶好之后就像什么事都没有发生过一样，开始在现场寻找蛛丝马迹。

洛雅宁觉得沐安澜只要一查案子，就会变成木头人，对周遭发生的一切都无知无觉。

"这应该是被凶手翻乱的吧？"洛雅宁想要缓解尴尬气氛，可沐安澜却用理所当然的表情看了她一眼，她觉得更尴尬了，只得嘿嘿笑了声，试图掩饰过去。

沐安澜仔细检查了地上散落的杂物，又来回走了一圈，随后蹲在地上，似乎在思考什么重要的问题。

"怎么了？有什么发现吗？"洛雅宁猜测他可能有所发现。

沐安澜站起身，淡淡地说："暂时还没有发现。"

洛雅宁有些失望，此时听到屋外有声音，她转过身，往窗外看去。是卢俊和张娜娜站在别墅后的小花园里争吵，声音不大，但隐约还是能听到一些。

洛雅宁正准备出去看看，又发现卢俊的女儿卢岚岚在门口探出半个脑袋，好奇地往里张望。当看到洛雅宁的时候，卢岚岚怯怯地往后缩了缩，赶紧溜走了。洛雅宁追出去，却一头撞上正大步走进来的何乐。

"不好意思啊，是我太毛躁了，我刚才看到卢岚岚，想追出去看看她。"

何乐往外看了一眼，卢岚岚小小的身影早就不知道溜到哪里去了。

"家里发生了这么大的事，这孩子就像只受了惊的小猫，我早上试图和她说话，她怎么都不肯开口。这孩子胆子小，什么都不知道，你就不要去吓她了。"

洛雅宁不满地撇撇嘴："你怎么知道我是去吓她，我就不能安慰一下小孩吗？"她还从来没被人这样嫌弃过呢。

何乐笑嘻嘻地打趣她："看你刚才追出去时那生猛的样子，还差点把我撞倒了，我真不放心让你去安慰她。"

她看上去有那么凶吗？洛雅宁一时气结地瞪着何乐。

"你们俩闲聊够了吗？"沐安澜见这两个人你一言我一语地闲扯，不免有些无奈。

何乐冲着洛雅宁扮了个鬼脸,走到沐安澜跟前,问道:"怎么样,你有什么看法?"

"现场能不能找到陌生人的指纹?"沐安澜没有回答何乐的疑问,反而丢给他一个问题。

何乐答道:"根据痕检科的调查,现场没有任何有价值的发现,除了卢俊一家人和高红的指纹外,没有第五个人的痕迹,推测凶手拥有很强的反侦查意识。另外,这个家收拾得很干净,可以看出保姆高红非常勤快。也许是高红一个人在家的时候,撞破凶手进屋偷东西,然后被杀人灭口。不过如此有反侦查意识的凶手,恐怕不是一个简单的小偷。"

"所以你也觉得这不是一起普通的入室偷盗引起的杀人案?"

"我可没这么说。"何乐连连摇手,"我是法医,只提供客观证据,推理断案是张队和侦查员们的任务。"

沐安澜笑了笑,边往外走边说道:"如果是你们,会把值钱的东西放在客厅,而不收到卧室里吗?"

客厅地板上堆放的都是一些简单的生活用品,尤其是从抽屉里翻出的,基本上是激光唱片、书籍之类根本不值钱的东西。而且既然有时间将客厅翻得如此凌乱,那凶手为什么不摸进卧室再搜寻一番?

洛雅宁追上沐安澜:"你怀疑这是凶手在杀人后故意伪造的案发现场?"

"嘘!"沐安澜已经走到门口,听到洛雅宁如此大声说话,忙对她做了一个噤声的动作,神情严肃,"案发现场的所有调查结果都不能外泄,我带你来是让你多看少说话的。"

洛雅宁忙捂住了嘴,把所有的疑问都吞回肚子里。

沐安澜没再说话,转而去别墅外找正在做群众走访工作的张支队。

"和这个家伙谈恋爱一定很辛苦吧?他一向都是这个样子,对女孩子不懂得怜香惜玉。"何乐笑眯眯地看向洛雅宁。

洛雅宁吓了一跳，红着脸解释道："我们没有谈恋爱，你胡说什么呀！"

"如果还没有开始谈恋爱的话，那就是沐安澜太迟钝了。"何乐眉眼弯弯，笑得坏坏的，"我可从来没见他身边出现过女性这种生物，还把人带来案发现场。你的待遇这么特殊，还不足以说明在他心中的地位吗？估计除了他妈，你是他生命中唯一的女人。"

"哪有。"虽然嘴上不承认，洛雅宁心里却甜滋滋的，没想到沐安澜竟然那么纯情。

何乐看着洛雅宁脸上不断变化的神情，笑道："我劝你呀，如果喜欢他，就要主动出击。以他对爱情的迟钝，想等他开口向你表白，估计黄花菜都凉了。"

是这样吗？洛雅宁看着沐安澜的背影，无论什么时候，他都显得从容不迫，这样一个人会喜欢自己吗？如果真的像何乐所说，沐安澜喜欢自己的话，为什么自己一点感觉都没有呢？还是他原本就是这样一个冷淡的人？

"何乐，你还愣在那里干吗？还不快过来。"沐安澜突然在此时回过头，皱着眉头有些不满地看向他们。

何乐故意凑近洛雅宁的耳边，悄声说道："你看，他吃醋了。"

洛雅宁见何乐突然靠近自己，有些尴尬地后退了一步，随后才意识到他的用意，不由得哑然失笑。何乐这么顽皮，真不知道是在逗沐安澜还是在逗她。不过，何乐的这番话，就仿佛在洛雅宁平静的心湖里投入了一枚小小的石子，她的内心再也无法平静。

029 身上的伤痕

案发现场没有找到任何凶手留下的痕迹，这起案件一时显得有些棘手。刑警支队成立专案组，沐安澜也被邀请旁听专案会，但暂时依旧没有进展。

"我们现在连凶手的影子都摸不到。"张支队刚从张娜娜的好友王梓涵的家中走出来,他坐上车后说道,"你那天陪洛雅宁参加同学聚会,看到卢俊带着孩子也在现场,还确定他是晚上八点半左右离开的。而他的妻子张娜娜当天晚上和这个王梓涵一起吃饭、逛街、买衣服,王梓涵还提供了银行卡的刷卡记录。那么案发的时候,夫妻二人确实都不在家,家中又找不到第五个人的痕迹,真的很奇怪啊,难不成闹鬼了?"

沐安澜仔细回想了一下,那日在同学会上卢俊的反应很奇怪,和其他人格格不入。既然不合群,为什么还要勉强自己参加同学会呢?还有那个叫岚岚的小女孩,她的眼中根本就没有那个年纪的孩子应该有的纯真和快乐。

或许,那个孩子能成为一个突破口。

想到这里,沐安澜拿出手机给洛雅宁打电话。电话响了很久才被接听,那头传来阵阵嘈杂的声音,有孩子们的笑声,还有各种音乐声和特效的杂音。

沐安澜皱起眉头,问道:"你在哪里?"

"雅宁姐在忙,我是她的助理。"电话那头传来一个甜甜的女声,带着兴奋和崇拜,"您是沐安澜沐大编剧吧?我是您的粉丝,之前拜托雅宁姐帮我要过签名,您还记得我吗?"

洛雅宁最近受人所托,经常向沐安澜讨要签名,都说是他的粉丝,他哪里记得是哪一位,只好敷衍道:"当然记得。我想问一下,你们不是在录影棚吧?"

这么吵的声音应该不是在录影棚,好像在游乐场。

"对,我们不在录影棚,现在在游乐场出外景,雅宁姐正在做采访。"助理热情地说道,"您有什么事吗?方便的话可以告诉我,我会转告雅宁姐的。"

"哦,没事,你们忙吧。"沐安澜挂了电话,耳边又恢复了清静,但想到洛雅宁正在忙,他心中竟有一些小小的失落。

之前洛雅宁成天像只小麻雀似的在他身边叽叽喳喳,现在突然连和自己说句话的时间都没有了,沐安澜还真是有些不习惯。其实洛雅宁原本就有自己的生活,怎么可能随时随地都在他的身边?

"怎么了?吃瘪了?"张支队见沐安澜脸上隐约流露出的失望,忍不住调侃道,"人家是著名主持人,工作也很忙的,不可能随时随地听你调遣。"

"我知道,"沐安澜瞪了他一眼,"回局里吧。"省得他又在自己耳边唠叨。

本市最大的主题乐园里鲜花怒放,粉红色和蓝色相间的城堡静静耸立在蓝天之下,清澈的溪水从假山上飞流而下,溅起一朵朵欢乐的浪花。这里是所有孩子梦想的乐园,可来到这里玩耍的不仅仅有孩子,还有怀着童真的成人,他们放松心情,纵情大笑。

城堡下阳光灿烂,洛雅宁结束了今天的拍摄任务,和围观她的粉丝打了声招呼便离开了众星捧月的圈子,回到临时休息处。她还没来得及坐下,就看到助理拿着自己的手机神秘兮兮地走过来。

"雅宁姐,你猜刚才谁给你打电话了?"

洛雅宁喝了一口水,见小助理一脸兴奋,不由得奇怪地问道:"是什么大人物啊,看把你激动的。"

"是沐安澜!我第一次和他说话呢,他的声音好好听哦!"小助理一脸陶醉,仿佛还在回味当时的情形,"雅宁姐,你真是幸福,能认识沐安澜,我听说他的性子很高冷,不喜欢交朋友呢。"

洛雅宁倒是觉得沐安澜的性子挺简单,也没有刻意和谁保持距离,他只是不知道该如何与别人相处罢了,可在别人眼中却成了高冷的化身。

"他说有什么事了吗?"

"我问了,可是他说没事。"小助理挠了挠头,"可能是他不愿意和我说吧,要不你给他回一个电话?"

洛雅宁相信沐安澜一定有事才会给她打电话，于是拿过手机，准备给他回电话，结果电话还没拨出去，她眼角的余光就瞄到了一个熟悉的人影。

洛雅宁抬起头，只见离自己不远的地方，卢俊正带着女儿卢岚岚从城堡下路过。卢岚岚穿着蓝色的公主裙，手中拿着一个米奇形状的气球跟在爸爸身边，很是乖巧听话的样子。

"你等我一下，我有点事，马上就回来。"洛雅宁把手机往小助理的手中一塞就冲了出去。她一路小跑着来到卢俊的身后，一拍他的肩膀，打招呼道："嗨，卢俊，又见面了。"

卢俊见是洛雅宁，勉强笑了笑："是啊，好巧。"他显然并不想遇到熟人，尤其是洛雅宁。

高红的案子完全没有线索，卢俊作为当事人看似置身事外，但他真能脱开干系吗？洛雅宁总觉得他身上有着说不清的秘密，或许就和本案有关。今天既然在这里遇到他，她自然不会轻易错过。

"你一个人带孩子来玩吗？"洛雅宁四下看了看，希望能看到张娜娜，可是很遗憾，只有这对父女。

卢俊明白洛雅宁的意思，解释道："岚岚的妈妈今天有些不舒服，我就一个人带她来了，今天是她的生日。"

"原来今天是岚岚的生日啊，"洛雅宁弯下腰，摸了摸卢岚岚柔顺的长发，"怪不得今天像小公主一样漂亮呢，祝岚岚生日快乐哦。"

也许每个小女孩心中都有公主情结，所以卢岚岚难得露出了微笑，虽然还是躲在卢俊的身后，但总算在爸爸的示意下，怯生生地说了一声："谢谢阿姨。"

洛雅宁满意地捏了捏岚岚的小脸，看向卢俊："老同学，有没有时间聊一聊？"

卢俊的脸上明显有抗拒之色，但他不好意思直接拒绝，只好结结巴巴地说道："其实我还有事……"

"阿姨请你吃冰激凌好吗?"洛雅宁已经牵起卢岚岚的手。而岚岚对她似乎也不再那么抗拒,抬起头看向卢俊,等他点头同意。毕竟是小孩子,对冰激凌的渴望战胜了一切。

这下卢俊没办法拒绝了。

三人来到路边一家甜品店里,坐在靠近花园的偏僻一角,卢岚岚香甜地吃着冰激凌,而卢俊和洛雅宁相对而坐,一时间竟不知道该从何说起。

洛雅宁有些感慨地说道:"没想到我们老同学难得见面,你家里竟发生了这样的事,我觉得很遗憾。"

"是啊,谁都没想到的。"卢俊的语气有些生硬,"既然你也说了是老同学见面,就不要谈这种令人扫兴的话题了。"

洛雅宁原本还想把话题转到案子上,见卢俊直接表明了态度,只能尴尬地笑了一下:"好吧,那我们聊点别的。"

卢俊低着头,一直不说话。

"我听温荣说,你和你的妻子是大学同学,你们感情很好,一毕业就结婚了,还生了岚岚这么可爱的孩子。"

"对。"卢俊言简意赅。

"你妻子很漂亮,一看就温柔娴静,你们婚后的生活也一定很幸福。"洛雅宁抓耳挠腮地寻找话题。

"是。"卢俊依旧不咸不淡地应着。

洛雅宁真不知道该如何往下说了,拿起饮料喝了一口,心中盘算着接下来该怎么办。

这时,卢岚岚手中的冰激凌开始融化,她人小吃得慢,冰激凌融化后流到小手上,又顺着袖口流进了衣服里。

卢俊用餐巾纸给她擦拭,洛雅宁见他笨手笨脚的样子,便拿开了岚岚手上的冰激凌,牵起她的小手,对卢俊说道:"冰激凌太黏了,纸巾是擦不干净的,我带她去洗手间洗一洗吧。"

洗手台有些高，洛雅宁便把卢岚岚抱到台上，让她坐好，因为担心会弄湿衣服，便又卷起她的两只衣袖。结果这一卷不要紧，岚岚细瘦胳膊上的一块青紫色伤痕突然就暴露在洛雅宁眼前，伤痕看起来好像还挺严重。她忙把孩子的衣袖再拉高了一点，看到了更多青紫色的瘀痕，有一些颜色已经淡了，明显不是同一时间弄伤的。

虐待？

洛雅宁的脑中立刻闪现出这两个字，她吃惊地看着卢岚岚细瘦的胳膊。卢岚岚比普通孩子瘦弱一些，隔着衣服看不出来，现在在伤痕的映衬下，她显得更加孱弱了。

"是有人打你吗？"洛雅宁惊异道。

卢岚岚的眼中立刻露出害怕的神色，胳膊被洛雅宁抓在手中，她动弹不得，只是一个劲儿地摇头。

"岚岚，你不要害怕。"洛雅宁平生最恨欺负弱小，她气得浑身发抖，但还是努力克制自己的情绪，生怕吓着孩子，她柔声问道，"岚岚，你告诉阿姨，是不是有人打你？"

卢岚岚拼命摇头，害怕得不得了。她不敢看洛雅宁的眼睛，任凭洛雅宁如何哄她，她都紧紧抿着双唇，一句话都不敢说。

这太不寻常了，洛雅宁敢肯定，卢岚岚一定被虐待过。

"是高红吗，那个保姆阿姨？"这是洛雅宁想到的唯一可能，毕竟这种事也算常见。而卢俊和张娜娜是卢岚岚的亲生父母，虎毒不食子，哪有父母忍心做这种事？

可岚岚还是连连摇头。

"没有人打她！"这时，卢俊突然冲了过来，一把将卢岚岚抱在怀里，又后退了一步，警惕地看着洛雅宁，"你不要吓着我的孩子，她胆子小。"

然而因为卢俊用力过猛，反而真的吓到了孩子，她在父亲的怀里哇哇大哭起来。

"对不起，"无论如何，事情都是因自己而起，洛雅宁只得连声道歉，"我看到岚岚的胳膊上有伤，所以想问一下。"

"她是我的女儿，和你没有关系，请你不要随便怀疑。"卢俊的反应有些激烈，他脸色发白，把卢岚岚紧紧护在怀中。

洛雅宁的骨子里有一股倔劲儿，她认真说道："怎么和我没有关系？保姆高红死了，孩子身上又有伤，我想知道是不是高红虐待她，这有助于案件的侦破。"

卢俊恶狠狠地瞪着洛雅宁："你的意思是说，高红虐待我的女儿，所以我杀了她报复？"

"我没有这么说。"虽然洛雅宁心中的确闪过这个念头，可卢俊毕竟是她的老同学，他在学生时代就是一个沉默寡言却脚踏实地的人，要说他会杀人，洛雅宁是不信的。

"好了，不要再说了，你也知道我们家现在出了这么大的事，我实在是没有精力了。你既然是我的老同学，就不要再火上浇油了，好吗？"卢俊摸了摸女儿的长发，"是我不好，没有看护好岚岚，她从楼梯上摔了下来，伤得有些严重。不过不要紧，她已经看过医生了，伤很快就会恢复。"

"这样啊。"洛雅宁还是半信半疑，"那……那个高红对岚岚好吗？平日里会不会在你们看不见的时候，做出对小孩不利的事情？"

卢俊摇了摇头："你想多了，高红对孩子很好，很有耐心，否则我也不会请她来照顾岚岚。我平时工作忙，顾不上孩子，多亏有高红在家照顾她，岚岚也很喜欢她。"

洛雅宁还是觉得有些奇怪，卢俊似乎对她隐瞒了什么事，但她一时又想不出来。而且即便她再问下去，卢俊也不肯说。

"如果你没别的事，我们就先走了。"卢俊抱着岚岚转身离开了。

洛雅宁决定马上告诉沐安澜这个发现，她的直觉告诉自己，卢岚岚的伤没有那么简单。

030 嚣张的气焰

夜幕低垂，沐安澜从电梯里出来后没有回家，而是直接摁响了洛雅宁家的门铃。清脆的门铃声响起后，里面传来洛雅宁动听的声音："来了，来了，稍等一会儿。"

话音刚落，门就被打开了，洛雅宁围着一件黄色的围裙，手中还拿着锅铲，笑眯眯地递给沐安澜一双拖鞋。

沐安澜诧异地看了她一眼，今天太阳真是打西边出来了，洛雅宁竟然亲自下厨。空气中弥散着食物的香气，闻起来似乎是超越她厨艺能力的大餐。

洛雅宁拿来的是一双全新的蓝色男士拖鞋，材质柔软，沐安澜以前进她家都是穿鞋套的，今天的待遇可有些超乎寻常。

"发生什么事了？"沐安澜是来和她讨论案情的，以洛雅宁的性格，不讹着让他做顿饭再走就已经很不错了。

"没有啊。"洛雅宁无辜地眨眨眼。

其实是因为她今天收工比较早，给沐安澜打完电话后就去逛了一下超市，途中心血来潮地想学做饭，特意买了一本烹饪的书回来研究。而走到家居区的时候，她看到男士拖鞋在促销，想起沐安澜是她家的常客，就顺便替他准备了。

仅此而已，至于这么惊讶吗？自己平时有多苛待他吗？

此时从厨房里传来不寻常的味道，沐安澜问道："你在烧什么？好像烧焦了。"

洛雅宁这才想起锅里还煎着鱼。

"哎呀，这下可完蛋了！"她以百米冲刺的速度跑进厨房，紧接着尖叫了一声，"不好了！"

沐安澜跟着走进厨房一看，洛雅宁正手忙脚乱地关火，而锅里两条可怜的鱼已经面目全非了。

洛雅宁很是气馁,这是她第一次想认认真真地做一次菜,还想请挑剔的沐安澜品评一下,证明自己其实是一个事业和家庭兼顾的女人,只可惜首战不利,倒是让沐安澜看了笑话。

"都是你不好,回来得也太不是时候了。"

"喂,你讲讲道理好不好?我没有钥匙,也没有千里眼,怎么能够掌握好回来的时间呢?"沐安澜说完,才意识到两人都用了"回来"这样的字眼,俨然是把这里当成了自己家。

他尴尬地轻咳一声,上前把煎锅拿到水龙头下面冲了冲:"还是我来做吧,你去客厅等着开饭就好了。"

"那我在这里陪你吧,顺便可以偷师。"虽然洛雅宁的信心备受打击,发现自己做饭没有天赋,不过围观沐安澜熟练地切菜炒菜也是一种享受,"我今天在游乐场看到卢俊和卢岚岚了,还发现卢岚岚的胳膊上有伤,可当我问卢俊的时候,他却说是卢岚岚不小心摔倒留下的伤痕,但我觉得不像。"

沐安澜也吃了一惊,停下手中的动作,问道:"她被虐待过?"

洛雅宁抿了抿嘴唇:"我也是这么怀疑的,可没有证据。"

"我一直觉得那孩子有些不对劲儿,明明聪明得很,胆子却那么小,也比同龄的孩子瘦弱。有研究表明,童年时代如果经常遭受打骂、没有安全感的孩子,会比同龄孩子更加孱弱。"

这是洛雅宁最不愿意看到的,卢俊是她的高中同学,她怎么都不会相信他是一个会虐待亲生女儿的人。可如果不是他,就有可能是卢岚岚的母亲,那卢俊一定是知情者,可为什么一直不报警呢?

"也许是有什么隐情吧,我觉得卢俊还是很疼爱卢岚岚的。"

"明天再去一次现场。"虽然一直没有发现有价值的线索,但沐安澜坚信一定是他遗漏了什么地方,应该从头再梳理一遍。

洛雅宁帮忙把几道色香味俱全的小菜端上餐桌。沐安澜的厨艺极佳,随便几样食材就能搭配出可口的味道，只闻到香味，洛雅宁就已经食指大动了。

"你以后如果厌倦了当编剧的话，完全可以去做大厨。"洛雅宁一边赞叹，一边去厨房盛饭，可走到电饭煲前的时候却傻了眼——她今天一回来就想着煎鱼，竟然忘记了煮米饭。

沐安澜看着空空如也的电饭煲，不由得哑然失笑："我看你最好还是不要嫁人，以免祸害你未来的老公。"

"喂，你也太会损人了吧。"洛雅宁放下空碗，递给沐安澜一双筷子，"我觉得晚餐少吃一些主食比较好，这样更有利于消化。你也一样啊，晚上一定还要熬夜写剧本、分析案情，吃太多大脑就会缺氧，阻碍你的思考。嗯，这样挺好的。"

沐安澜有些哭笑不得。

"我发现你最近的心理素质有所提升啊。"洛雅宁仔细观察沐安澜脸上的表情，这次案件同样毫无进展，但他表现得从容了许多，不像上一回那么急躁。

沐安澜赞同地点了点头，洛雅宁遇到任何事都能乐观开怀，他怎么可能不受影响呢？而且正如她所说，办法永远比困难多，今天没有进展，答案可能就在明天等着自己，他必须养足精神迎接每一天的挑战。

第二天一早，沐安澜就和张支队一起来到卢俊家。意外的是，卢俊不在家，卢岚岚也不在，只有张娜娜一个人。客厅里还围着警戒线，案发现场没有被人移动和破坏过，不过门口摆着一只大大的皮箱。

张支队看了张娜娜一眼，问道："你要出门？"

"是的，"被撞了个正着，张娜娜就算不想承认也不行，只能点了点头道，"公司委派我出差，行程是一周前就定好的。"

张支队严肃地说道："你暂时不能离开本市，命案未破之前，你要随时准备配合我们的调查。"

"可公司的事情很重要，你们没有权利限制我的人身自由！"张娜娜有些愤怒，"如果命案一天不破，我一天都不能出远门吗？"

张支队面无表情地说道："原则上是这样的，你还没有洗清嫌疑，所以不能离开。"

"我有什么嫌疑？你们真会开玩笑。"张娜娜气愤地说道，"你们警察破案是靠猜的吗？也不想一想，我为什么要杀一个保姆？"

张支队并不理会张娜娜的无理取闹，和沐安澜重新查看了一遍现场。

门窗和地上的物品一样都没有放过，每看过一个地方，张支队都用征询的目光看向沐安澜，沐安澜则轻轻地摇头，表示自己还没有新的发现。

张娜娜站在门口，双手抱胸，冷眼看着他们来来回回地走动，终于有些不耐烦地说道："你们昨天不都已经看过了吗？还要找什么？"

"找凶手留下的痕迹，"沐安澜目光灼灼地盯着她，"只要行凶杀过人，就一定会留下无法磨灭的证据，也一定会被我们找到的。"

张娜娜被他凌厉的眼神吓到，撇了撇嘴："好吧，你们爱看多久就看多久。"

沐安澜停驻在客厅最显眼的一面墙前，墙上挂着一幅婚纱照，照片里张娜娜身穿洁白的婚纱，和穿着一身黑色西装的卢俊头靠着头依偎在一起，模样十分甜蜜，从他们的眼中也可以看出对彼此的爱意。可为什么昨天看到他们夫妻的时候，两人之间的关系却似乎出现了问题？卢俊不爱搭理自己的妻子，看她的眼神充满了冷漠，甚至有些憎恶。卢岚岚也明显更依赖爸爸。这对夫妻之间到底出了什么问题？

检查完客厅后，沐安澜往连接客厅的房间走去，转了一圈后，又走向二楼。张支队则一直在楼下转悠，过了一会儿，才见沐安澜从楼上下来。

"怎么样？"张支队轻声问道。

沐安澜确实看出了一些问题，但当着张娜娜的面，他没有说，而是用眼神示意了一下,张支队心领神会,跟着他一起走出门。

　　站在门外,沐安澜看了眼别墅的二楼,这才说出心中的疑问:"你刚才有没有注意到客厅里挂着的婚纱照?"

　　"当然有,婚纱照有什么问题吗?"沐安澜刚才盯着婚纱照看了许久,张支队怎么可能没有注意到。

　　"从婚纱照上能看出来夫妻两人的感情很好,但是从案发后的情形来看,两人并不太亲密。我刚才又仔细检查了一下,楼下的主卧里并没有女人生活过的痕迹,楼上有一间卧室里倒是有女人用的东西。如果我没有猜错的话,张娜娜和卢俊应该是分房睡的。"

　　"我之前也发现这两人的相处模式有些古怪,卢俊今天不在家,还带走了卢岚岚。之前问他的时候,他说因为工作忙,没有时间照顾女儿,才会请保姆照看孩子。当时我就觉得很奇怪,为什么张娜娜不能照顾女儿呢?"张支队若有所思地摸了摸下巴,"看样子果然是夫妻间出现了问题,说不定他们正在闹离婚,卢俊想拿到女儿的监护权,就把卢岚岚一直带在身边,完全不让张娜娜插手。"

　　这个分析也不是完全没有道理。

　　"可高红之死又和他们有什么关系呢?难道高红和卢俊有什么不正当的关系吗?"张支队揉了揉脑袋,有些想不明白。

　　沐安澜失笑道:"别胡说了。"

　　张支队也跟着笑了笑:"我就是随便说说,活跃一下气氛。"

　　"喂,你们搜查完了没有?完了的话就赶紧离开我家。"张娜娜已经等得有些不耐烦了,口气很不友善。

　　张支队清了清嗓子,走到她面前问道:"你先生和女儿去哪里了?"

　　张娜娜显然不知道卢俊的行程,支支吾吾地回答道:"可能是因为公司委派我出差几天,他们不想打扰我整理行李,所以我先生带着女儿一起去公司了吧。"

"就是说你也不能肯定咯？"张支队再次重申道，"在案子没有侦破之前，你不可以离开本市。"

"不行，我一定要离开，这一趟出差关乎公司的利益，你们不可以这么做！"张娜娜十分生气，"我又不是杀人凶手，你们凭什么要求我留在家里？"

张支队的态度也很强硬："配合公安机关调查取证是每一位公民应尽的义务。你这里有事走不开，公司自然会委派其他员工完成任务，实在不行的话，我可以出面向你们领导解释一下，我相信他一定能理解的。"

张娜娜气急败坏地喊道："你们要么拿出我杀人的证据，否则就不能限制我的自由！我也有我的工作和生活，凭什么把我当成嫌疑人？你这是什么警察，我要投诉你！"

张支队有些无奈地说道："我已经说过了，你需要配合公安机关的调查，如果你对我的态度有任何不满，可以去投诉我，但在此之前，你还是要遵守规定，不能离开本市。"

"你们这些警察真是讨厌，难道我说了半天你们都听不懂吗？"张娜娜气得眼睛都红了，她赌气地一挥手，拂掉了身后多宝阁柜子上的一只青花瓷花瓶，花瓶啪嗒一下掉在地上，摔成了碎片。

花瓶正好砸在沐安澜和张支队的脚边，细锐的碎瓷片飞溅开来，差点溅到他们身上。

见此情景，张娜娜的气焰消了一半："我不是故意的！"她看着一地的碎片往后退了一小步，神情有些惊慌。

沐安澜扫了地板上的碎片一眼，突然看到其中一片上有暗红色的印记，忙弯下腰伸手拾起碎片，细细查看。

张支队也探过身子，问道："是什么？"

"好像是血。"沐安澜小声说道。

"你受伤了吗？"张支队看向张娜娜。

第三个故事

张娜娜则瞪大眼睛摇了摇头,语无伦次道:"不,我没有,不是我。"

张支队抓过张娜娜的手,确认她的手指和胳膊都完好无损,然后从随身口袋中拿出一个证物袋,将一地的碎瓷小心收好。

"尸检报告显示,高红是被钝器砸中后脑勺致死的,说不定这就是凶器。"

"带回去检验一下就知道了。"沐安澜严肃地对张娜娜说道,"请你配合公安机关的调查,是不是凶手不是你自己说了算的,在我们眼中,每一个相关的人都值得怀疑,只有顺利找到凶手,才能证明你的清白。如果你再继续阻挠办案,恐怕就更不容易洗清自己的嫌疑了。"

张娜娜嚣张的气焰顿时消失无踪,她抱着胳膊呆呆地站着,不知在想些什么。

沐安澜和张支队带着刚找到的染有血迹的瓷片离开了卢家别墅。

031 她是与众不同的

这一天刚好是洛雅宁的生日,结果赶上电视台台庆,洛雅宁和同事们录了一整天的特别节目,忙得人仰马翻,根本就没想起生日这回事。

从录影棚出来的时候,天已经黑透了。洛雅宁走到自己的专属休息室门口时,才发现自己之前离开时忘了拿钥匙。她推了两下,门并没有开,保管备用钥匙的工作人员已经下班,看来她只能穿着身上这件金灿灿的礼服回家了。

她正准备掉头往电梯口走的时候,走廊顶上的大灯突然熄灭,周围顿时陷入一片黑暗。洛雅宁吓了一大跳,一下子就想起了之前被张相文不断跟踪偷拍、装神弄鬼的那些日子,她的心脏不由得扑通扑通地剧烈跳动起来。黑暗中,她故作镇定,从包里掏出手机,颤抖着双手就要打电话求救。

她脑海里冒出的第一个念头就是打给沐安澜。可她刚拨通电话,对方还没有接起,就听到黑暗中传来《祝你生日快乐》的音乐声,随即有一群人从身后拥了过来。

走在最前面的正是洛雅宁的小助理,她手中捧着一个插着蜡烛的水果蛋糕,一边唱着生日歌,一边缓缓地向洛雅宁走来。生日歌唱完,周围恢复光明,灯光映照出一张张朝气蓬勃的脸,大家都笑得很开心。

"雅宁姐,祝你生日快乐!"

啪的一声,有人拉响了彩带,空中飞舞着七彩晶莹的亮片,落了洛雅宁一身。

"你们吓死我了!"

洛雅宁这才缓过神来。自从张相文那件事以后,她虽然经过心理医生的治疗已经恢复平常人的生活,但还是非常怕黑,每晚睡觉时都开着灯。她只是在外人面前佯装无事,所以刚才有那么一瞬间,她真的以为是张相文回来了。

大家把礼物塞到洛雅宁的怀里,她几乎要抱不住。她微笑着在大家的祝贺声中吹灭蛋糕上的蜡烛,感动不已:"谢谢你们,没想到你们还记得我的生日。"

"当然不会忘记,只是白天工作太忙,没时间为你庆祝,只能等台庆工作结束以后了。"小助理欢呼着把蛋糕放到一边的桌子上,"大家过来分蛋糕了。"

这时,洛雅宁的手机响了起来,是沐安澜打来的。

沐安澜刚才写剧本写得有些累,便到阳台上放松一下,转头看到洛雅宁家里的灯还暗着,知道她还没有下班,又听到远处电闪雷鸣,似乎要下雨,就想着要不要给她打个电话,没想到洛雅宁的电话却先打了过来。

电话那头有唱歌的声音,还有洛雅宁开心地向大家致谢的声音。原来今天是她的生日,自己却完全不知道。沐安澜等了一会儿,猜测洛雅宁可能暂时闲下来了,才回拨了电话。

第三个故事

"不好意思啊,是同事们和我开玩笑,我一紧张就给你打电话了,好在只是虚惊一场。"洛雅宁赶紧把刚才的事情解释了一遍,"打扰你了吧,实在不好意思。"

"没事,"沐安澜说道,"你现在还在电视台吗?"

"嗯,刚下班,准备回家了。今天台庆,有庆祝活动,所以忙到现在。"

此时,一道闪电划过天际,紧接着沉闷的雷声响了起来。沐安澜看了眼外面的天色,说道:"你在电视台等我。"

洛雅宁这里闹哄哄的,只隐约听到沐安澜说什么等他的话就挂断了电话。她有些诧异,沐安澜是让自己等他吗?

"谁打来的电话?"小助理分完蛋糕,拿来最大的一块递给洛雅宁,看到她手机上显示的名字时,兴奋地说道,"是沐编剧打来的呀,他是不是祝你生日快乐?你们两人的关系可真好,真让人羡慕。"

洛雅宁忙收起手机,否认道:"不是,他怎么会知道我的生日?我们说的是别的事情。"

"不管怎么样,你们两人既是好朋友,又是邻居,除了工作时间之外,经常能在一起,近水楼台先得月,分明有戏。"

"我也觉得雅宁和沐安澜很般配呢。"

"是啊,郎才女貌,我也觉得很合适。"

"雅宁姐,不如你主动出击吧!沐编剧可是个温吞的性子,让他先表白,不知道要等到猴年马月呢。"

"就是就是,女追男隔层纱,雅宁姐的魅力不可抵挡。"

洛雅宁实在有些招架不住这样的起哄,赶紧换话题:"好了,你们就不要贫嘴了,工作了一天不累吗?要不我请你们吃饭吧?"

"好啊好啊。"大家齐声响应,有人请客吃饭,自然皆大欢喜。

众人簇拥着洛雅宁往外走去,走到电视台门口才发现天公不作美,外面下起了瓢泼大雨。

洛雅宁掏出车钥匙，说道："你们等我一会儿，我把车开过来接你们。"

"雅宁姐，雅宁姐，"小助理伸手往雨幕中一指，"你快看，是沐编剧来了，他是来接你下班的吗？"

洛雅宁顺着小助理手指的方向看去，果然看到沐安澜撑着一把黑伞走过来，他走近后收了雨伞，面带微笑看着大家。

"他在笑啊，他笑起来的样子好好看。"

"就是啊，很少能看到沐安澜笑呢，今天真是值了。"

洛雅宁听到身后的小女生发出花痴一般的感叹，心中万分甜蜜。沐安澜让自己等他，是来接自己下班的吗？

"沐编剧，你是来接我们雅宁姐的吗？"小助理好不容易找到一次能和偶像当面对话的机会怎能错过，她拉着洛雅宁往前迎了一步，"你对雅宁姐可真好啊。"

沐安澜原本觉得下这么大的雨，有点不放心洛雅宁一个人回家，但被她的同事这样调侃了一把，他反而有些不好意思承认了。

"我正好出来办点事，顺便看看她下班了没有。"

不管沐安澜是特意，还是顺路，至少他都想到她了。洛雅宁的心里甜滋滋的，邀请道："既然这样，我们一起去吃饭吧，人多也热闹一些。"

可是没想到此话一出，众人纷纷往后退去。

"哎呀，我突然想到我今天约了男朋友。"

"对啊对啊，我也想起来还有工作没完成，还得加班呢。"

"我妈刚才打电话说给我留了饭，如果我不回去，她一定会生气的。"

不一会儿工夫，所有人各找各的借口溜了个精光，只留下沐安澜和洛雅宁两个人。

"喂，你们怎么……"洛雅宁被这些同事搞得哭笑不得。这也太刻意了一些吧，明眼人一看就知道是什么意思。

"他们有事的话，就让他们先走吧。"沐安澜倒是很坦然，比起和一堆不熟悉的人吃喝聊天，他更喜欢单独和洛雅宁相处。

洛雅宁今天很迷人，穿着礼服，妆容精致，知性中透着成熟女人的妩媚，就好像明媚的春光一般，照亮了整个世界。

"你晚饭想吃什么？"

"我们今天台庆忙了整整一天，中午也只是草草扒了几口饭，肚子早就饿瘪了。"洛雅宁也不和沐安澜客气，揉了揉自己的肚子。其实她一点都不饿，就是想找一个理由和沐安澜待在一起，哪怕吃个路边摊，都觉得很开心，很幸福。

"你想吃什么，我带你去。"沐安澜意外地好说话，看向洛雅宁的眼神中充满了宠溺，仿佛她所有的要求都会无条件地满足。

洛雅宁想了想，眼睛亮晶晶的："我想吃中央商场的糯米糍，还有双皮奶。"

吃这些甜品能吃饱吗？而且女主持人不都希望自己瘦一点，上镜好看一些吗？洛雅宁倒真是个异类。

洛雅宁没想那么多，吃什么其实并不重要，眼下雨下得那么大，她也只能选一个能够遮风避雨的地方。

"好，只要你喜欢。"沐安澜勾起了唇角。

雨越下越大，越下越急，空气中漫起一层薄薄的雾气。沐安澜把车开过来，停在洛雅宁的面前。洛雅宁撩起长长的裙摆，刚一打开车门，就看到车座上摆着一束漂亮的紫玫瑰，带着玫瑰特有的芬芳和淡淡的清凉水汽味。

"哇，好美的花！"洛雅宁眨了眨眼，"这是送给谁的？或者是谁送给你的吗？"

沐安澜拿起花，递到洛雅宁的手里："是送给你的，生日快乐。"

洛雅宁这才反应过来，她刚才给沐安澜打电话的时候，他可能听到了她和同事的对话，知道了她今天过生日。

"不好意思，我也是刚知道你今天生日，希望我的祝福不算太迟。"沐安澜还是第一次买花，根本不知道应该选什么，店员问他是不是送给女朋友的，就替他挑选了一束紫玫瑰。

"谢谢你。"

紫色恰巧是洛雅宁的幸运色，她一直都很喜欢。此时此刻，她心头涌动着满满的幸福感，她觉得这是她二十多年来收到的最美的一束花。虽然她每天收到的花堆满了办公室，其中也不乏名贵的品种，但都不及今天这一束花让她觉得格外珍贵。

"不用客气，你今天可是寿星，"沐安澜非常绅士，"我非常乐意为你效劳。"

洛雅宁没想到能看到沐安澜如此细心、温柔又体贴周到的一面，不由得问出声："你对任何女孩都这么好吗？"

沐安澜摇了摇头，他身边几乎没有被他认可的女性朋友，更不用说对她们这样耐心，洛雅宁显然是个例外。

两人冒雨来到中央商场，这是本市最大的一家综合性的百货商场，里面吃喝玩乐、衣食住行，应有尽有，是女人很爱逛的地方之一。不过也许是因为今晚风大雨急，这里并没有多少顾客，只是在专柜前围着三三两两的人，整个商场显得空荡荡的。

洛雅宁穿着礼服，在沐安澜的陪伴下走进商场，一下子就吸引了大家的注意力。洛雅宁光彩照人，而沐安澜沉静低调，两人配上洛雅宁手中的紫色玫瑰，简直像一幅绝美的画卷。

"你想吃哪家的甜品？"沐安澜很少来这里，看了一眼密密麻麻的招牌，完全不知道洛雅宁要去哪一家。

"跟我来。"洛雅宁熟门熟路地走向自己喜欢的甜品店。

第三个故事

"居然有这么多招牌,也只有你们女孩子才分得清。"沐安澜边走边打量周围的店铺名称,脑中突然闪过一道灵光,他似乎想起了什么,当即停下脚步,举目快速搜寻。

洛雅宁见沐安澜突然停下,一脸茫然地问道:"你在找什么?"

沐安澜示意她先不要说话,掏出手机给张支队打了个电话:"张娜娜的证人王梓涵说,案发那天晚上,她和张娜娜一起逛街,还给我们看了一张消费单据,你记得是哪家商场的消费单据吗?"

张支队愣了下,他哪里还记得消费单据上的地址。

沐安澜却记得清清楚楚:"是中央商场的某某女装,对不对?"

张支队回忆了一下,答道:"好像是。"

"如果她们当天晚上确实在中央商场消费过,就一定可以在商场和专柜的监控里找到她们的身影。"沐安澜皱着眉头说道,"我总觉得这件事没那么简单,那天在王梓涵家中,她表现得太过镇定,她的证词就好像事先准备好的。"

"你是说,王梓涵在给张娜娜做伪证?"

"要不你现在过来,我们一起查看一下就知道了。"沐安澜没有权力调商场的监控,但张支队可以,所以他需要张支队尽快赶过来证实自己的猜测。

事关案子的侦破,张支队二话不说便赶来了。

洛雅宁原本以为,这个生日有沐安澜的陪伴,无论做什么吃什么都会开心浪漫,结果没想到又要陪他查案。

监控室里三人坐成一排,商场的工作人员把案发当天一整晚的监控都调了出来。屏幕上人来人往,要想确定目标,确实需要一些时间和精力。洛雅宁工作了一整天,早就累坏了,现在还要瞪大眼睛看着屏幕上不停晃动的人影,她实在有些支撑不住,接连打着哈欠。

"在这里,找到了,"眼尖的张支队第一个有所发现,"是王梓涵。"

洛雅宁顿时来了精神，用力揉了揉眼睛。

张支队让工作人员放大影像，经过比对以后，确认这个长发飘飘的女孩就是王梓涵。可她是一个人进商场的，转悠了许久，买了几件衣服和一些化妆品后，又独自去了商场顶楼吃东西、看电影，很晚才回家。

"她根本没有和张娜娜在一起，她在撒谎。"张支队没想到那个看上去真诚、老实的女孩竟然撒谎欺骗警察，而更没有想到的是，沐安澜逛个商场都能找到一个做伪证的证据，给案件打开了一个突破口，张娜娜的嫌疑程度急剧增强。

沐安澜又看了眼监控屏幕上的王梓涵："我们现在就去找她。"

一行人匆匆离开，洛雅宁还穿着礼服和高跟鞋，走起路来实在不方便，有些跟不上他们，被远远地甩在后面。

"我先送你回家吧。"沐安澜见她明明已经很困很累了，偏偏还硬撑着。

"我没事，"洛雅宁固执地摇头，"我可以的。"

沐安澜没有再坚持，说道："我车上有衣服，你不介意的话，就先换一下吧。"

"好啊。"沐安澜不仅没有赶她走，还给她替换的衣服，洛雅宁觉得很满足，今年的生日可真是不同寻常呀。

032 假口供

市公安局审讯室内。

大晚上被从家里带到这里的王梓涵紧张地绞着手指，不安地看着坐在自己对面的沐安澜和张支队。他们两人也正盯着她，表情严肃，她心里一阵阵地发毛。

"这么晚叫我过来是有什么事吗？"王梓涵似乎已经意识到自己被传

唤的原因,但还在佯装镇定,可她微微颤抖的声音泄露了她心底的惶恐。

"你应该知道我们叫你来的原因。"张支队用手指轻轻敲击着桌面,慢条斯理地说道,"你可能对我国法律的认知还有些浅薄,也或许是一时头脑发热,没有考虑清楚,总之,之前你所做的有关张娜娜不在场的证词,我想听你再重新说一遍。案发当晚,张娜娜究竟有没有和你一起逛街?"

王梓涵心里咯噔一下,吞吞吐吐地不肯直接回答。

"我们已经看过中央商场的监控录像了,确定你那天晚上去了商场购物,而且也买了东西,但这一切都是你一个人完成的,和张娜娜没有任何关系。你为什么要做伪证?难道不知道这样的行为是犯法的吗?"张支队不想再和她兜圈子。

王梓涵终于泄了气,老老实实地承认道:"是的,是我说谎了,我那天晚上并没有和张娜娜在一起。"

"你为什么要做伪证?"

"我……"王梓涵怯怯地抬起头,"我之前什么都不知道,直到你们那天来我家调查情况,我才知道她家里的保姆被杀了。可这一定不是张娜娜干的,她虽然有时候性子急躁了一些,可我和她认识十几年,她不可能会做这样的事情。"

"因为你认定她不会杀人,所以做伪证?"张支队又生气又无奈,眼前的这个小姑娘显然还没有意识到事情的严重性,"你这个逻辑可真是奇怪。"

王梓涵咬了咬嘴唇,继续说道:"我那天晚上心情不好,就一个人出去逛街购物。回到家后,张娜娜给我打来电话,请求我无论是谁问起,都要说当晚我们在一起。我自然不会拒绝,也不相信她会做什么坏事,就答应了她。"

"既然你和张娜娜是十几年的好朋友了,应该了解她和卢俊之间的事吧?"沐安澜盯着她的眼睛问道,"他们夫妻两人的感情怎么样?"

"他们的感情很好。卢俊上学时苦追张娜娜好几年,最初娜娜对他并没有感觉,可最终还是被他打动了,所以大学一毕业就嫁给了他。婚后娜娜一心在家相夫教子,虽然很少和我们这些朋友见面,但我们经常电话聊天,我想她应该过得很不错吧。"

王梓涵一副懵懂的模样,沐安澜觉得,虽然她是张娜娜最好的朋友,但恐怕也不知道那对夫妻真实的婚姻状态。

讯问完王梓涵后,有侦查员告知张娜娜也来了,就在隔壁的审讯室。可当张支队指出她让王梓涵做伪证的事实时,她却表现得十分镇定,想必是有备而来。

"我的确让梓涵给我做了伪证,但我也没有办法,因为怕你们怀疑我。"也许是因为理亏,张娜娜的态度比上次见面时好了许多,"那天晚上,我和卢俊因为一些小事吵了一架,他要去参加同学会,就带着女儿摔门离开了。我很生气,回自己房间休息,可心里烦闷,一直都睡不着,所以吃了一片安眠药,想让自己好好睡一觉。等我醒来的时候,肚子有些饿,就下楼去找高红,想让她给我做点吃的,可没想到一下楼梯,就看到客厅一片狼藉,高红倒在血泊里。我当时害怕极了,家中只有我和高红两个人,我怕警方怀疑我,所以就一时糊涂给梓涵打了个电话,让她给我做不在场证明。"

"你是说高红死的时候你在家里?"张支队在张娜娜的眼中看到了惊慌,不知道是因为谎言被揭穿,还是隐藏着其他无法言说的罪恶。

张娜娜不敢看他的眼睛,低着头说道:"是的。"

"刚才王梓涵说你们夫妻感情很好,可现在为什么经常吵架呢?"

"结婚久了,总有一些不如意的事。"张娜娜讪笑道,"何况卢俊几年前患过严重的抑郁症,虽然经过治疗病情有所缓解,但还是给这个家庭带来了一些影响。我们经常会为一些小事而争执,但仅仅是争执而已,我会想到他是病人而尽量忍让他,他也在努力克制自己的情绪。"

"卢俊有抑郁症?"沐安澜想起第一次见到卢俊就觉得他有些不对劲儿,他和别人交流有一定困难,也不爱说话,看上去很不合群。洛雅宁也说过,现在的卢俊和以前不太一样,原来是得了抑郁症的缘故。

"是呀,就因为他的这个病,我们原本幸福的家庭变得不再安宁。可这都是我们夫妻间的事,和这个案子没有关系吧?"

"我们会调查清楚的,不过我们必须扣留你二十四个小时,在此之前你不得离开这里。"张支队严肃地说道。

张娜娜猛地站起来,愤怒地喊道:"我又没有杀人,为什么不让我走?!"

因为他们在等花瓶碎片上血迹的化验结果,可这话不能直接和张娜娜说。

"当然,如果你在此期间想起什么线索,可以随时向我反映。"

张娜娜最终只能无奈地坐回椅子上。

沐安澜看了她一眼,起身离开。

审讯室外的长椅上,洛雅宁已经靠着墙睡着了。她换上了沐安澜的衣服,衣服很宽大,越发显得她娇小玲珑。沐安澜脱下自己的外套轻轻盖在她的身上。

墙上的时钟指针已经走过了十二点,一整个晚上沐安澜只顾着讯问案情,没空陪她多说一句话,也忘了她今天也辛苦了一天,还饿着肚子。

沐安澜弯腰抱起洛雅宁,让她靠在自己的怀里。他的动作很轻,像是抱着一个瓷娃娃似的,生怕弄醒了她,可轻微的震动,还是让洛雅宁睁开了眼。

"结束了吗?"

沐安澜见她迷迷糊糊的,很是可爱,便压低声音在她耳边呢喃:"没事了,我送你回家,你先睡一会儿吧。"

洛雅宁含糊地应了一声,她实在太困了,睡意占领了大脑,躺在沐安澜舒适的怀抱里睡得更香了。

沐安澜抱着洛雅宁大步往外走,其他人看到后都大跌眼镜。从什么时候开始,这个一向冷淡寡言的人竟然会对一个女人如此温柔。

清晨，鸟儿清脆的叫声打破了宁静，叽叽喳喳地吵醒了贪睡之人的清梦，新的一天拉开序幕。

洛雅宁像往常一样翻了个身，伸了个大大的懒腰，眯着眼睛习惯性地往身边摸去，却没有摸到她最爱的毛绒玩具，床单的手感似乎也不太一样，她顿时睡意全无，睁开眼睛。她坐起身，发现自己身上还穿着沐安澜的衣服。她努力回想了一下，昨晚陪沐安澜去市公安局后，她好像迷迷糊糊地在审讯室外的长椅上睡着了，难道自己睡得太熟，直接被沐安澜带回家了？

"你醒了？"沐安澜穿着灰色的家居服，靠在卧房的门上，"昨晚你睡得很香，就只好把你带到我家来了。"

"那你可以叫醒我啊，至少也该把我送回家吧？"其实洛雅宁并不介意沐安澜把她带回家，只是早上醒来发现自己躺在他的床上，实在有点羞涩。

"本来的确想送你回家的，但没有找到你家的钥匙。"沐安澜笑了笑，"拜托你不要用这种表情看着我好不好？昨晚把床让给你了，我只好睡了一晚上的沙发。"

洛雅宁傲娇地说道："那也是你自愿的，我可没要求睡你的床。"

"真是好心没好报。"沐安澜摇头叹道，脸上却一直带着笑意，"过来吃早餐吧。你们台长刚才打来电话，今天有采访等着你。还有你的同学温荣也找过你，什么事我就不知道了，只是听她的声音好像很兴奋，一直在追问我和你到底是什么关系。"

洛雅宁揉了揉自己的脑袋，洗漱完，坐到餐桌前。沐安澜递给她一杯牛奶，她小声抱怨道："你为什么要接我的电话？你可以直接叫醒我。我的清誉都被你毁了。"

一大早，一个男人接听自己的手机，不知道他们会怎么想呢。

沐安澜则笑眯眯地说道："没关系，我会对你负责的。"

洛雅宁刚喝了一口牛奶，差点喷沐安澜一脸。她忙用纸巾捂住嘴，嗔怪道："你在说什么冷笑话，一点都不好笑。"

沐安澜颇感无奈,他明明很认真,洛雅宁为什么会觉得他并不是出自真心呢?昨晚带她回来的时候,他真的想过这个问题,只可惜人家根本就不领情。

"那你就当作笑话来听吧。"

就在这时,沐安澜家的门铃被按响了,他起身准备去开门。

"喂喂,"洛雅宁有些惊慌,她穿着沐安澜的衣服,大大咧咧地坐在沐安澜家里吃早餐,如果被人看到,就真的跳进黄河也洗不清了,"你先不要开门,我找个地方躲一躲。"

沐安澜一把拉住洛雅宁的胳膊:"有什么好躲的?身正不怕影子斜,除非你心虚。"

"我有什么好心虚的,我是怕你的朋友误会。"洛雅宁被他拉住胳膊,想躲也躲不了,只好跟在他的身后,眼睁睁地看着他开了门。

门外站着的人是何乐。

何乐原本一脸的笑意,但当开门的瞬间看到好友身后竟然站着洛雅宁,洛雅宁还穿着男人的衣服时,他愣住了,一时间有些回不过神来。

"我这是敲错门了吗?"何乐反应很快,"还是我来得不是时候?"

"不,你来得正是时候,我刚做了早餐,算你有口福。"沐安澜依旧是万年不变的冷漠表情,他给何乐让开路,"进来吧。"

"我上班途中正好经过这里,想问问你今天要不要和我一起去局里。"何乐有些尴尬,站在门口进也不是,走也不是。

洛雅宁知道何乐一定是误会了,忙挤到他面前解释道:"你可千万不要误会,我和沐安澜之间是清白的,他昨晚没找到我家的钥匙,就带我来他家里睡觉了,啊……不是不是,是借住他家,我们并没有睡在一起……"

"是吗?"何乐在心中暗笑,"那你怎么穿着他的衣服?"

洛雅宁觉得自己浑身是嘴都说不清楚了:"这件衣服是他借给我的,因为……"

"好了，"沐安澜把洛雅宁拉回身边，"我们的事情有必要向他解释吗？"

这下可好，因为沐安澜这霸气的一句话，洛雅宁之前的解释变得越发不可信了。看着何乐一脸坏笑，她只好捂住自己的脸，任由他脑洞大开。

何乐也不客气，大步迈进客厅，见到桌上丰盛的早餐，开心地一屁股坐了下来："今天我可是有口福了。洛雅宁，我这是沾了你的光啊。"

"吃吧吃吧，只要能堵上你的嘴。"洛雅宁瞥了他一眼，意有所指。

何乐笑得前仰后合，凑到洛雅宁身边小声说道："你放心吧，我一定会把你们的'奸情'公之于众的。"

洛雅宁拿起叉子作势就要挥过去，何乐也不躲开，只是笑嘻嘻地看着她。

"你一大早跑这里来干吗？"见两人愉快地互动，沐安澜心中有些泛酸。为什么他们就能聊得很开心，洛雅宁与自己的相处却有些生疏？不过是在自己家住了一晚上而已，她却一副怕被别人知道的样子。"你不知道我一向不欢迎你吗？"

何乐自然知道老朋友心中的想法，边喝牛奶边说明自己的来意："你以为是我愿意来的吗？是阿姨让我来找你的，说今晚要和你见上一面，顺便一起吃个饭。"

"我不去，"沐安澜想也没想便一口拒绝，"你让她死了这条心吧。"

"就知道你会这么说，阿姨才会让我来做说客啊。"何乐一脸无奈，"你为什么就是不能原谅她呢？她现在只是想见你一面，你就不能满足她一次？"

沐安澜低头不语，似乎对何乐的话充耳不闻。

洛雅宁不知道何乐口中所说的阿姨是谁，但看沐安澜冷漠的神色，大致也能猜到一些。她好奇地问道："何乐，你说的阿姨是谁呀？"

"是安澜的妈妈。"何乐叹了口气，"你快帮我劝劝这个固执的家伙吧！他和阿姨不和很多年了，这次我受阿姨之托，想让他们母子今晚见上

第三个故事

一面。"

洛雅宁一直认为天下没有完美的父母，但无论发生过什么样的矛盾和误会，为人子女的都没有理由和立场怨恨他们。她马上说道："当然要去！沐安澜，她毕竟是你的母亲。"

沐安澜很是不满："你知道什么？！"

"我什么都不知道，但我知道，对待自己母亲的态度不应该这样。"洛雅宁态度坚决，"如果你们之间有什么不愉快或误会，应该尽力化解才是。"

"对呀，都过去那么多年了，阿姨一直都想弥补你，你不应该拒绝她的。"何乐赶紧帮腔，今天有洛雅宁的帮助，说不定沐安澜会同意。

沐安澜见两人意见一致，沉吟了一会儿，看向洛雅宁："如果你愿意陪我一起，我就和她吃饭。"

"这和我有什么关系？"母子见面，自己一个外人凑上去，岂不是很尴尬？

"既然和你无关，就不要说大话。"沐安澜不悦地说道。

洛雅宁被怼得有些莫名其妙，却又无言以对。

何乐给她使了个眼色，小声说道："你就答应吧。阿姨年轻的时候因为事业去了国外，导致他们母子分离多年，现在她事业有成，意识到愧对儿子，想要弥补。如果安澜不去，阿姨就连弥补的机会都没有，所以才会拜托我来找他。你就当帮我一个忙好不好？"

"可是……"洛雅宁为难地看了沐安澜一眼，这真的不关她的事啊。

"拜托，拜托啦。"何乐双手合十恳求道。

沐安澜自然把这一切都看在眼里，但他不为所动，专心地吃早餐。

洛雅宁经不住何乐的一再恳求，权衡再三后，只好说道："那好吧，晚上我陪你一起去见你的母亲，总可以了吧。"

沐安澜深深地看了她一眼，这让洛雅宁心里发毛，似乎自己刚才做错了决定，可现在想反悔也晚了。

"花瓶上的指纹检验出来了吗？"沐安澜换了个话题，就好像他根本不在意刚才洛雅宁所答应的事情。

"花瓶上的血迹已经确定是高红的，但上面只有张娜娜和高红的指纹，并没有第三人的。"

洛雅宁赶紧发表自己的意见："没有第三个人的指纹，这说明张娜娜就是杀人凶手啊。"

何乐白了她一眼："凶手也有可能是戴着手套作案，更何况张娜娜也没有杀人动机。"

"这么说张娜娜不是凶手了？"洛雅宁有些失望。

"你的世界里不是黑就是白吗？"沐安澜有些无奈，洛雅宁有时机灵得很，反应很快，有时又笨得有些可爱，"我们只是还没有找到张娜娜的杀人动机而已，否则张队为什么要扣留她二十四小时？"

洛雅宁不满地噘起嘴。

"我和你再去问问张娜娜吧。"沐安澜找不到头绪，决定再去探探张娜娜的口风，说不定能有所发现。随后他看了一眼还在出神的洛雅宁，丢给她一句话："晚上穿得漂亮一点。"

洛雅宁正托着下巴想案子，听到沐安澜这句没头没脑的话，不由得怔了怔。

他让自己穿漂亮一点，可她为什么要穿漂亮一点呢？又不是去相亲！

033 被逼婚了

夜幕降临，一盏盏灯火在淡蓝色的夜幕中亮起，灯火越来越多，越来越亮，最后交织成一幅绚丽而迷离的都市夜景。这迷人的夜晚中，不知藏着多少鲜为人知的浪漫故事，也不知深藏着多少哀伤和秘密。洛雅宁自然不会忘记今晚的约定，所以下班后特意换了一件红色的连衣裙，是低调的暗红色，并不热烈，款式简单大方，是长辈喜欢的端庄淑女型。虽然沐安澜去见他的母亲，和她没什么关系，但对方毕竟是长辈，洛雅宁还是精心准备了一番。

她其实很好奇，沐安澜的母亲会是一个什么样的女人，为什么会让自己的儿子对她怀有恨意。

洛雅宁一直对沐安澜的童年感到好奇，从沐安澜在作品中的描写和她对沐安澜的了解推断，沐安澜的童年一定有什么不愉快的回忆，而他如今的性格可能也与童年留下的阴影有关。他敏感、沉默、隐忍，却能理性地思考，这些都不是一个在蜜糖里泡大的孩子所能轻易拥有的特质。

而沐安澜之所以愿意去见自己的母亲，很大程度上是因为洛雅宁。他准时开车来到电视台门口，等待洛雅宁下班。

"雅宁，你男朋友来接你了？"台长正好经过，看到洛雅宁坐在车里，和她打了个招呼。

洛雅宁不知该怎么解释，幸好台长没有看清车里坐着的人是沐安澜，否则又要跌碎眼镜了。为了避免被更多同事看到，洛雅宁含糊地应了一声，就催促沐安澜赶紧开车："快走吧，不然要被其他同事看到了。"

沐安澜见洛雅宁一脸心虚，像做了贼似的，心中很是不满："怎么，和我一起出去很丢脸吗？"

"没有啊，这不是赶时间吗？"今天洛雅宁一到电视台，小助理就问她是不是在和沐安澜谈恋爱，搞得她有些不知所措。其实做沐安澜的女朋友应该很不错，只是不知道自己有没有这个福气。

"那你坐好，我要开车了。"沐安澜冷着脸，一踩油门，白色的路虎车朝着灯火深处飞驰而去。

两人很快到达了约定的枫叶酒店。

枫叶酒店是本市唯一一家花园式酒店，听说酒店的老板是一位隐形富豪,很少在商界露面,堪称传奇人物。

入夜之后的枫叶酒店景色更加美丽宜人,它傍湖而建,坐落在湖边的淡灰色的酒店主体建筑就好像欧洲中世纪的贵族少女,优雅而恬静。

洛雅宁被酒店的夜景所吸引,忍不住驻足赞叹一番:"这里好美!我听说枫叶酒店的老板是位加拿大籍女华裔,她不仅是一位成功的商人,还是一位建筑家,这家酒店就是她亲自设计的,她真是一位才女啊。"

可身边的沐安澜却完全没有反应,洛雅宁转过身,见沐安澜神色冷得像冰一样,不禁问道:"怎么了,你不喜欢这里吗?"

"不喜欢!"沐安澜干脆利落地丢下一句话,率先走进酒店大厅。

"喂,你等等我嘛。"洛雅宁连忙跟上去。

洛雅宁来过枫叶酒店很多次,却没有哪一次能得到这么高的礼遇。从进门开始,就有好几位经理级别的工作人员一路陪同,客客气气地将他们领到要去的楼层。片刻之后,他们来到一扇沉重的雕花大门前。

有人恭恭敬敬地说道:"沐先生,林总已经在里面等您了。"

"谢谢。"沐安澜嘴上很客气,语气却很生硬。随即,他轻轻握住了洛雅宁的手。

"喂,你干什么?"洛雅宁挣扎了一下,沐安澜却握得更紧。

洛雅宁还想挣扎,此时有人打开了门,她只好放弃挣扎,任由沐安澜牵着她的手迈入包厢。

包厢装饰得精美不俗,正中央摆着一张很大的圆桌,上面铺着质地高雅的桌布,杯盘摆放得整齐而有格调。洛雅宁的眼睛粗略一扫,这里坐二十位客人都不成问题。可事实上,里面只有一位身穿白色中式绣花套装的中年女人,她应该就是沐安澜的母亲了。

"阿姨您好。"

洛雅宁从小就是一个懂礼貌的孩子,所以见到长辈的第一件事情就是打招呼。可显然沐安澜对自己的母亲并不是很尊重,拉着洛雅宁的手径直

第三个故事

在离母亲最远的位子坐下。

"你好。"沐安澜的母亲名叫林枫，她目光如炬地打量了洛雅宁一番，似乎对这个懂礼貌的姑娘很是满意，表情也和煦起来，"你是？"

洛雅宁还没来得及开口，沐安澜就替她回答道："她是我女朋友。"

洛雅宁猛地回过头，沐安澜却一把摁住她的肩膀，亲昵地搂住她，继续向母亲介绍道："洛雅宁，我的女朋友，我们有结婚的打算。雅宁，这是我的母亲林枫，也是这家酒店的老板。"

沐安澜话里的信息量太大，就像一个惊雷在洛雅宁的头顶上炸开，她根本没办法思考。

林枫再次打量起眼前的女孩，只见她端庄乖巧，有着属于她这个年纪的青春气息，也有着超乎年纪的干练气质，的确是她儿子喜欢的类型。

"你们两个交往多久了？"林枫的声音十分温柔，看样子完全把洛雅宁当成了未来的儿媳妇，"你们打算什么时候结婚？需要我准备什么吗？"

洛雅宁真的被吓到了，她只不过是陪沐安澜一起来见他的母亲，没想到竟然会莫名被逼婚。她看了沐安澜一眼，沐安澜神色未动，她却理解了他的意思，配合地回答道："这个需要看安澜的意思。"

林枫看向儿子的眼神柔软得似乎能掐出水来，洛雅宁能感觉到林枫对儿子的爱，尽管那种爱很复杂，可她就是知道，因为她的母亲每次看她的时候也是这个样子的。

"儿子，你知道的，我一直希望你能早一点找到自己的另一半，你们能在一起我很高兴。"林枫走到沐安澜面前想拉他的手，沐安澜却像是预知了她的动作，微微往后一缩，林枫便悻悻地收回了手。

面对母亲的关切，沐安澜的表现很冷漠，他只是淡淡地回答道："我们才刚确定关系，还没商量好什么时候结婚。不过您可以放心，到时候一定邀请您来参加婚礼。"

面对沐安澜的疏离，林枫有些难过。她摘下手腕上一只成色极好的翡翠手镯，拉起洛雅宁的手，说道："雅宁，这是送给你的见面礼。"

这只翡翠手镯通体透绿，水头极润，一看便知价格不菲。洛雅宁虽然估计不出它的确切价格，却也知道一定很贵重，连连推拒："不行，阿姨，我和安澜其实……"洛雅宁刚想将实情和盘托出，却看到沐安澜凌厉的眼神，只好把后面的半截话又吞了回去，"总之这个礼物太贵重了，我不能收。"

林枫却误解了洛雅宁的意思，忙安慰她："你不要担心，我了解自己的儿子，他是一个用情专一的人，既然他喜欢你，就不会再爱上第二个女人。这个镯子我已经戴了很多年，当初买它的时候就希望能送给我未来的儿媳妇，这样的话就可以代代传承下去。"

这镯子的意义如此重大，洛雅宁更不敢收了，可林枫硬是把镯子套在了她的手腕上。洛雅宁心想，罢了，回头再还给沐安澜吧，让他自己决定怎么处理。

"真好看，还是年轻好，戴什么都漂亮。"林枫顺势拉着洛雅宁的手坐到她的身边，"一家人难得在一起吃一顿饭……"

沐安澜一声不吭，对林枫的热情毫无反应，而林枫好像也习惯了他的冷漠，并没有表现出生气的样子。

一顿饭吃得颇为尴尬，只有林枫一个人在说话。洛雅宁为了缓和气氛，只好硬着头皮和林枫聊天，可她实在不知道该说些什么，只能有一句没一句地搭着话。

好不容易吃得差不多了，沐安澜站起身，拉过洛雅宁，说道："好了，我们吃饱了，要回去了。"

"现在就要走了吗？"林枫忙说道，"这么晚了，不如今晚就住在这里吧？反正是自己家的酒店，很方便的。"

第三个故事

034 悲惨的童年

没等林枫说完,沐安澜就冷冰冰地说道:"这是你的酒店,不是我的。你现在才知道我是你的家人、你的儿子吗?可惜已经太晚了,从我六岁那年起,母亲就已经在我的心里死去了。"

"沐安澜,你为什么要这么说?"洛雅宁吓了一大跳。整晚上他对自己的母亲态度冷漠就算了,现在还说出这样绝情的话,她明显看到林枫的眼中闪过一丝痛苦之色。

"他说得没错。"林枫的眼里泛起了泪花,"当年是我抛弃了你们父子俩,一心前往加拿大,后来的几年也一直没有关心过你,你心里怨恨我是应该的,可我现在想要弥补曾经对你的亏欠,难道你也不接受吗?"

洛雅宁这才明白了事情的来龙去脉,林枫现在想要弥补自己的儿子,沐安澜却不想给她这个机会。

"你不用再说了,那是你自己的选择,我现在过得很好,不需要你弥补什么。"沐安澜拉着洛雅宁的手慢慢收紧,顿了一下后,就快步离开了。

洛雅宁甚至来不及和林枫打一个招呼,就被沐安澜拽出了包厢。她一路上都没有挣扎,直到来到酒店旁边的花园,才甩开了沐安澜的手。

"好了,沐安澜,你闹够了吗?"洛雅宁实在有些心疼林枫,刚才他们离开的时候,林枫的眼睛里全是不舍和难过。无论她曾经做了多少恶劣的事,她现在的忏悔和心疼都是真心的,是出自一个母亲对孩子的关爱,可沐安澜却完全不领情。

沐安澜难以置信地看着她:"你和她才初次见面,什么都不知道,就先判了我的罪,认定我是一个不孝的儿子吗?"

"好吧,"洛雅宁扬起脖子看着他,"给你申诉的机会。"

她半开玩笑半认真的样子让沐安澜有些哭笑不得,原本糟糕透顶的心情倒是略有好转。他揉了揉洛雅宁的头发,坐到柔软的草坪上。

洛雅宁也跟着坐到他身边,看着不远处波光粼粼的湖泊,问道:"说吧,其实我早就想问你了,你究竟经历了什么,让你的性格变得如此古怪?"

"你也觉得我像个怪物吗?"沐安澜苦笑道,"原来不仅仅是何乐,你们对我的评价都是一致的——冷漠无情、无知无觉,对吗?"

洛雅宁老实地点了点头:"但我知道,你骨子里其实是一个善良热情的人,否则不会屡次帮助张支队和何乐他们。还有你的作品,虽然展示了许多人性恶的一面,但更多的是希望人们看到真善美,感受这个世界的温暖。可你为什么不能做一个温暖的人呢?"

沐安澜眺望着波光粼粼的湖面,目光却不知道聚焦在哪里,他轻轻叹息:"其实我很羡慕你,你过着平常人的生活,从小在父母的宠爱下长大。而我的童年一直都生活在恐惧和担忧之中,担心那个家随时随地会散掉,而我会变成一个无家可归的孩子。"

他顿了顿,继续说道:"我三岁时,父亲得了一种很严重的病,随时都可能死去,需要昂贵的药物维持生命。母亲在苦苦支撑了三年后,决定和他离婚,甚至放弃了我的抚养权,只身去了加拿大,从此杳无音讯,留下我和病重的父亲,还有年迈的爷爷奶奶。为了给父亲治病,爷爷奶奶变卖了家中的房子和所有值钱的东西。最后我们一家四口窝在天桥下面的简易棚子里,每天捡拾废品维持生计。即便如此,爷爷奶奶也没有放弃过我的父亲,也没有让我辍学,这是我童年时代最温暖的事了。"

洛雅宁从来都没想到,沐安澜竟然拥有这样悲惨的童年,她在父母怀里尽情撒娇的时候,沐安澜却是以拾废品为生。

"冬天很冷,我们就挤在一起取暖;夏天很热,我只能边把脚浸在河里边读书。我们过了几年贫穷却幸福的生活,可灾难却接二连三地发生了。在我十来岁的时候,父亲还是离我而去,之后的一年里,爷爷奶奶也先后离开了我,我一下子就成了孤儿,还是一个有母亲却没人要的孤儿。我过了几年颠沛流离的生活,初中毕业之后,我就自己勤工俭学赚学费,然后读了高

第三个故事

中，上了大学……"

洛雅宁倒吸一口凉气，虽然沐安澜把这几年的岁月描绘得如此云淡风轻，但她知道，一个十来岁的孩子，举目无亲，能活下来是多么艰辛。

"我能够拥有今天的一切，是因为我的努力，和任何人无关，所以我还能对谁怀有一颗热忱的心呢？"沐安澜嗤笑一声，"你不会懂的。"

"不，我懂，你只是过了太久没有安全感的生活。"洛雅宁主动握住沐安澜的手，他的手有些凉，她把他的手紧紧包裹在自己的掌心里，想要温暖他，"就是因为这样，你才会恨你的母亲。"

"不，那不是恨，而是淡漠，爱的反面不是不爱，而是淡漠。"沐安澜深深吸了一口气，"她出国后嫁给了一个加拿大的商人，这些年一直都在辅佐丈夫的事业，直到她创立了自己的跨国酒店，也成为一位成功的女商人。但对于这些我都无所谓，因为我再也不是那个仰人鼻息的孩子了，我只想安安静静地独守一隅，做自己喜欢做的事，过自己喜欢过的生活。"

"你这么说虽然没错，可她始终是你的母亲。"洛雅宁不知该如何安慰他，只能说一些空洞的话，"她给了你生命，你应该善待她。"

沐安澜笑了笑，却并不认同洛雅宁的观点："我没有不善待她，至少我还愿意见她，但我不想她插手我的生活。"

"那你为什么要我冒充你的女朋友？"洛雅宁有些不满，"要我配合你演戏，也应该提前打声招呼吧。"

"那是因为她总是有意无意地接近我，打听我所有的事情，连何乐都被她骚扰得不胜其烦。她说过，除非我结婚，否则她会一直关注我。我嫌烦，就告诉她，你是我的结婚对象。"沐安澜说得理所当然，好像根本就不需要理会洛雅宁的心情。

洛雅宁张大了嘴，有些惊讶地看着沐安澜。他虽然口口声声说不在意母亲的感受，却还是因为她的一句话而有所行动，他所说的不想被打扰，根本就不是出于真心。没有一个孩子可以完全忘记自己的母亲，相信沐安澜也是。

"但我说的也不全是假话。"沐安澜突然再次开口。

"什么意思?"洛雅宁感觉到他的靠近,小心脏怦怦地跳了起来,整个人不自觉地往后仰去,差一点就要摔倒在草地上。

沐安澜顺手搂住她的腰,把她拉了回来。

"我的确有喜欢的女孩了,只是不知道她是不是也一样喜欢我?"沐安澜的声音被风一吹,像是从遥远的地方传过来,有种不真实的缥缈感。

洛雅宁觉得自己整个人有些蒙,呼吸也变得困难起来。她万万没想到,沐安澜已经心有所属了,她还傻傻地以为他身边没有其他女孩子,就一定不会有喜欢的人,还痴心妄想着自己才是那个最了解他、和他最亲近的女孩。

"真……真的吗?那恭喜你了,这个幸运的女孩是谁呀?我认识吗?"她强打起精神,勉强露出微笑,"既然如此,你为什么不带她去见你的母亲,而是让我来陪你演这场戏呢?"

沐安澜松开放在她腰间的手,微笑着看向远方:"我还不能确定她的心意,所以暂时还不能向她告白。"

"这样啊。"

洛雅宁不想再追问下去了,如果知道了那个女孩的名字,她一定会感到心痛。因为她喜欢沐安澜,从被他救下之后,就开始默默地喜欢他,否则她也不会有事没事就跑去找他,跟着他查案。只要能看到他,她的心情就会莫名变好,他和别的女人亲近一些,她就会吃醋难过。现在突然知道他已经有了喜欢的女孩,她所有的暗恋、所有的希望,都变得毫无意义。

她心灰意懒地转移话题:"不知道张队他们查得怎么样了?"她喃喃念叨着,"二十四小时到了吧,应该已经把张娜娜放回去了吧?"

沐安澜揽住她的肩膀:"没关系,事情总会水落石出的。"

两人又在草地上坐了一会儿,正准备回家的时候,洛雅宁接到温荣打

第三个故事

来的电话,说是卢俊不见了,带着女儿已经消失了整整两天。张娜娜回家之后联系不到卢俊,到处打电话确认他的行踪,可没有人知道父女俩去了哪里,现在同学群里已经传开了,到处都在寻人。

卢俊不见了? 洛雅宁始终觉得卢俊是这个案子的知情者,所以这个不寻常的讯息让她的心中再次升起疑惑。

"我们赶紧把这个消息告诉张队吧,或许这是一条重要线索。"

就在这时,沐安澜的手机也响了,是何乐给他发来的讯息。

"找到卢俊了,他现在在市公安局楼顶上,他要跳楼。"

"跳楼?"洛雅宁整个人都跳了起来,她突然想起卢岚岚,"卢岚岚呢? 不知道孩子现在怎么样了,我们赶紧过去吧。"

035 她不是我的妻子

市公安局大楼前拉起了警戒线,消防队员第一时间赶到现场,在大楼下铺设了充气垫。洛雅宁和沐安澜赶到的时候,张支队正站在楼下维持现场的秩序。

洛雅宁急切地问道:"怎么样? 他为什么会去顶楼?"

张支队无奈地来回踱步:"他一句话都没有说,已经僵持一个小时了,也没提任何要求。"

"那岚岚呢? 也在上面吗?"

"卢俊把她丢在大厅里了,现在有女警在照顾她。"张支队的话还没说完,就见洛雅宁快步往大楼里冲去,"你要去哪里?"

"我要上去和他谈一谈。"既然舍不得岚岚,应该还有一丝希望,洛雅宁知道卢俊不会轻易舍弃自己的生命。

沐安澜也追了上去,和洛雅宁一起坐电梯上了顶楼。

洛雅宁一路疾奔来到楼顶,就看到卢俊消瘦的背正靠着栏杆外的露台边缘，再往前挪一点，他就会掉下去。可卢俊似乎一点也不害怕，只是呆呆地望着遥远的天际。而何乐和几名警察就站在离他不远的地方，一个个紧张地看着他，不敢贸然行事。

洛雅宁往前走了几步，来到栏杆前。

沐安澜怕她有危险，把她拉回了一点："你小心些。"

卢俊缓缓地回过头，见到洛雅宁，笑道："你怎么来了？"

"你这是要做什么？有什么事情是不能解决的？"洛雅宁隔空伸出手。

卢俊显然一点也不在意："你不用担心我，我不会死的，她答应了会来。"

洛雅宁不知道他在说什么，可看到他空洞的眼神，她还是满心地担忧："卢俊，我记得高中时代的你虽然沉默，却很快乐，怎么现在变成了这样？你不知道这样会让你爱的人担心吗？"

"我爱的人？"卢俊重新看向远处的灯火，喃喃自语，"我爱的人早已经离我而去了。"

"我不明白，"洛雅宁轻轻摇了摇头，"你有张娜娜，你们不是很相爱吗？还有岚岚，她那么聪明可爱，可她脆弱、胆小，需要你的保护，需要你陪伴她一起成长，你这样会吓到她的。"

卢俊的眼里突然燃起一抹亮光，被沐安澜捕捉到了。提到张娜娜的时候，卢俊全无反应，可一说到岚岚，他整个人都震了一下。

"我刚才上来的时候看到岚岚了，她问我爸爸去哪儿了？"洛雅宁尝试用卢岚岚唤醒卢俊，"如果你死了，她就再也见不到最爱她的爸爸了，你真的忍心吗？"

"如果不是因为女儿，我早在几年前就结束自己的生命了。"卢俊的声音有些沉重，"今天的一切都是我造成的，高红的死也是我造成的，我有不可推卸的责任。我应该向警察坦白的，可我什么都没有说，我有罪。"

沐安澜和何乐对视一眼，看来卢俊果真是高红案的知情人。

"你现在说也不晚，"洛雅宁悄悄往前走了一步，"我会帮你的。就算

第三个故事

你犯了罪,我也会帮你,只要你愿意相信我,把事情的真相告诉我,或者你想要什么,都可以说出来。"

"我要见张娜娜,只要她来,我就把一切都告诉你们。"卢俊长长地呼了口气,"她知道我想要什么。"

洛雅宁点了点头,突然上前几步抓住栏杆,坐了过去,在离卢俊只有一两米的地方侧过头说道:"好,我陪你等。"

"雅宁!"沐安澜震惊不已,准备把洛雅宁拉回来,何乐却一把拽住了他,对他摇了摇头。

卢俊也震惊地看着洛雅宁,问道:"你为什么要这么做?"

"因为我相信你不会跳下去。"其实洛雅宁心里怕得要命,完全不敢看脚下,风呼呼地吹着她的长发,仿佛稍稍一晃就会掉下去,摔得粉身碎骨。她的手紧紧抓着有些锈迹的栏杆,脸上却装出轻松的样子。

"你错了。"卢俊笑着看向洛雅宁,"其实我很久以前就想过究竟该用什么方式结束自己的痛苦。我觉得只有死了才会解脱,活着的时候只是一副没有知觉的皮囊罢了。"

"我知道你曾经有严重的抑郁症,自杀是抑郁症病人难以逾越的心理障碍,这是正常的病理反应,可你想到了女儿不是吗?她是你活下去最大的动力,而且你也做得很好,你是一位好父亲。"

"不,我不是一个好父亲,我没有照顾好岚岚,让她吃了很多苦,让她每天都生活在恐惧里。"卢俊愧疚道。

洛雅宁知道过度的内疚与自责也是抑郁症的表现之一,卢俊恐怕还活在抑郁症留下的阴影里,她决定转移话题:"我们说点别的事吧,说点开心的事,好吗?"

卢俊没有说话,洛雅宁便自顾自说了起来,说起他们高中时代的趣事,说起他们班里发生的让人感动的事。说到快乐的事时,她的笑声十分爽朗,而说到动情处,声音还有一些哽咽。

沐安澜就站在洛雅宁身后不远的地方,听她说起过去,看着她一会儿哭一会儿笑,确实成功地吸引了卢俊的注意力。他静静听着,忘记了自怨自艾,仿佛沉浸其中,回到了让人怀念的学生时代……

"张娜娜来了,"有人跑上天台,大声喊道,"正和队长说话。"

卢俊突然从回忆中回过神来。

"她来了,我们下去吧。"洛雅宁温柔地说道。

何乐连忙走过去,这次卢俊表现得十分平静,甚至还伸出手,任由何乐拉住他已经僵硬的胳膊。

沐安澜则上前拉住洛雅宁:"你没事吧?"

洛雅宁一下子扑进他的怀里,紧紧地闭着眼睛,用颤抖的声音说道:"我、我恐高。"

"傻姑娘,"沐安澜能感觉到她的身子在自己怀里微微颤动,全然不是刚才侃侃而谈的爽朗模样,他心疼地理了理她被风吹乱的秀发,"你一定要让自己冒这样的风险吗?"

洛雅宁在沐安澜的怀里窝了好一会儿,才恋恋不舍地离开。她揉了揉有些发酸的胳膊,觉得双腿还在一阵阵地发软,如果不是沐安澜扶着她,她可能已经丢脸地瘫坐到地上了。

"没办法,他是我的同学,我不能坐视不管啊。"

"我们下去看看吧。"沐安澜有种预感,关于高红之死很快就会水落石出了。

洛雅宁倒是很想快点下去,可惜双腿不听使唤,她尴尬地说道:"我可能还要过一会儿才能走路,要不你先下去吧,啊……"话音刚落,她就被沐安澜一把抱了起来,她忙伸手搂住沐安澜的脖子,环顾四周,"你干什么?快放我下来,有人看着呢。"

沐安澜咧嘴笑了笑:"我这也算是为人民服务吧。"

"快放我下来!"

第三个故事

洛雅宁捶打着沐安澜的肩膀,沐安澜却抱着洛雅宁大步往楼梯口走去,一点都没有放开她的意思。有熟悉的警察看着他们直乐,洛雅宁只好像鸵鸟一样把头埋进沐安澜的怀里,以此逃避他们的目光。

市公安局大楼的大厅里乱成了一锅粥,张娜娜显然是匆忙赶来的,一脸狼狈地冲着卢俊又踢又打,卢俊却不为所动,任由她的拳头像雨点般落在自己身上。张娜娜歇斯底里地哭号了一阵子,最后一屁股瘫坐在地上。

"我知道你想要什么,从我们在一起的那天起,我就知道你爱的人不是我,我却傻傻地告诉自己,你待我一如初心,并没有改变过,否则我怎么可能这样不明不白地和你生活。"张娜娜泪流满面,不顾形象,哪儿还有平时靓丽优雅的样子,"我全心全意地对你,你又是怎么对待我的,当年的誓言你都已经忘记了吗?"

卢俊冷漠地看着张娜娜,就像看着一个陌生人。他缓缓说道:"我也曾经尝试着接受你,可没有用,即使你们有一模一样的脸,可你不是她,我做不到,对不起。"

卢岚岚此时不知从哪里钻了出来,扑进卢俊的怀抱。卢俊紧紧地抱着女儿,对张娜娜说道:"你还是自首吧。"

张娜娜眼里最后一丝光芒也熄灭了,她浑浑噩噩地举起手伸到半空中,对张支队说道:"我自首,高红是我杀的。"

张娜娜的一番话让在场每一个人都为之一震,这个看上去如此柔弱的女人,竟然真的就是杀死高红的凶手。

张娜娜面如死灰,最后看了卢俊一眼,她被两名刑警一左一右地扶起,戴上了银闪闪的手铐。

真的是她!尽管早有心理准备,洛雅宁还是没想到,最后竟然会以这样的方式结束这起案件。

大厅里的人渐渐散去,只有卢俊还带着女儿,呆呆地站在那里。他神情落寞，岚岚懂事地牵住父亲的衣角。

洛雅宁走上前去，蹲在岚岚面前，温柔地说道："宝贝不要害怕，这些都是大人之间的事情，和你没有关系。"

这个孩子受了太多的惊吓，看人的眼神里也失去了这个年纪的孩子该有的天真和浪漫。

"谢谢你，雅宁。"卢俊诚恳地说道。

洛雅宁摸了摸岚岚的脸，问道："这究竟是怎么回事？你既然知道是张娜娜杀了高红，为什么没有告诉警察？还有你和张娜娜之间到底发生了什么？"一个又一个的问题纠缠着她，这件事越发让她摸不着头脑了。

卢俊深深叹了口气，抱紧女儿。

沐安澜将卢俊带到休息室，递给他一杯热茶。卢俊喝了半杯茶以后，才开口回答洛雅宁所有的疑问。

"她不是我的妻子。"卢俊刚一开口，眼泪就流了下来。氤氲的热气里，他红着眼睛，拍了拍静静窝在他怀里的卢岚岚。

036 可怜之人必有可恨之处

"她不是你的妻子？这怎么可能？"洛雅宁吃了一惊，不明白他为什么这么说，"你家里有你们的结婚照，大家都说你和张娜娜是真心相爱的。"

卢俊苦涩地笑了笑，看着茶杯里上下漂浮的茶叶，思绪渐渐飘远。

"我真正的妻子叫韩薇安。在大学时代，我的确疯狂地爱过张娜娜，追求了她很久。临近毕业时，她终于答应做我女朋友，我一度认为，我是这个世界上最幸福的人。可惜好景不长，毕业半年后，她就劈腿和别的男人去了国外。这件事对我的打击很大，我患上了严重的抑郁症，一心想死。在我患病期间，断绝了与所有人的联系和来往，只有韩薇安一直陪在我身边，陪我渡过一个又一个难关。后来，韩薇安更是为了我整容成张娜娜的样子，还把名字改成了张娜娜，用她的身份和我结婚，和我一起生活，希望我能战胜病魔，重新拾起生活的勇气。我渐渐走出抑郁症的阴影，同时，我发现自己爱上了韩薇安，无论她是不是长着和张娜娜一样的脸，我爱的都只是这个日日夜夜陪在我身边的女人。我们生活得很幸福，很快乐，很快生下了女儿岚岚。"

"和你结婚的竟然是韩薇安，而不是张娜娜？"洛雅宁倒吸了一口凉气，这也太让人匪夷所思了吧？她回头看了沐安澜一眼，发现他和自己一样震惊。

"是的，就是这么荒唐。我刚尝到幸福的滋味，老天却偏偏要和我开另一个玩笑，让我再度陷入痛苦之中。"卢俊的笑容越发苦涩，"薇安有先天性心脏病，生下岚岚就去世了。我无法承受这个打击，抑郁症的阴影一直笼罩着我，可我还要照顾岚岚。那段时间，我真觉得整个人是恍惚的，每天都在是活着还是死去中拉扯着自己。这时候，张娜娜回来了。原来她在国外的生活并不如意，当初信誓旦旦说要带她去国外享受美好人生的男人没过多久就抛弃了她。"

"原来是这样，"洛雅宁有些愤愤不平，"她来找你，你就忘记她曾经带给你的伤害了吗？你就那么轻易地和她在一起了吗？你这么做怎么对得起韩薇安？"

卢俊捂着脸，一个大男人竟然像个孩子似的哭了出来。岚岚在他怀里抬起头，用稚嫩的小手努力地给爸爸擦眼泪。

"爸爸别哭，岚岚抱着你，你别害怕。"

看到这样的情形，洛雅宁再也不忍心苛责他，他也不过是一个被命运捉弄的可怜人。

"我也不知道为什么，可能是患病的缘故，也可能是因为张娜娜和薇安有一样的脸。我一直生活在混沌中，时而清醒，时而迷茫，无法分清现实与想象，到底是张娜娜还是薇安，对我而言似乎没必要分得那么清楚。我一直没办法接受薇安离开的事实,所以当张娜娜回来找我,主动要求和我在一起生活时,我竟然没有拒绝,我想她或许能给我一点慰藉,让我感觉到薇安还在我的身边。薇安就是娜娜,娜娜就是薇安。"卢俊用力摇了摇头,"只可惜张娜娜始终就是张娜娜,她能做得了我的妻子,却不是岚岚的亲生母亲。她对岚岚的存在一直很排斥,很冷淡,我需要工作挣钱,没办法亲自照顾孩子,只好请来高红。高红尽心尽责,她很喜欢岚岚。"

卢俊顿了顿,又继续说道:"我以为这个家可以相安无事地维持下去,结果却不行。娜娜脾气不好,一有事就拿孩子撒气。我终于明白,她和薇安根本不是同一类人,她永远都无法代替温柔善良的薇安。我几次提出让她离开,她都不愿意,不仅如此,她一和我吵架就会打岚岚。一开始高红并不说什么,她以为娜娜是岚岚的亲生母亲,只不过是脾气有些暴躁。到了后来,娜娜变本加厉,打岚岚的频率越来越高,一次比一次厉害。每次岚岚被张娜娜打得一身伤,高红便来找我,而我找张娜娜理论以后,她就会继续把这种怨恨发泄在岚岚的身上。直到案发那一天,张娜娜又因为一些小事打了岚岚。我实在忍无可忍,这次我的态度十分坚决,给她留了一封信,请她离开,然后我就带着岚岚去参加同学会了。"

"既然是你们夫妻间的事,为什么会导致高红被害呢?"沐安澜不能理解,"后来究竟发生了什么事?"

"张娜娜叫我回去的时候,高红已经死了。张娜娜说,高红看到了我留给她的信,知道她不是岚岚的亲生母亲,大声痛责她,说要去公安局揭发这一切,要告她虐待儿童,两人便发生了争执。张娜娜用花瓶砸中高红的后脑勺,一时失手把她打死了。"卢俊也没想到会发生这样的事,十分痛心,"张娜娜跪在地上求我不要把这件事告诉任何人,还找了她的好朋友做伪证。我希望她能去自首,她却表现得十分激动,宁可死也不愿自首。"

"所以你没办法,就策划用跳楼来胁迫她现身自首吗?"沐安澜不太理解卢俊的思维方式。

卢俊点了点头："算是吧。我打定了主意，如果她不愿意自首，我也会把这件事告诉你们，将她绳之以法，否则我对不起死去的高红。她是为了保护我的女儿而死的，而我这个父亲却如此懦弱，我觉得很羞愧。"

"都已经过去了，你现在自责内疚也没办法。"

岚岚已经在父亲温暖的怀抱里睡着了，折腾了一晚上，小家伙应该累坏了。可即便睡着了，她的小手也紧紧拉着父亲的衣袖，生怕他会离开，可见她是个没有安全感的孩子。

洛雅宁抚了一下岚岚柔顺的长发，安慰道："重要的是，现在你要给岚岚一个安稳温馨的家，她的母亲正在天堂看着你们，祝福着你们呢。"

卢俊轻轻抱起女儿，用外套包裹住她，准备离开。他刚走出休息室，就和从审讯室里出来的张娜娜撞了个正着。张娜娜已经恢复了平静，她头发凌乱，双眼红肿。

"对不起，"张娜娜伸手想摸一摸熟睡中的岚岚，最后还是把手缩了回来，"我知道我愧对你，愧对岚岚。其实你对我很好，是我心中一直没办法放下对韩薇安的嫉妒，还把这种嫉妒转移到无辜的孩子身上，最终酿成了大祸。"

"是我不好，我不应该在心里明明还爱着薇安的时候接受你，让你做岚岚的妈妈，这原本就不公平。"卢俊收紧了手臂，这场悲剧中并没有谁是受益者，他的痛苦一点也不比张娜娜少，"其实，我也是间接害死高红的凶手。"

"如果当初我没有背叛你，我们一定会很幸福的，只是我知道得太晚，我们谁都回不去了。"张娜娜含泪说完，迈着沉重的步伐往外走去，她的背影孤独而悲伤。

洛雅宁心中感慨万分。可怜之人必有可恨之处，他们谁都不值得同情，真正可怜的那个人已经离开这个世界。还有岚岚也是个可怜的孩子，不仅失去了最爱她的妈妈，好不容易来了一位疼爱她的保姆，也这样不明不白地离开了。她此后的人生，不知道何时才会迎来新的曙光。

洛雅宁和沐安澜走出市公安局的时候,天已经亮了,朝阳划破天边,露出一点鱼肚白。

又度过了一个不眠之夜,洛雅宁却觉得好像过了一个世纪那么漫长。她打了个哈欠,一抬手,却看到腕上的翡翠手镯。她想摘下来还给沐安澜,可戴上去容易取下来难,她使了半天劲儿也没办法拿下来,连手腕都拽红了。

沐安澜有些心疼地抓住她的手,说道:"既然送给你了,你就戴着吧。"

"那怎么行?"洛雅宁偏不信这个邪,而且她也没有随便拿人东西的习惯,"这个镯子这么贵重,而且原本就不属于我。你不是说有喜欢的人了吗,应该送给她才对。"

沐安澜按住她的手,笑着看她的眼睛:"你知道我喜欢的人是谁吗?"

"是谁?"洛雅宁很想知道,可心中又有一丝排斥,这种心情相当矛盾。

沐安澜就像故意逗弄她似的,含笑不答。

洛雅宁认真地等待许久都没有听到沐安澜说出答案,泄气地说道:"不愿意说就算了。"

"不是我不愿意说,只是觉得要说出她的名字,应该要再郑重一点。"沐安澜笑道。

洛雅宁气恼极了:"你竟然戏弄我!爱说不说,本小姐还不乐意听呢!管她是谁,和我又有什么关系!"她越说越气,越说越委屈,眼睛有些发酸,可又觉得这样很丢脸。

"我是认真的。"

"我也是认真的!"洛雅宁气呼呼地说道,"你不愿意说,我也不愿意听。就这样,我要回家睡觉了,再见。"

沐安澜见她眼睛都熬红了,柔声说道:"我送你回去吧,我要去趟剧组和导演商量剧本,正好顺路。"

就只是顺路吗?洛雅宁的心中又极度不平衡起来,这个沐安澜根本就是在故意气她嘛。

"不必了,我认得回去的路,不劳沐大编剧您的大驾了。"洛雅宁转头就走,不给沐安澜一点反驳的机会。

沐安澜站在晨曦之中,有点莫名其妙。洛雅宁又生气了,可她为什么生气,他却一点也不明白。看来何乐说得没错,他还是不太懂女孩的心思。

洛雅宁昨晚是搭沐安澜的车来的,现在走出好长一段路也没见他追上来。难道真想让她一个人回去不成?她不时回头,心中还有所期待。这一看没有看到沐安澜,倒是看到了何乐。

何乐把车窗摇下来,探出脑袋,疑惑地问道:"咦,你怎么一个人在这里?沐安澜呢?他怎么不送你回去?"

"不要和我提那个浑蛋了,"洛雅宁拉开何乐的车门,坐了进去,"你送我回家。"

何乐想要抗议,可惜抗议无效,只好乖乖地载上洛雅宁。他发现洛大小姐今天心情很不好,这就奇怪了。洛雅宁的心情一直都和沐安澜有关,每当案子破了,沐安澜高兴,她也跟着高兴。今天高红的案件水落石出了,她却板着一张脸。

何乐一边开车一边小心翼翼地问道:"你们吵架了吗?"

"没有,我和他吵什么架?"洛雅宁嘴上虽不承认,可任谁都知道她在说谎。

037 我愿意

何乐好像明白发生了什么事,哈哈笑了两声:"哎呀,我知道了,一定是沐安澜又说错话惹你生气了。他就是这个样子,榆木脑袋,不懂得哄女孩子开心,你又不是第一天认识他,应该早就习惯了呀。"

"他才不是木头,他有喜欢的人了,说明木头也是可以开花的。"洛雅宁越想越伤心,能被沐安澜喜欢的女人一定很优秀吧。

何乐眨了眨眼,好奇道:"这倒是新鲜了,他喜欢的人不就是你吗?"

"不是我,是另有其人,而且还很神秘呢。沐安澜说不会轻易把她介绍给我们认识,因为他觉得不够郑重。"洛雅宁咬牙切齿地说道。

何乐笑得更灿烂了,露出两排洁白的牙齿,在朝阳的映照下显得格外耀眼。

"沐安澜身边除了你还有别的女人吗?我倒是很好奇他说的女孩到底是谁,连我这个最要好的朋友都会猜错。"

就因为这样洛雅宁才更生气,她原本也以为自己是沐安澜身边为数不多的女性朋友,而且关系很不错,现在他却带着甜蜜和羞赧的神情告诉自己,他有喜欢的女孩了,这让她情何以堪?

洛雅宁抿着嘴生闷气,手下意识地转动手腕上的翡翠镯子。何乐看到镯子一愣,问道:"这是沐安澜的母亲送给你的吗?"

洛雅宁点头道:"说起来都怪沐安澜,昨晚莫名其妙地拉着我去见他的母亲,还硬说我是他的女朋友,他母亲就特别热情地把镯子送给我做见面礼,还说什么让我当成传家宝,一代一代地传下去。"

"那很好啊!"何乐憋着笑,"手镯很漂亮,一定很值钱。阿姨一直希望他能找一个陪伴他一生的伴侣,也一直在帮他物色对象,害得安澜看到阿姨就想躲开,还得靠我两人才能见上一面。看来阿姨对你相当满意,否则也不会第一次见面就送你这么贵重的礼物了。"

"什么表现,应该是表演吧?你都不知道当时的情形,我的尴尬症都要犯了。"洛雅宁想想就觉得头疼,她是不是应该向沐安澜要一笔演出费。

"安澜从小就没怎么体会过母爱,对待女人一直都这么不开窍,所以阿姨才会着急啊。按他的性子,阿姨想要抱孙子,还不知道要到猴年马月呢。"

"抱孙子?"洛雅宁小心翼翼地问道,"可沐安澜和阿姨的关系很不好啊。阿姨当年抛弃了沐安澜和他的父亲,他的童年过得悲惨又贫穷,他怎么会轻易原谅自己的母亲,还听从她的安排呢?"

"其实阿姨当年离开也是迫不得已,她想去国外挣钱救治安澜的父亲,谁知道理想与现实差距太大。她在国外最初的几年并不好过,接连遭遇了几次危机,差点没办法养活自己,后来情况好转,安澜的父亲和爷爷奶奶已经相继去世了。阿姨也不知道该怎么面对自己的儿子,只好在国外以匿名的方式悄悄资助他上学。安澜得到的高额奖学金,有很多是阿姨用这种方式给他的,只是他并不知道而已。也正是有了这些钱,他才能安心读书,有了今天的成就。"

"既然如此,阿姨为什么不说出来,却让儿子一直怨恨她?"洛雅宁很是吃惊,但她相信何乐说的都是真的。

何乐耸了耸肩:"那我就不知道了,阿姨不让我说,我就只好闭嘴咯。"

"这对母子都是怪人。"洛雅宁深深叹了口气,无力地撑着脑袋,她不想再思考有关沐安澜的事,越想就越觉得头疼,她哀叹道,"唉,这和我又有什么关系?"

这时,何乐已经把车开到了洛雅宁家的楼下。

"其实我也很好奇沐安澜说的那个女孩是谁,不如你帮我问问?我给他参谋参谋,看到底适不适合他。"

"你有病啊,想知道就自己去问!"洛雅宁原本还想道谢,但见何乐笑得一脸不怀好意的样子就作罢了。她气鼓鼓地下车,用力甩上车门,冲何乐挥挥手,示意他赶紧滚蛋。

见洛雅宁满脸不悦,像是喝了三斤的老陈醋,何乐笑得前仰后合。他当即拿出手机给沐安澜打电话:"喂,沐安澜,不带你这样玩的。"

洛雅宁一夜没睡,原本想回家美美地睡上一觉,可躺在床上却怎么都睡不着。她不知道究竟是哪里不对劲儿,也许是白天的光线太强,她便起身把窗帘拉严实，又找了个眼罩戴上，可还是睡不着。她在床上辗转反侧，挣扎了一阵子，终于忍受不了，干脆起床冲了个澡。

镜子里的女孩满脸憔悴，眼睛浮肿，头发凌乱。洛雅宁摸了摸自己的脸颊，忍不住叹气。

不知道沐安澜回来了没有，洛雅宁想去找他，又觉得不太合适，犹豫不决。她无所事事地在屋里转悠，内心始终无法平静，最后看到手腕上的镯子，决定先想办法把它摘下来。

用洗手液润滑后，洛雅宁终于摘下了翡翠镯子，她找来一个首饰盒，将镯子安置好，喃喃自语道："你还是应该到你真正的主人那里去。"

明明才戴了一个晚上，她却有些舍不得，并不是因为镯子本身的价值，而是它所代表的意义。沐安澜的母亲说，这只手镯是送给她未来儿媳的，可惜那个人不是她。所以还是快点还给沐安澜吧，免得让他误会自己是个贪财的人。

打定了主意，洛雅宁带上手镯去敲沐安澜家的门。门铃响了好半天都没有人回应，她以为沐安澜还没有回来，失望地准备转身离开。

就在此时，门却传来沐安澜浑厚有力的声音："门没锁，自己进来吧。"

原来他在家，可为什么这么久都不开门呢？洛雅宁好奇地转动门把手，门果然没上锁。她轻轻推开门，里面突然跳出了什么东西。

是……气球？

屋子里飞满了气球，各种各样的颜色、形状，轻盈地飘在半空中，有一两个顺着窗口吹来的风调皮地跑出了屋外。

洛雅宁惊讶地瞪大眼睛，她几乎以为自己走错了房间。

"发生什么事了？"

沐安澜的家里怎么会有这么多气球？他一向不喜欢这种小女生的玩意儿，也绝对不允许自己的家里如此乱糟糟的。

洛雅宁走进客厅，眼前不仅有气球，还有一束很大的玫瑰花，包装得很是精美，由各色玫瑰组合在一起，就像一道艳丽的彩虹。这一点不像沐安澜的家，倒有点像求爱现场。

"你来了。"沐安澜走出卧室，手中还拿着一串气球。气球不听话地飘浮在他身后，时不时冒出来，看上去和他一点都不搭，甚至还有些滑稽。

可洛雅宁一点都不想笑，看样子自己来得很不是时候，沐安澜在家里精心准备这些，应该是想迎接他心爱的人吧。

"我是来还手镯的，没想到会打扰到你。"洛雅宁的心情着实不太美妙，"你是要向谁表白吗？"

沐安澜似乎有些紧张，手一松，气球便飘走了。他尴尬地说道："何乐说，女孩子都喜欢这些东西，只是不知道……"

他竟然会为了讨一个女孩的欢心，做这种和他性格完全不搭的事情。洛雅宁简直要嫉妒死了，哪个女孩有这么好的命，能让沐安澜做出这么大的牺牲？

"只有矫情的女孩才会喜欢这些。"洛雅宁皱了皱鼻子，言不由衷地说道。才怪，哪个女孩不喜欢这些，可她没办法不说谎。

"真的吗？"沐安澜却信以为真了，"那女孩子都喜欢什么？我想稍微郑重一点向她表白，又担心自己做得不够好，这些都是何乐教我的。"

"何乐就是个坑，他说什么你都往下跳吗？"沐安澜表现得越是慎重小心，洛雅宁就越生气。这一切又不是给她的，她凭什么要配合他？

"简直丑爆了！这气球的颜色，这玫瑰花，简直俗不可耐！你究竟喜欢上了什么样的女孩，才会认为她喜欢这些庸俗的东西？"洛雅宁边走边看，不停地批评着，还露出一脸嫌弃的表情。

"看来你是真的不喜欢，"沐安澜的情绪也跟着低落下来，他咬牙切齿地说道，"我要骂死何乐这个家伙。"

洛雅宁心情复杂地撇了撇嘴，撒谎的滋味并不好受。

"其实也还好啦，这些都只是形式，并不重要，重要的是你的心意，只要让她看到你的心意就好了。"因为内疚，洛雅宁不得不安慰他两句。

沐安澜的眼睛又亮了起来，他抓住洛雅宁的手，目光灼灼地看着她："那你看到我的心意了吗？"

什么？他在说什么？洛雅宁瞪大眼睛看着沐安澜。他这话是什么意思？

"我知道你不喜欢我为你准备的这些，可我还想问你一句，你愿意做我的女朋友吗？"

什么？他到底在说什么？洛雅宁半天都回不过神，结结巴巴地问道："你……弄错人了吧？"

"雅宁，我喜欢的人、我要告白的人，是你。"沐安澜轻轻吻了洛雅宁的手背一下。这一吻，带着温柔的爱意。

洛雅宁触电似的收回手，惊慌失措地说道："你……你在说什么？"

他喜欢的人竟然是自己？兜兜转转，她竟然误会了他的意思，不知道是沐安澜的情商太低，还是她自己才是块木头，竟会发生这样的乌龙。

"我……"洛雅宁一时间无法消化眼前的事实，她刚才还把沐安澜的心意一通践踏，批评得体无完肤，现在难道要假装感动地收下他的心意吗？

"雅宁……"沐安澜的手因紧张而微微颤抖。

这是他第一次向女孩表白，他说过一定要郑重，还特意向何乐求教，何乐也教了他许多情话，可现在，他却一句话都不记得了。不，也不是不记得，而是觉得那些话根本不足以表达他此时的心情。

不知从什么时候开始，他喜欢上了洛雅宁。也许是在看到她被绑架时，她哀伤而痛苦的神情像被遗弃的洋娃娃，让他心生怜惜。也许是在他失意的时候，善良的她陪着他看星星，理解、安慰他焦躁不安的心，陪他度过一个又一个黎明前的黑暗……

他曾经以为自己这一生都不会真正爱上谁，他曾经以为自己真是何乐口中的木头，不知情爱是何滋味，可当洛雅宁出现之后，他突然明白了。这个发现让他惊喜，让他紧张不安，让他不知所措。

第三个故事

今天何乐打来电话说洛雅宁心情不好,很可能是因为他言语含混不清而导致了误会,他这才鼓足勇气向她告白。只可惜,他精心准备了这些,她还是不喜欢。

"雅宁,做我的女朋友好不好?"沐安澜表现得像一个毛头小子,执着地想要问出答案。

可洛雅宁偏偏说不出口:"对不起,我的脑子有些乱,你说什么我不太明白。"

这不是洛雅宁第一次被人告白,她从前可以优雅地拒绝别人,可这一回,沐安澜表现得如此蹩脚,她却紧张得不知所措,好像表白的人是她。

"我昨天一夜没睡,我现在需要休息,等我睡醒了再说。"她说完就飞也似的逃离了沐安澜的家。

这算什么回答?沐安澜有些摸不着头脑,坐在被他弄得面目全非的客厅里,手中握着的那束玫瑰还没有送出去。

洛雅宁的心湖被彻底搅乱了。沐安澜竟然向她表白,一切都仿佛做梦一般。她前一秒还在患得患失,下一刻却发现自己就是女主角,这样的转变实在是太突然。

夜幕再次降临,洛雅宁已经把自己关在卧室里好几个小时了。她知道沐安澜在等她的回答,她也知道自己心中的答案是什么,可就是迟迟不肯出去告诉他。

夜风清凉,洛雅宁的心里却像燃着一团火。她走到阳台上想吹吹夜风,好好想一想该如何面对沐安澜。

她的阳台上种了许多漂亮的绿植,香雪兰的枝叶被微风吹得轻轻摇摆,空气中有玫瑰花的清甜香味……等等,她没有种玫瑰,哪来的玫瑰香味?

洛雅宁转身一看,就见沐安澜家的阳台上放着那束彩虹般的玫瑰,香味正是从那里散发出来的。花束上还贴着一张字条。洛雅宁好奇地伸出手,正好够得着,字条上是沐安澜苍劲潇洒的字迹——

"我知道自己不够浪漫,我知道自己不够温柔,我知道自己还不是你心目中理想的男朋友,但我愿意努力,你愿意给我一次机会吗?"

这短短几行字,却让洛雅宁忍不住落泪。还有什么好犹豫的呢?还有什么好害羞的呢?还有什么好尴尬的呢?他们彼此相爱,为什么不能让对方看到自己的心意?其实,她比他更早动心。

洛雅宁轻嗅花间的芬芳,正准备去找沐安澜,却见他已经走到了阳台上,原来他一直躲在窗帘后面。

"你愿意给我一次机会吗?"

这才是他最正确的告白方式。

洛雅宁突然觉得自己没有说错,他准备的那一切简直弱爆了,真正相爱的两个人根本就不需要烦琐的仪式,要的只是一句问询、一句承诺。

"是的,我愿意。"

两人就这样隔着阳台,隔着青绿的香雪兰,两只手紧紧地握在一起,所有的情话都抵不过这两句话——

"你愿意吗?"

"我愿意。"

第四个故事

人偶的世界

038 残忍的凶手

 沐安澜打来电话的时候,洛雅宁正在商场闲逛,今天电视台没有给她安排任务,所以她早早就下班了。恰巧沐安澜也有空,两人就约定一起吃晚饭。何乐最近总喜欢做两人之间的大电灯泡,也不知道是不是故意的,还当得不亦乐乎。

 洛雅宁此时在一家人偶专卖店里徘徊。她仔细欣赏着陈列在商品展架上的人偶,每个人偶都不一样,姿态、肤色、服装、表情和瞳人都做得惟妙惟肖。人偶总是完美的,拥有傲人的身材和永不老去的美丽容颜,女孩尤其喜欢,因为它们代表了自己心中所有不能实现的美丽与渴望。

 洛雅宁随手拿起一个人偶——它穿着漂亮的白色礼服,裙摆上有青色藤蔓的绣花,清新可人,它面色绯红似在害羞,眼睛半垂着,玻璃做的眼珠就像真的一样。洛雅宁不由得感叹,这个人偶简直太漂亮了,就像真的拥有生命一般。

售货员在一旁热情地为洛雅宁介绍:"您好,这些人偶都是原凝先生的作品,每个都由他亲手制作。这些人偶不仅有自己的名字,还各有各的优点,无论您喜欢哪一款,它都是独一无二的。"

说到原凝,洛雅宁想起一年前自己曾经采访过他。原凝做的人偶确实生动有趣,在业内非常有名,最重要的是,这位被称为大师的人竟是个和她年纪差不多的大帅哥。洛雅宁至今还记得他气质绝佳,温文儒雅,说话的声音也很好听。

售货员笑眯眯地看着洛雅宁说:"您手里的这个就很漂亮。"

"确实很漂亮。"洛雅宁手中的人偶就连身上的礼服款式都设计得很精美。

"麻烦您包起来。"一个浑厚的声音突然在耳边响起,洛雅宁抬头看去,只见沐安澜不知什么时候已经站在她的身边。

售货员忙客气地把他们往收银台方向领:"麻烦您跟我过来结账。"

"我就是看一看,没说要买。"洛雅宁并没有公主情结,却没办法不喜欢原凝制作的人偶。经过上一次采访后,她对原凝的个人魅力十分欣赏,因为他对人偶制作有着近乎偏执的狂热。

沐安澜侧过头小声说道:"只要你喜欢,我都希望你能够拥有。你多看一眼,我如果不买下来送给你的话,我都会心疼。"

售货员一边刷卡,一边羡慕地对洛雅宁说道:"您的男朋友真宠您,对您可真好啊。"

洛雅宁羞红了脸。自从两人确定关系后,沐安澜就像变了个人似的,至少在她面前变化很大,说话格外温柔多情,往往让她招架不住。

售货员也看出了洛雅宁的羞涩,便不再调侃她,把人偶放进展示盒,交给洛雅宁。

洛雅宁郑重地接过来,对沐安澜说道:"谢谢你送我的礼物。"

"你喜欢就好。走吧,何乐还在等我们呢。"沐安澜牵起洛雅宁的手,两人亲亲热热地离开了商场。

此时,人偶专卖店里挂着的一台巨大显示屏的屏幕上正播报一则新闻——

"本市最近接连发生两起恶性虐杀女性案件,凶手手段残忍,动机不明,两名死者的尸体旁都放有精致的人偶。警方认为凶手有一定的心理障碍,案件正在紧急侦破中……"

电视画面上一个漂亮的人偶被放大成一个特写的镜头,人偶微笑着微微伸出手,漂亮的眸子仿佛会发光一般盯着镜头,和店里其他造型各异的人偶形成鲜明的对比。

兰亭西餐厅里灯光幽暗,飘荡着悠扬轻缓的钢琴曲,每张桌子上都插着一枝新鲜的玫瑰花,空气中飘散着淡淡的柠檬香,偶尔有服务生单手托盘,脚步轻盈地穿梭其间。

今晚客人并不多,何乐正无聊地托着下巴盯着门口发呆,直到看到洛雅宁和沐安澜手牵着手,在服务生的引领下款款走入,他才站起身抱怨道:"你们怎么才来,我等了好久。"

沐安澜绅士地为洛雅宁拉开座椅,然后坐到她身边:"外面雨下得很大,所以来晚了。"

"我还以为你们要放我鸽子了呢。"何乐不满地看了沐安澜一眼。这家伙自从有了女朋友之后,就不把自己这个好朋友放在眼里了,好几次找他都说没时间,要不然就是带着洛雅宁一起来。何乐原本是不介意的,只是这两人每次都有意无意地秀恩爱,让他这个"单身狗"情何以堪?

沐安澜细心地替洛雅宁铺好餐布,叫来服务员点餐,两人商量着菜色,有说有笑的,完全忽略了何乐的存在。何乐觉得有些无趣,无聊地移开视线,无意中看到洛雅宁随手放在桌上的人偶娃娃,他好奇地问道:"你们怎么买这个东西？"

"我喜欢嘛。再说，这可是安澜送给我的第一件礼物。"洛雅宁见何乐脸上的表情有些古怪，问道，"怎么了？"

"这人偶看起来有些眼熟。"何乐皱了皱眉，"我们市最近发生了两起虐杀女性的案件，尸体旁都放有这种人偶，不知道究竟人偶有什么特殊的含义。张队这两天都忙得焦头烂额了，安澜你不去帮帮他吗？"

"有这样的事？"洛雅宁摸了摸人偶身上华丽的衣服，"为什么要在杀人后放上一个人偶呢？"

何乐耸了耸肩，他自己也不知道："凶手杀人手段极其残忍，死者四肢被拧成奇怪的姿势，所有肋骨被敲碎，容貌被毁。死者身上没有致命伤，都是因为失血过多而死的。"

"这说明了什么？"洛雅宁只听着就浑身发毛，忍不住往沐安澜的方向倚靠过去。沐安澜知道她害怕，将她抱在怀里。

"这说明死者是被凶手活活虐待致死的。"沐安澜于心不忍，轻轻摇了摇头，"这个凶手可真够变态的。"

洛雅宁吓得捂住了嘴，怎么会有这么残忍的人！面对一个活生生的人，他怎么下得去手？

何乐打开手机相册递给洛雅宁，问道："你也喜欢人偶，帮忙看一看，这两个人偶和你买的这个是不是出自同一人之手？我觉得风格有点像。"

"市面上的人偶娃娃有很多，做工都很精致，我可没那个本事只通过相片辨认制作者。"洛雅宁嘟囔着接过手机，随后却十分笃定地说道，"没错，这两款娃娃应该也是出自原凝之手，也就是和我买的这个是同一个人制作出来的。"

"你这么肯定？"何乐惊喜万分。

"当然了，"洛雅宁十分自信地说道，"我一年前采访过原凝，对他印象十分深刻。他很擅长做这种瞳人逼真的人偶，经过他的手之后，人偶就像被赋予了生命,所以有很多女孩千里迢迢来他的工作室定制人偶。当然,找他定制人偶的价格也非常昂贵。何乐,你要去找他吗?我还记得他的工作室的地址,我可以带你去。"

"都过去一年了,还记得这么清楚?"沐安澜有些不乐意地眯眼看洛雅宁,她怎么对别的男人如数家珍呢?连眼睛都亮起来了。

"别闹了,谈论正事呢。"洛雅宁没想到沐安澜也会如此不专心,他以前可不是这样的。

"我现在就给张队打电话,去拜访你说的那位人偶大师。"

他们点的菜品被一一端上餐桌,可他们匆匆浅尝几口就离开了。

人偶大师原凝的工作室就在他的别墅里,因为位置偏僻,一般人很难寻到,所以来找他制作人偶的都是一些资深爱好者和收藏家。

此时夜色深沉,别墅前的马路上一片寂静,一辆白色的路虎车碾过清澈的水洼驰来,缓缓停在一栋古色古香的日式建筑前。从车上下来的正是沐安澜一行人。

"就是这里了。"洛雅宁看了一眼挂在别墅门前的一块小小的木牌,上面刻有繁复的花纹,据说这是原凝家的家徽,也让这栋别墅更有辨识度。

"原凝是中日混血儿,从小和母亲在日本长大,成年后才来到中国,他日常生活还保留着许多日本人的习惯。"

张支队上前按门铃:"希望他在家。"

雨后的空气清新,别墅花园里种着许多花,隔着木头栅栏都能闻到夹杂着清爽水汽的花香,令人心情舒适。

清脆的门铃声响了一遍又一遍,就在大家以为别墅里没人的时候,一个高大的男人从里面缓缓走了出来。这人穿着和服,踩着木屐,穿过被雨水冲刷干净的庭院,踏着落叶来到院门前,吱呀一声打开了院门。一张清秀俊逸的脸出现在众人面前,男人礼貌地问道:"请问你们找谁?"

男人眉眼宽阔温和,普通话也说得非常好,如果不是洛雅宁提前说过,没有人能想到他是日本人。

"是原凝先生吗?"张支队出示自己的证件,"我是市公安局刑警支队的,现在有一个案子需要您配合调查,我们可以进去吗?"

原凝的脸上闪过一丝惊愕,他后退了一步,把门开得更大一些:"请进吧。"

张支队和何乐率先跨进庭院,洛雅宁走进去的时候,俏皮地冲原凝挥了挥手:"嗨,我们又见面了。"

原凝见到洛雅宁,推了推脸上的眼镜,神情中透着欣喜:"洛小姐,我可是经常在电视上看到你呢。"

洛雅宁没想到这位大神级的人物还记得自己,笑得更灿烂了。可沐安澜就不那么乐意了,他伸手搂住洛雅宁的腰,小声提醒道:"我们可不是来叙旧的。"

039 嫉妒得快发狂了

原凝的家里摆满了各式各样的人偶,客厅里一整面墙都被打造成展示架,每一个格子里都放着一个人偶娃娃,一眼看去就像一个小小的人偶博物馆。这些人偶神态各异,每一个都值得细细品味。

张支队和何乐自进门之后,眼睛就再没有离开过这些人偶。原来就算是男人,也很难不被它们吸引。

"雅宁说你是人偶界的大神级人物,没有人能超越你。一开始我还不信,现在看来她说得一点都不夸张。"何乐惊叹道,眼前所看到的已远远超过他起初的想象。

原凝的别墅从外面看是日式风格,里面的装潢却有不少中式的元素,综合了中日两个国家的特色,却一点也不违和。

"请喝茶。"原凝为洛雅宁一行人端上茶。

精致的茶杯上有樱花的图案，就连杯垫上也绣有美丽的图案，可以看出原凝是一个对生活品质有很高要求的人，审美也很不俗，一如他的人一般俊雅内秀，看上一眼就让人难以忘记。

"谢谢。"洛雅宁是第二次造访，对原凝家比较熟悉。她把茶杯端给坐在身边的沐安澜，沐安澜接了过去，却没有喝。

原凝似乎已经知道了他们的来意，开门见山道："你们深夜造访，是不是因为最近的那两起案件？"

"原来你知道。"张支队正色打量原凝，而原凝面色如常。

原凝笑了笑，习惯性地推了推眼镜，说道："当然了，今天下午我看到新闻，一眼就认出案发现场出现的人偶是我的作品。"

"你做过那么多人偶，怎么只凭借新闻上的照片就认定那是你做的人偶呢？"

"每一个人偶制作师都有自己的习惯和风格，我自然认得。"

"市面上模仿你的赝品有很多，也有可能是模仿你的人偶做出来的。"何乐继续说道。

"那就更不可能了，赝品能模仿我做的人偶的形态和神态，但模仿不了我的制作手法，尤其是人偶的眼睛，我一眼就能看出真假。"原凝转身看向洛雅宁，"否则，洛小姐是怎么看出来的呢？"

原凝很聪明，已经想到洛雅宁是其中的关键。

张支队和何乐对视一眼，又问道："上周五的晚上和周日的清晨，你在哪里？"

原凝笑了笑，说道："你们不需要怀疑我，我不可能杀人。周五晚上和周日清晨我一直在工作室赶工，因为有人定制了婚礼用的人偶，我为了赶时间，这周连门都没有出过。制作人偶是一个十分复杂而漫长的过程，需要绝对安静，我不喜欢被人打扰，所以你们也不需要问我有没有不在场的人证，我没有,你说的这两个时间段都只有我一个人在家。但我每完成一个人偶的制作都会记录下具体时间,这个习惯自我从业第一天开始就有了,可以证明我近一周的时间都在工作室度过。当然,你们依然有理由怀疑我,但我能提供的也就只有这些了。"

沐安澜静静地看着侃侃而谈的原凝。原凝说话真诚直接,眼神也没有躲闪,如果他是杀人凶手的话,那演技未免也太好了。

张支队拿出一张人偶的照片放到原凝面前,问道:"这两个便是在死者身边发现的人偶,你还记得是通过什么渠道售卖出去的吗?"

原凝看了看,回答道:"我不记得了,这是两个最普通的人偶,可能是专卖店里售卖的商品。专卖店里的人偶只有我的冠名,除了重要部位,比如眼睛或者关节、头发等,其他都是批量组装生产的,只有专门找我定制的客人才能拿到我的真正全手工制作的人偶。这些年我做过太多人偶了,只有一些精品我才能记得住买家。"

洛雅宁略有些郁闷,原来在专卖店买到的那个人偶根本就不算原凝完整的作品。

"那麻烦你再看一看,这两个女孩是不是你的客人?"张支队又拿出两张照片,分别是两名死者生前的照片,她们青春靓丽,身材姣好,其中一名手中还抱着一个人偶。

原凝仔细看了会儿皱起眉头,痛心道:"不错,两人都是我的老顾客了,她们很喜欢人偶,没想到死者就是她们。"

"她们是被虐杀而死的,凶手手段相当残忍。"张支队补充了一句,"她们经常来找你吗?"

原凝点了点头,指着第一张照片中的女孩说道:"她叫刘静,性格开朗,喜欢收藏人偶,经常找我改装,还会给我一些意见和灵感。我们认识很久了,也算是半个朋友。这位叫孔玲玲,也是我的一位老顾客。她比较有钱,常找我主题定制,要的也都是精品,说是要送给朋友,我对她的印象很深刻。"说罢，原凝深深叹了口气，"她们都是我比较重要的客人，也是来往较为密切的两位，没想到会发生这种事。凶手的杀人动机是什么呢？为什么要在现场放一个人偶？难道是和我有什么关系吗？如果真是这样的话，我真的觉得很内疚。"

原凝主动提及这个问题，张支队却没办法给他答案："不好意思，原先生，案子还在调查侦破过程中，无法向你透露具体细节。不过请你放心，破案之后我们自然会告知原委。"张支队递了一张自己的名片给原凝，"打扰你了，我们这就告辞了。如果还需要你配合调查，我们会再联系你的，如果你想起什么线索，也可以随时给我打电话。"

"好的。"原凝送他们出门，走到一半的时候，突然叫住了洛雅宁，"洛小姐，请留步。"

洛雅宁不知原凝还有什么事情，就停在门口。只见原凝从展架上取出一个人偶，小心翼翼地捧到她的面前，说道："上次您来做采访，我就想送给您一个人偶了，只是当时没有合适的精品。现在请您收下，这是我送给您的礼物。"

原凝手上的应该是整个展架上最精致的人偶了，之前就被摆放在展示架的中间。这个人偶穿着红色镶满水钻的晚礼服，一头大波浪披散在脑后，双手交叠在身前，姿态优雅，而人偶的眼睛是浅褐色的，清澈透明，仿佛一眼就能看到底。

"这个实在是太贵重了，我怎么能收呢？"洛雅宁连连推辞。

原凝突然有些不好意思地说道："其实我没有告诉您，我很喜欢您的节目，有时候灵感枯竭的时候都会看您的节目。您的笑容、清澈的眼睛，所传达出来的快乐、单纯、善良，都能给我带来源源不断的创作灵感和热情。半年前在日本的一次人偶设计大赛中，我以您为原型做了这个人偶，拿到了大赛的金奖，那时候我就在想，如果有机会，一定要把它送给您，感谢您对我的帮助。"

怪不得洛雅宁觉得这个人偶有些眼熟,这件红色镶水钻的礼服她曾在一年前的台庆晚会上穿过,没想到被做成人偶后会这么美。这是洛雅宁收到过的最有意义的一件礼物,她脸上满是掩饰不住的喜欢:"谢谢你。"

因为喜欢,洛雅宁也不再客套,伸手接过了人偶,却完全没留意到身边的沐安澜的脸色变得非常难看。

而何乐和张支队都看出来了。尤其是何乐,见到好朋友为洛雅宁吃醋的样子,怕自己会憋不住笑,赶紧捂着嘴率先冲了出去。

告别了原凝,四人坐回车上。

洛雅宁还在欣赏人偶,一边用手轻轻抚摸,一边拿给坐在后座上的两人看,献宝似的问他们像不像自己。

沐安澜板着一张脸,也不急着发动车子,而是忽略了洛雅宁的兴奋,严肃地问道:"你们觉得原凝是不是凶手?"

"怎么可能?"洛雅宁第一个反驳,"你们都看到了,原凝只是一个热爱人偶制作的艺术家,而且他有不在场证明,怎么可能会是凶手?"

沐安澜当即冷下脸来,他把视线转到洛雅宁的脸上,冷冰冰地说道:"你不就见过他两次,是有多了解他,就那么着急地替他说话?"

洛雅宁觉得有些莫名其妙,沐安澜今天晚上一直都怪怪的,也不给她好脸色,她是哪里得罪了这个家伙吗?明明之前在商场时还温情脉脉的啊。

"那我说的是事实嘛,你们两个难道觉得原凝是凶手吗?"洛雅宁委屈地找认同者。

何乐憋笑已经快要憋出内伤了,好在车内灯光昏暗,其他人看不清他的表情,他努力用严肃认真的语气回答道:"我也不认为原凝是杀人凶手。他年轻有为,不仅长得帅气,还一脸正气,待人亲切,他对两位死者表露出的也是满心同情,是个女人都会对他动心。何况,他又有什么杀人动机呢?"

洛雅宁总觉得何乐的回答很不正经,但他说的也是事实,便赞许地点了点头。

张支队想笑又不能笑,只能伸手拍了拍沐安澜的肩膀,说道:"何乐的话提醒了我,就像原凝自己所说的,就算不是他做的案,他也和这个案子脱不了干系。"

沐安澜赞同地点了点头:"两位死者都是他的老顾客,常来常往,是客人中比较特殊的,我们可以从这一点着手侦查。"

"今天太晚了,都回家休息吧。安澜,你明早有空的话来局里,我们开个会研究一下。"

沐安澜看了眼手表,已经是午夜十二点了,洛雅宁明天还要上班,是应该回家休息了。他一踩油门,白色的路虎车像离弦的箭一般,穿破黑暗离开了原凝家。

回到住处,洛雅宁喜滋滋地抱着人偶往家里走。刚打开门,沐安澜便拦住了她的去路,洛雅宁这才想起还没向他告别,便踮起脚尖,送上了晚安之吻。

"你今天辛苦了,明天还要去局里,早点休息吧。"

沐安澜却不为所动,伸手抢过洛雅宁怀里抱着的人偶,说道:"这个交给我保管。"

"为什么?"洛雅宁有些不乐意。

"原凝制作的人偶出现在死者身边,就算他不是凶手,他的东西放在你那里也不吉利,所以我没收了。"沐安澜一本正经地说道。

洛雅宁才不信他的话:"你这是强词夺理。"

"就当我强词夺理好了。"沐安澜托起她的下巴,委屈道,"其实是我嫉妒了,原凝送你玩偶时的说辞,分明就是在向你示好,我不允许有人觊觎我的女朋友。"

洛雅宁这才恍然大悟,原来他这一路上闷闷不乐是因为这个。她和原凝只见过两次面,最多算是互相欣赏,怎么可能发生沐安澜想的那些事情?不过能看到沐安澜吃醋的样子,洛雅宁觉得很有趣。

"你想太多了,"洛雅宁窃笑道,"我只喜欢你,只倾慕你,怎么可能还会想其他男人呢?我怎么不知道你是这样小心眼的男人?"

"还不是因为喜欢你,我都觉得不像自己了。"沐安澜深深叹了口气,命运让他遇到了洛雅宁,猝不及防地品尝到了爱情的酸甜苦辣,"我妈昨天给我发信息了,问起我们的情况。"

"你还是不愿意见她吗?其实她一直都很关心你,你别对她那么冷淡。"两人恋爱后,洛雅宁一直想解开沐安澜母子之间的心结。她知道,其实沐安澜心里有他的母亲,只是他一直不愿意承认,如果不是一直惦记、一直深爱,又怎么可能这么介意?

"我说过,我们结婚的时候自然会通知她的。雅宁,你这么迫不及待地希望我和我妈见面,是不是想要早一点嫁给我?"沐安澜刮了刮洛雅宁的鼻子,调侃道,"我倒是不介意,反正这辈子认定你了,就让你逼一次婚好了。"

沐安澜什么时候也学会了何乐的油嘴滑舌?洛雅宁红着脸,娇嗔道:"不和你说了,我要赶紧回去睡觉了……"

她害羞地转过身,却被沐安澜拉了回来。他强健的身体贴了上去,把洛雅宁娇小的身躯压在墙上,他低头吻上她的唇……

静谧的走廊里灯光温柔,笼罩住了尽情拥吻的两个身影……

040 再次无功而返

第二天是个大晴天,初夏的天气已经有些炎热,太阳升起得比以往更早,刺眼的朝阳照耀着大地,路两边高大的建筑物都沐浴在一片金色的光芒里。

第四个故事

洛雅宁像往常一样把车开进电视台的停车场。她偶尔来早了一次，却发现今天的气氛似乎有点不对劲儿。马路对面是一座综合性的办公大楼，平日里打卡上班的时间最为热闹，今天却更热闹了几分。大楼门口拉起了警戒线，上班的人也都被拦在了大楼外。

"发生什么事了？"洛雅宁摘下墨镜，远远张望了一下，问停车场的保安，"一大早怎么这么多警察？"

保安一脸神秘地说道："洛老师您还不知道吧？对面大楼昨晚上死人了。"

"什么？发生命案了？"洛雅宁吓了一大跳，"到底怎么回事？"

保安似乎已经打探了不少消息："昨天半夜发生的，对面大楼的保安在凌晨发现后报的警。听说是一个年轻女孩，死得可惨了。"

此时，洛雅宁看到路边停着一辆白色路虎，她一眼就认出那是沐安澜的车。难怪她一早敲他家的门，却发现他已经不在家了，原以为他去了市公安局，没想到是因为有突发的新案件。

"你帮我和台长说一声，我去看看，马上就回来。"洛雅宁没心思上班了，她要去找沐安澜问个究竟。

"洛老师，您不亲自和台长说吗？"保安朝洛雅宁招手，但洛雅宁已经一路小跑往对面去了。

洛雅宁费了一番工夫才挤进对面的办公大楼里，相对于外面熙熙攘攘的人群，大楼里面的人倒是不多。几名侦查员正和管理人员做现场笔录，沐安澜站在电梯间里。

洛雅宁上前一拍沐安澜的肩膀，问道："究竟发生了什么事？"

"昨晚有一个叫韩露露的女孩加班到很晚，是整座大楼最后一个离开的人，结果她在出电梯的时候被人拦截、强行拖进楼梯间折磨致死。当时这座大楼的南座发生了偷盗事件，所有保安都去处理偷盗案了，没人注意到韩露露的情况，直到他们回来才发现韩露露出了事。"沐安澜指了指电梯间里的监控摄像头，"凶手的影像被记录了下来，算是有直接的证据。"

"受害人是被生生折磨致死的？那和前两起案件是同一个人所为吗？"

"不错，尸体旁同样出现了一个精致的人偶娃娃，张队已经在寻找购买娃娃的人了。"

"我可以看一下监控录像吗？我想知道凶手的模样。"

沐安澜带洛雅宁来到大楼的监控室，张支队正在看监控录像。

监控屏幕上显示的时间是零点三十分，韩露露下班后从十四楼坐电梯到底层大堂，电梯门刚被打开，就有一个人影从一边掠过去。那个人非常高大壮硕，一下子就把电梯门堵死了，韩露露还没反应过来就被那个人抓走，随后两人闪进了电梯间。这段录像中，那个人只出现了十几秒。随后，从另外一段监控录像里看到十分钟之后那个人离开时的样子，他穿着黑色的宽大袍子，看不出衣服的款式，头上戴着一顶黑色鸭舌帽，帽檐压得低低的。当时灯光昏暗，那个人又一直低着头，无法看清他的长相，只知道他走路有些蹒跚，身材肥胖。

"完全看不清凶手的长相，"这个简单的画面，张支队反反复复看了好多遍，但还是没有一点头绪，"虽然有监控录像，但价值不大。"

洛雅宁还在仔细查看，脑中突然冒出一个想法，脱口而出："你不觉得这可能是一个女人吗？"

"女人？"张支队放大画面又看了一遍，"你是怎么看出来的？"

洛雅宁指着屏幕上的画面，说道："你看她走路时的样子，虽然脚步蹒跚，可从手挥动的频率和扭动的姿势来看，很有可能是一个女人。"

所有人都认真地看向洛雅宁手指的画面上的方向，越看越觉得她说得有道理。

"如果是一个女人，那她的体型真是够健壮了。"张支队摸了摸下巴，"被杀的三个女孩都年轻、漂亮、身材好，一个身材如此糟糕的女人也许会

第四个故事

因为觉得自己不够美,身材不够窈窕,所以嫉妒比她美貌的女人,所以想杀死她们。"

沐安澜也点了点头,赞同张支队的猜测:"也不能排除这种可能性。"

"这也许是原因之一,但可能还有别的理由。"洛雅宁分析道,"凶手既然在每一次作案后都在现场放下一个原凝做的人偶,想必是有其深意的,我觉得可能和原凝有关。"

"会不会是他的爱慕者?"沐安澜皱起眉头,原凝确实是很讨女人喜欢的类型,"他昨晚也说过,前两位受害者都与他来往比较密切,甚至可以算得上是朋友,这应该不是巧合吧?"

"看来我们得再次拜访原凝先生了。"张支队说道,"如果我没有猜错的话,他一定也认识这位韩露露。"简单商议过后,张支队决定和沐安澜再次拜访原凝。洛雅宁原本也想跟着去,但她还有工作,最后只得不舍地离开了现场。

原凝的别墅里,张支队和沐安澜就坐在昨晚他们坐过的地方,桌上放着两杯香气缭绕的热茶。在这么短的时间内又发生了同一性质的案件,原凝得知情形后,也深感意外和不安。

张支队带来了三个人偶,一字排开放在桌上。这三个人偶看上去纯洁无害,和其他陈列在原凝家里的人偶并没有什么不同,可它们却曾出现在凶案现场。

"我们查到了这三个人偶的购买渠道,都是通过网络销售的。收件是通过公共信箱,没有有效的ID,也没有监控录像,暂时无法查出收件人是谁。不过,相信你应该认识这第三位死者吧?"张支队拿出韩露露的照片展示给原凝看。

原凝只看了一眼就别过脸去,深深叹了口气:"不错,她叫韩露露,也是我的老顾客。前不久她才找我改装过人偶,她很满意,一直想请我吃饭,没想到竟也遭遇了毒手。"

原凝此刻一脸无奈与痛心,不似伪装,想来他的内心也一定充满了愤怒与内疚。

"你能不能回想一下,你有没有什么比较特别的爱慕者?"沐安澜突兀地问道,原凝一脸茫然,"或者你的顾客中有没有行为举止比较奇怪的人,呃……女人?"

"你是说凶手是一个女人吗?"原凝很聪明,马上就猜到了沐安澜的意思。

张支队又拿出手机,里面有从监控录像里截下的画面:"你仔细看看,认识这个人吗?"

原凝认真地看了好几遍,可无论如何也看不清那个模糊的影子是谁,最后只好遗憾地把手机还给张支队:"对不起,实在是太模糊了,我看不清楚,但好像真的是一个女人。"

"你再回想一下,身边有什么人是这样的身材?"张支队极力引导,"看她走路的姿势可以判断她身材肥胖,还是比较容易记得的吧?"

原凝还是摇了摇头:"我不记得身边有这样的人。我本身因为职业和性格的缘故,很少出门交际,就是一个宅男。虽然接触过众多女性顾客,但我对她们大多没什么印象。而这个人很特别,如果真有这样的顾客和朋友,我应该不会忘记的。"

他说得不无道理,张支队和沐安澜对视一眼,心中忍不住有些失望,看来这一次又要无功而返了。

"不好意思,打扰了。"两人起身告辞,"如果你想起什么的话,再告诉我们吧。"

原凝礼貌地送他们出门,态度一如既往地客气有礼。

"怎么办?"

线索又断了,案件悬而未决,张支队正思考下一步应该怎么做,这时洛

第四个故事

雅宁打来了电话,说是有一个新的想法要和张支队商量。

张支队正好没主意,听洛雅宁这么说,又恰好到了午饭时间,三人便约在电视台旁边的一家小餐馆见面。

041 危险的提议

"到底是什么新的想法一定要和张队说?"沐安澜点了洛雅宁最喜欢吃的菜,看着她略有些兴奋的脸庞,疑惑地问出口,居然连他都没有特权提前知道。

洛雅宁清了清嗓子,说道:"我今天上午一直在想这个案子。如果凶手真是一个女人的话,那这个女人身材这么胖,一定长期受到周围人的嘲笑,性格内向自卑,所以才会向比她年轻漂亮的女孩下手,这点是我们认可的推理。现场留下三个原凝制作的人偶,可以推测凶手可能是原凝的爱慕者,所以她才会关注到原凝和谁有过接触,从而杀了与他交往密切的女孩。"

"那又怎么样?"基于对洛雅宁的了解,沐安澜的心中升起了一股不祥的预感。

"我和原凝有过交集,算是熟悉,我完全可以伪装成和他有不寻常的关系,然后让凶手知道这件事,再引她出来。"洛雅宁好不容易想到这个办法,一脸期待地希望得到他们的认同,"你们觉得怎么样?"

"当然不可以!"沐安澜想都不想就打断了她的话,"你简直在胡闹,你知道这么做有多危险吗?"

洛雅宁瞪大了眼睛:"我当然知道有危险,所以才和你们商量啊。有张队派人保护,只要做好万全准备,就一定不会有问题。"

"那也不行!"沐安澜从没想过让洛雅宁冒险,他怎能忍受自己心爱的女人去做诱饵?

洛雅宁不服气地反问道:"照现在这样的情形,你能找到比这个更好的办法吗？"

"我们可以慢慢找，凶手的身材是个显著的特征，我相信一定可以找出来的。"总之他不会同意让洛雅宁以身涉险。

"人海茫茫，等你把她找出来，她可能已经再次对无辜的人下手了。"洛雅宁跺了跺脚，"你真的很固执，只要保护措施做好的话，根本就不会有危险，暗中保护我的人一定会在凶手出现的第一时间就站出来的。"

"总之我说不可以就是不可以！"沐安澜咬着牙，紧绷着下巴，把洛雅宁按在座位上，"你给我安分一点，破案还不需要你一个女人来操心。"

洛雅宁气得想拍桌子，原本以为沐安澜是个沉静柔和的性子，没想到会如此霸道，自己又说不过他，只好扭过头不去看他。

张支队一直看着两人吵架，其实他心中觉得洛雅宁说的是个好方法。原凝对洛雅宁有好感，还以她为原型做了一个人偶参赛并赢得大奖，如果把这个消息放出去的话，凶手看到一定会再度出手。只要他多派人手暗中埋伏，引出凶手的同时，也一定能保证她的安全。

不过，这法子确实有一定的危险性，沐安澜作为洛雅宁的男朋友，想要保护她理所当然，所以张支队也不敢出声赞同，只好跟着一起劝道："好了，雅宁，我能够理解你的心情，但安澜的担心也是对的，我们再想别的办法吧。"

"你们还能有什么办法？"洛雅宁不满地翻了个白眼，"凶手将信息隐藏得很好，除了一个模糊的影子，目前根本找不到其他有价值的线索。我觉得我说的这个办法才是最好的。"

张支队示意洛雅宁冷静："你少安毋躁，毕竟关乎你的生命安全，不是小事，总得给我们一点时间考虑吧。如果真有万无一失的保护措施，再请你出马也不迟，就先这样吧。"

洛雅宁知道张支队在敷衍自己，正好饭菜送上来了，她匆匆扒了几口就推说台里还有工作，气呼呼地离开了。

第四个故事

沐安澜食欲全无，看着一桌子菜肴直发呆。

张支队一边大快朵颐，一边敲了敲他面前的碗："发什么呆呢？快吃，吃饱了才有力气破案。"

"目前只有尽力排查凶手了，可以先从收娃娃的公共信箱附近的住户开始。"沐安澜用手指敲了敲桌子，"我就不信她会凭空消失。"

目前看来只有这个办法了，接下来的工作无疑是大海捞针，希望在凶手下一次作案之前可以先把她找出来。

月亮高悬于夜空时，洛雅宁应林枫之邀再次来到枫叶酒店。

林枫这几天一直都在积极地联系沐安澜，可沐安澜的态度依旧不冷不热的，林枫便给洛雅宁打了电话。洛雅宁虽然刚和沐安澜拌过嘴，可林枫毕竟是长辈，又是沐安澜的母亲，她一直希望母子两人能重归于好，便欣然赴约。

枫叶酒店有专门辟出来的"井"字形庭院，环境优雅，里面种满了修长的竹子，还有名贵的兰草。明月当空，加上庭院里清淡的花草香味，很适合聊天品茗。原本正在悠然喝茶的林枫见到洛雅宁，忙起身迎接。

"阿姨，您叫我来是有什么事吗？"林枫为洛雅宁倒了一杯刚沏好的茶，柔声说道："没什么事，朋友给我带了一些上好的茶叶，就邀请你来尝一尝，顺便给你带些回去。"

洛雅宁冰雪聪明，看着瓷杯中清澈的茶汤，笑着说道："您是想让我带一些回去给安澜尝尝吧？"

"你这个鬼精灵，真是什么都瞒不过你。"林枫并没有生气，只是嗔怪地看了她一眼，"安澜能找到你这样可心的女孩，是他的福气。"

洛雅宁低头轻啜一口茶水，果然滋味甘甜，回味无穷。她虽然不太懂得品茗，也知道这茶叶定是极品。沐安澜喜欢喝茶，这茶一定合他心意。

"阿姨，您怎么知道安澜喜欢喝茶呢？"

"我不仅知道他爱喝茶,还知道他的许多小习惯。"林枫再次给洛雅宁斟茶,"或许这是我和他唯一能亲近的方式吧,我只能默默观察他,还不能让他知道。"

洛雅宁点了点头,林枫表面上精明强干,内心却柔情似水,对儿子更是饱含愧疚。

"我这一生经历过许多,他可能不能理解,但我希望他能够明白,当年我离开他们父子俩真的是迫不得已。而当我有能力的时候,儿子已经长大了,他不再需要我的帮助和庇护。我这一生都在自责,在他最需要我的时候,我却选择了远离他。"林枫苦笑着摇头,"和你说这些,你一定会觉得烦吧。"

"不会。"洛雅宁能体会到林枫的心酸,这么多年来林枫都没有可以倾诉的对象,沐安澜肯定不愿意听她说这些,也只有洛雅宁还能听她忏悔几句,"阿姨,我相信安澜总有一天会明白您当年的苦心的。"

林枫笑了笑,拿出一个文件夹,取出里面的文件递给洛雅宁:"这是我准备给安澜的,可我知道他不会接受,所以我赠送给你,就等于给了他,希望你不要拒绝。"

洛雅宁好奇地看了一眼,这一眼却把她吓了一跳——这竟然是枫叶酒店的股权转让书。她连忙把文件装回去,放回原处,拒绝道:"不不,您不能这么做。"

"为什么不能?你就收下吧,这些原本就是留给安澜的,迟早都是你们的。"

洛雅宁没想到林枫叫她来是为了这么重大的事情,之前收下一个翡翠镯子就已经让她很惶恐了,如今还要接手如此庞大的资产,她如何能够承受。

"那不一样,除非是安澜自愿接受,否则我没有权利替他做任何决定。"

"你知道我没办法说服他,所以才找你来。"林枫叹息着,神色有些黯然,"实话告诉你吧,其实我准备回加拿大了,我希望把这边的酒店交给他打理。当初创立枫叶集团的时候,我就想着要把这一切都留给安澜,这样我也能无事一身轻,安心回去过自己的生活。他一直不想让我打扰他的生活,我留在国内也挺没意思的。"

听到林枫说的最后一句话,洛雅宁的心里酸酸的。哪个母亲愿意离开自己的孩子,可能是沐安澜冷漠的态度深深伤害了林枫,她才决定要离开吧。

"您真的做好决定了吗?"洛雅宁咬了咬嘴唇,她无法确定沐安澜知道这件事后会是怎样的态度,更不能随便替他做出决定,"我觉得您可能还需要再和安澜沟通一次。"

林枫把文件夹重新推到洛雅宁面前:"不用了,我非常清楚自己在他心中的分量。我原本还不想这么快离开,总是觉得放不下他,但他现在有了你,我能看得出你会给他幸福,所以我把这个计划提前了。"

洛雅宁不知该说什么才好,难道因为自己的出现,让母子俩的情分提前终结了吗?她心中有一个隐约的声音在告诉她,不是这样的。沐安澜并不像表面上那样对母亲满不在乎,他是在意的,就因为在意,所以不想面对。

"好吧,那我就把这个拿回去交给他。"洛雅宁突然改变了主意,她至少要让沐安澜知道,他的母亲有多么爱他,"但我不能保证他会收下。"

"谢谢你。"林枫对这个结果已经很满意了。桌上的茶水凉了,她倒掉了冷茶,再次续上新的热茶。

洛雅宁感觉自己肩膀上的责任似乎又重了一些。

042 这下玩大了

洛雅宁带着沉重的心情回到家时已是晚上十点多了,沐安澜一听到她回来的动静就开了门。洛雅宁正好有话对他说,径直走到他面前,同时把茶叶递给他。

"你去哪儿了？"

沐安澜晚上一直在和张支队开会，心中却时不时想到洛雅宁。他中午过于急躁，明明是关心她，却惹了她生气，所以刚开完会他就赶回家，没想到洛雅宁居然不在家，等了许久才等到她回来。

洛雅宁看到沐安澜，又想起中午的不愉快，她不想这么快原谅他，便把茶叶往他怀里一丢，径直进了屋子。

"这是什么意思？"沐安澜追进屋，"你还没回答我的问题呢。"

"我去见你的母亲了，"洛雅宁又从包里取出那份股权转让书，"她让我把这个转交给你。"

沐安澜看了一眼，不屑地将文件扔到茶几上："这算什么？"

"她对你的弥补，"洛雅宁盯着他的眼睛说道，"她要回加拿大了。"

沐安澜微微一愣，半晌才故作轻松地耸了耸肩膀，说道："很好啊，她终于舍得离开了吗？这下我不用成天受她的骚扰了。只是她要走就把她的东西全部带走，我不要她的财产，现在不要，以后也不会稀罕。"

"你到底有没有良心啊？"洛雅宁相信这些都不是他的真心话，她所认识的沐安澜并不是一个冷血无情的人，他只是不懂得表达内心真实的感受罢了，"她是你的母亲，她为了不打扰你的生活而选择离开，你难道就没有一点点感动吗？"

"我为什么要感动？她在我的世界里一向都是想来就来，想走就走，如果我每次都需要感动的话，我怕我忙不过来。"沐安澜冷着脸瞥了洛雅宁一眼，"这东西你怎么拿回来的就怎么还给她。"

"要还你自己去还！"

洛雅宁也来了脾气，作势就要离开，沐安澜赶紧拦下她，语气缓和了许多，目光也变得温柔起来。

"雅宁，你去见她至少和我说一声，我一直在家等你，我很担心你。"

第四个故事

洛雅宁是个吃软不吃硬的主儿，见沐安澜低声下气地和自己说话，心一下子就软了。

"好吧，我是应该和你说一声，可我担心你不让我去见她，就自作主张了。如果你真的不愿意接受的话，我明天帮你还给她，可我还是希望你能明白阿姨的一片苦心。这些东西并不能代表什么，却是她的一番心意，就算你不喜欢，也不要伤害一个母亲的心，好不好？"

"我知道了。"沐安澜握住她的手，目光幽深，"或许我还没有学会如何去原谅，但我会听你的话，仔细想一想应该如何正视对她的感情。"

沐安澜能够做出这样的让步，让洛雅宁意外至极。她张开双臂，给了沐安澜一个大大的拥抱。

"我相信你一定会想明白的。"

沐安澜享受着佳人在怀的感觉，深深舒了口气，忍不住把满身的疲惫和心事说给她听："过几天吧，这几天太忙了，实在没有心情理会这些事。等手头的这个案子了结了，我会好好和她谈一谈的。"

"太好了！"洛雅宁整个人都挂在沐安澜的身上，"不过你要快一点哦，阿姨已经订好了机票，我不希望她带着遗憾离开。"

沐安澜把洛雅宁紧紧地拥在怀中，心中明白洛雅宁所做的一切都是为他好，希望他们母子二人能够团圆，说到底林枫是他在这个世界上唯一的亲人了。

对凶手的排查工作正在紧张地进行中，不过要想从这个城市几百万人中揪出一个模糊的影子，实在不是一件容易的事。

距离第三起命案已经过去三天了，可案情依旧没有进展。这三天里，警方的压力越来越大。由于三起命案都发生在市中心，又有媒体曝光了现场情况，加上坊间传闻绘声绘色的描述，一时间舆论满天飞。如今有传言称本市出了一个变态杀人狂，随时可能对年轻漂亮的单身女性下手，闹得人心惶惶。最后市公安局局长亲自下令，要求刑警支队尽快破案。

洛雅宁看在眼里，急在心上，却一点忙都帮不上，只能每天看着沐安澜早出晚归，他整个人都憔悴了不少。

洛雅宁坐在办公室里，看着窗外的蓝天白云发了许久的呆，就连小助理进来了都没发现。

"雅宁姐，"小助理一直走到洛雅宁面前，伸手在她眼前轻轻晃了晃，这才把她的注意力唤回来，"你想什么呢，想得这么入神？让我猜一猜，一定在想沐大编剧对不对？"

面对小助理的打趣，洛雅宁却一点都开心不起来，她换了一只手托着下巴，忧愁地叹气："想他有什么用？他又没有时间陪我。"

"他还在忙那个案子吗？"小助理兴奋地打听，"怎么样？有进展了吗？"

有进展的话，自己还会在这里发愁吗？洛雅宁白了小助理一眼。

"那也没办法呀，查案是警察的事，沐编剧凭借超强的推理能力还能帮得上忙，我们这些普通小百姓根本就没有办法，只能希望凶手早点落网。要知道最近台里都没人敢加班了，一到下班时间大家就赶紧往家里赶，生怕会倒霉地遇到那个变态杀人狂。听说原凝的人偶销量急剧下滑，基本上已经没人敢去买他的人偶了，就是怕被那个变态盯上。"

提到原凝，洛雅宁眼前突然一亮，问道："你之前好像提过有几家媒体要采访我？"

"对，不过你全部都推掉了。"小助理疑惑地问道，"你是改变主意了吗？我还可以帮你联系他们。"

洛雅宁连连点头："好的好的，赶紧去吧，记得要帮我找名气最大的那家。"

"哦。"

洛雅宁很少接受采访，她说自己只是一个主持人，安心做好节目才是正

第四个故事

事，所以一般遇到这种事都敬而远之。小助理觉得很可惜，洛雅宁明明有这么好的脸蛋、身材以及才华，完全能和女明星媲美，她却全然不为所动。可今天是怎么了，太阳打西边出来了吗？总之是好事，说不定是洛雅宁开窍了。小助理虽然有些困惑，但还是喜滋滋地去打电话了。

专案组的侦查员都被派出去了，只有张支队和沐安澜两个人留在市局排查结果。

面对侦查员们采集来的嫌疑人资料，张支队越看越没有信心，忍不住叹气道："这样下去很难有收获啊，现在我们连凶手的影子都摸不着。"

沐安澜一直靠在窗边思考着什么，对张支队的话毫无反应。对于这起连环杀人案，他也感到了束手无策。

"喂，你们快开电视看新闻。"这时，何乐冒冒失失地冲了进来，一进门就大呼小叫地找遥控器，打开电视调到娱乐频道。

"发生什么事了？"张支队好奇地问道。

何乐指着娱乐频道节目里身穿红色镶钻礼服的洛雅宁说道："我也说不清楚，你们自己看吧。"

电视屏幕上，洛雅宁微笑着面对观众，怀里抱着一个人偶，正是原凝送给她的那个人偶。

洛雅宁与人偶穿着同样颜色和款式的礼服，笑得纯净而明媚。此时，她正侃侃而谈，话题一直都围绕着原凝，言语中都是对他的倾慕之情。她那双爱笑的眼睛微微弯起，眼中闪烁着亮晶晶的光芒。

"她这是疯了吗？"沐安澜握紧了拳头，她还是没听自己的话，执意这么做了，"这个蠢女人，她以为这么做就有用吗？"

张支队也目瞪口呆。原本以为洛雅宁不过是说说而已，她一个柔弱的女子哪有那么大的勇气用自己当诱饵引出凶手？可没想到她竟然是认真的。

何乐一直等到采访结束才关掉电视,焦急地问沐安澜:"现在怎么办?凶手也一定会看到这段采访,她会对雅宁下手的。"

"那是一定的。"张支队忙走到办公桌前打电话,吩咐两名精明强干的刑警将洛雅宁暗中保护起来,同时不能打草惊蛇,让人看出这是一个陷阱。

沐安澜此时简直要抓狂,他一句话都没有说,大步离开了市公安局。

何乐冲张支队做了一个鬼脸,这下可玩大了。

洛雅宁刚从电视台大楼走出来,就被急匆匆赶来的沐安澜一把拽住了手腕。沐安澜拖着她一路来到停车场,打开车门把她塞了进去。

"喂,你干吗这么粗鲁,你弄痛我了。"洛雅宁不满地揉着被他捏痛的手腕,低声抱怨道,"有什么话不能好好说吗?"

"你会怕痛吗?你连死都不怕,还会怕一点皮肉之苦吗?"沐安澜失控地怒吼道。他还是第一次情绪如此失控,他恶狠狠地瞪着洛雅宁,就像一只盯住猎物的狮子。

洛雅宁又揉了揉耳朵,见沐安澜生气跳脚的样子不禁觉得好笑,同时心里生出丝丝窃喜与甜蜜。沐安澜如此气急败坏,可见他很在意她。

洛雅宁饶有兴味地看着沐安澜,笑道:"看样子你还挺关心我的嘛。"

"我实在不应该关心你!"沐安澜咬着牙,好气又好笑,"你就不能安分点吗?我说过,破案是警方的事情,和你没有关系,你为什么要这么做?"

洛雅宁知道沐安澜这一次是真的动怒了,于是主动挽住他的胳膊,撒娇道:"好啦,我知道没经过你的同意,是我错了。可你想一想,这真是目前最好的办法了,如果不能尽快抓住那个变态杀人狂的话,一定会有第四个女孩遇害的。"

这是什么怪理论?难道为了防止凶手再度行凶,就必须让她冒这样的

第四个故事

风险?

"我不需要你如此伟大!我只是不希望你成为那第四个受害者!而且就算要做这样的事,也不应该由你来,有那么多有经验、有身手的女警,犯得着你身先士卒吗?"

洛雅宁仰起脖子,眨巴着无辜的大眼睛,继续劝道:"你说得没错,可凶手也不笨,她难道不会做调查吗?而且市公安局里有几个女警认识原凝,还和他有交集?最合适的人选就只有我了。"

沐安澜此时才发觉洛雅宁伶牙俐齿,自己根本争辩不过。更何况现在事情已成定局,说什么都已经晚了。

沐安澜把洛雅宁推回座位上坐好。

"我们去哪儿?"洛雅宁见他的态度似乎有所松动,兴奋地系好安全带,"我知道有一家新开的餐厅不错,我们去试试吧。"

"你想得倒挺美。"沐安澜冷着脸,"从现在开始,你所有的行动都必须在我的眼皮子底下进行。在抓到凶手之前,你暂时取消所有的外出活动,除了工作,剩下的时间全都给我在家里好好待着,哪儿都不许去。"

"你说什么?"洛雅宁惊叫出声,"如果你限制我行动自由的话,还怎么把凶手引出来啊?"

沐安澜默默加快车速,努力克制心底的愤怒与担忧:"比起抓到凶手,我更关心你的小命。"

对他而言,只有洛雅宁才是最重要的。沐安澜无法想象,如果有一天洛雅宁像那些被害的女孩一样,他要如何承受。这是他以前从来都不会在意的东西,他也曾因为查案而遭受威胁和牵连,但他从未觉得害怕过,而这一次,他第一次尝到了恐惧的滋味……

洛雅宁极不情愿地被沐安澜一路拉回家。

张支队已经等在沐安澜家门口了,还带来了两名身手不错的刑警来保护洛雅宁。然而沐安澜正在气头上,完全不理会他们,兀自带着洛雅宁进屋关门,把张支队他们晾在了门外。

张支队无奈地摸了摸鼻子,眼下他能做的就是尽可能地保护洛雅宁,同时尽快抓到凶手。他将其中一名刑警安排在小区的监控室里,另一名则伪装成保安在洛雅宁家的楼下巡查,随时留意是否有可疑人物,一旦发现就实施抓捕。

043 遇险

洛雅宁是个闲不住的人,如今却被关在家里,哪儿都不能去。沐安澜倒是乐得悠闲,他本就比较宅,喜欢待在家里看书、写剧本,如今耳边没有了张支队和何乐的唠叨,他反而轻松了不少。

"我明天约了老同学一起喝茶,"洛雅宁晃到沐安澜面前试探道,"我们已经好久没有见面了。"

"打电话取消掉。"沐安澜冷漠地说道。

洛雅宁愤愤地合上沐安澜的笔记本:"你也太没人性了吧!"

沐安澜完全不在意,懒洋洋地往沙发上一靠:"我一向都是这个样子的。"

"我真的很闷啊,"洛雅宁准备服软,"大不了你陪我一起去?"

"不行,我没时间。"开玩笑,让她出去就等于多一分风险,沐安澜才不会这么笨。

洛雅宁改变策略道:"张队那里肯定还需要你的帮助,我觉得你应该去做你自己的事情。"

"如果案情有进展,他一定会第一时间给我打电话的。现在就算我去也没有用,反正能想的办法都已经想过了。"沐安澜把注意力放回到电脑屏幕上,不再理会洛雅宁。

洛雅宁重重地倒在沙发上,她彻底没辙了。

第四个故事

一连两天,洛雅宁都被限制了自由。上班时间,沐安澜不仅送她到电视台,还在一旁看着她工作。午饭基本吃外卖,即便洛雅宁想出去吃,去哪里、去多久都由沐安澜决定。洛雅宁觉得自己好像成了罪犯。

"幸福诚可贵,自由价更高。"洛雅宁回到家之后,窝在沙发上,发出今天第一百零一声叹息。

这时,门铃突然响起,洛雅宁从沙发上蹦起来就想去开门。沐安澜却警觉地一把拉住她,让她退后。

"干吗这么神经兮兮的?"洛雅宁有些不满地抱怨道,沐安澜也太草木皆兵了吧。

沐安澜并不理会她,将保险链挂在门上,缓缓打开门。一张熟悉的脸出现在沐安澜眼前,不是别人,正是他的母亲林枫。

沐安澜有些意外,愣怔了一下,问道:"你怎么来了?"

"我是来找雅宁的。"林枫对儿子笑了笑,带着几分讨好的意味。

洛雅宁正觉得烦闷,见到林枫十分高兴,客客气气地把她迎进屋,态度比沐安澜这个亲生儿子亲热得多。洛雅宁经过沐安澜身边的时候,还故意对他做了一个鬼脸。

"阿姨,您来得正好,快给我评评理。"洛雅宁嘟着嘴,用下巴指了一下沐安澜,"他不让我出去。"

林枫看了儿子一眼,不想开罪他,只能抿着嘴,一副无可奈何的样子。她了解事情的来龙去脉后,又着实佩服洛雅宁的勇气。

"安澜,我觉得雅宁的想法有她自己的道理。"林枫心里是支持洛雅宁的,只是看到儿子一脸冷漠的表情,她也不知该如何说服他。沐安澜这么做也没错,他只是想保护自己心爱的人。

洛雅宁嘟着嘴,林枫拍了拍她的手背,示意她少安毋躁,又对沐安澜说道:"不知道雅宁有没有告诉你,过些日子我就要回加拿大了,今晚一起吃个饭吧。"

沐安澜低着头,这个问题一直盘桓在他心头,只是他不知该如何面对即将离开的母亲,内心十分纠结。

"好啊,我们出去吃吧!"洛雅宁拽了拽沐安澜的衣服,"阿姨相邀,这下你不能拒绝了吧?"

沐安澜犹豫许久,终于点了点头。

洛雅宁从公寓里出来,长长地伸了个懒腰,此刻的她觉得外面的空气如此新鲜,就连树梢上不停吵闹的小麻雀都比平日可爱了许多。

洛雅宁一离开,负责保护她的两名刑警就立刻将保安制服换成便服,一路跟随而去。

洛雅宁一行三人来到中央商场。商场中庭里正在举行商业活动,周围人潮涌动,十分拥挤。洛雅宁快步前行,她身材娇小,混在人群中就像入水的鱼一般灵活地游走。

沐安澜下意识地上前紧紧抓住她的手,又回头看了一眼,只见两名负责保护的刑警正奋力挤过来。他们个子高,身材壮硕,在人群中走动显得十分费力。

"你想干什么?"沐安澜狠狠瞪了洛雅宁一眼。

洛雅宁吐了吐舌头,指着舞台上的劲歌热舞,说道:"我就是好奇,想多看两眼嘛。"

"我们是来吃饭的,"沐安澜把她从人群中拖出来,"上楼找一家清静一点的餐厅。"

尽管不情愿,洛雅宁还是乖乖跟着沐安澜和林枫去了商场顶楼的一家餐厅。

洛雅宁坐在窗户旁,视野非常好,可以直接俯瞰商场一楼。她闲着无聊,就到处看风景,趁沐安澜和服务生说话的时候,悄悄把商场内部的情形拍下来发到微博上。如果凶手真的开始关注她,应该就能知道她此时身在何处了。

做完这些,洛雅宁突然说道:"我要去趟洗手间。"

沐安澜立刻站起身来:"我陪你一起去。"

"喂,你做什么?我一个女生去洗手间,你跟着凑什么热闹,难道也想跟进去不成?"洛雅宁把他按回座位上,"你就待在这里,阿姨有话对你说。"说完,她还对林枫使了个眼色,拿上包往餐厅的洗手间走去。

沐安澜依旧不放心,直到看见两名刑警跟着过去了才稍微放松了一些,把注意力转移到林枫身上。他轻咳一声,掩饰自己的不自在。

林枫见儿子高度戒备的样子,不禁笑道:"看样子你是真心喜欢这个丫头。我也觉得她很好,美丽善良,重要的是很有正义感,不是每个女孩都有这样的勇气的。"

"你还夸她?"沐安澜忍不住皱眉。

"为什么不能夸她?难道你希望她是一个娇滴滴、懦弱无能的女孩子吗?"林枫笑着看向儿子,"你喜欢的不就是她的这种劲头吗?率真、坚强,不流于世俗。"

沐安澜叹气道:"我只是担心她的安危。好了,不说这件事了。你真的要走了吗?"

"是的,我不在国内的话,或许你会开心一点吧。"林枫的脸上有着淡淡的忧伤,"既然这样,我还是离开比较好。枫叶酒店是我半生的心血,我把它留给你就可以安心地出国了。"

沐安澜故作漫不经心地说道:"你也说了,它是你半生的心血,而不是我的,你以为以爱之名把它推给我,自己就能享清福吗?我告诉你,我已经把那份协议撕了。"

林枫微微一怔,沐安澜却一直不肯正眼看她。她试探地问道:"安澜,你这话是什么意思?你不希望我离开,是吗?"

被猜中内心让沐安澜有种无处遁形的感觉。他从小失去母爱,后来又相继失去了亲人，内心敏感又倔强，他绝对不愿意承认，其实他对母亲的爱多于恨。

"都这么久了雅宁还没回来，我去找她。"沐安澜不想和林枫大眼瞪小眼，更不想看到她温情脉脉的眼神。

两名刑警远远地守在洗手间门口。洗手间一直有人进进出出，沐安澜却没看到洛雅宁的影子。

"你们是看着她进去的吗？"沐安澜有些奇怪，"她到底在里面干吗，这么久都不出来？"

"我们是看着她进去的，但她一直没有出来。"

沐安澜觉得有些不对劲儿，上前拦住一个刚从洗手间出来的女人，问道："请问里面有没有一个女孩子，她留披肩发，眼睛大大的，穿黄色的……"

还没等沐安澜描述完，女人就奇怪地看了他一眼，说道："里面一个人都没有。"

"什么？！"

沐安澜心中一惊，当即冲进了洗手间。果然正如那女人所说，女厕所里空空荡荡的，哪里还有洛雅宁的影子。

这丫头实在太胆大了，难道不知道一个人行动十分危险吗？

沐安澜赶紧跑出来，对那两名刑警说道："洛雅宁不见了，我们分头去找，务必要找到她。"

听说被保护的人不见了，那两名刑警顿时警惕起来，三人沿着不同的方向寻去。

正坐在座位上喝茶的林枫见儿子疯了似的从身边经过，忙站起身来问道："安澜，发生什么事了？"

"雅宁失踪了，我去找她！"沐安澜脚步飞快，一刻也不敢停留，瞬间就跑没影儿了。

商场僻静的一角，洛雅宁拉开一扇窄小的木门，从里面小心翼翼地跳出来。她刚才在餐厅的洗手间里发现窗户连着隔壁的杂物间，而杂物间又连着一条昏暗的走廊，从走廊里出来就是商场的另一个出口。她走到栏杆边，往餐厅所在的方向看了一眼，正好看到沐安澜紧张地找寻自己的身影。

"真是笨蛋，这么多人跟着我，凶手怎么可能被引出来嘛。"

洛雅宁思考了一下，决定先给张支队打个电话，让他重新派一个机灵一点的人配合她。然而，她刚摸出手机还没把号码拨出去，身后就突然伸出一只大手，死死地捂住了她的嘴。随后，一个高大的身躯将她拖回刚才藏身的那扇小门里。

洛雅宁一路挣扎，却敌不过身后的人。她努力转过头，也只在昏暗的光线中看到一张狰狞的脸，还没来得及看清楚五官，脑后便传来一阵钝痛，她顿时陷入了昏迷。

044 毕生难忘的方式

沐安澜找遍商场的每一个楼层都没有发现洛雅宁的身影，打她的电话也一直处于无人接听的状态，最后还是同行的刑警在顶层偏僻处找到了洛雅宁的手机，可她的人早已不见了踪影。

沐安澜仔细查看发现手机的地方，最终在连接餐厅洗手间的木门上发现了几道新的抓痕。毫无疑问，洛雅宁是被人抓走的。沐安澜强忍着心中的担忧与愤怒，给张支队打电话："快派人过来，中央商场，雅宁被凶手抓走了。"

中央商场的监控室里站满了人，却没人敢轻易出声。林枫默默地坐在角落里，她没想到凶手竟然能在这么短的时间里抓走洛雅宁。看到沐安澜近乎疯狂的状态，她的心里比谁都要难受。

"再把这组镜头重放一遍,还有地下车库,这个时间段的所有车辆都排查一遍!"

沐安澜瞪着血红的双眼紧盯着监控录像。商场里有那么多通道,有那么多人进进出出,一不留神就有可能出现漏网之鱼。他要做的就是排查每一个可能,找出带走洛雅宁的人,每一帧画面都不能放过。

张支队突然拍了下脑袋,提醒道:"还有运货的货箱也不能放过,凶手也很有可能把雅宁装在货箱里运出商场。"

"等一下!"沐安澜突然叫道,"这里!你们看这里!"

只见监控画面内,一个穿着黑色衣服的人开着一辆三轮送货车一闪而过。车后面放着一个很大的货箱,货箱上写着"XX快递公司"的字样,如果不注意看,会以为那就是一辆普通的快递送货车。车速有些快,开车的人把帽檐压得很低,看不清相貌,但能看出那人体型十分肥胖。

"就是她!"沐安澜坚定地指着屏幕上的身影,"快查她去了哪里!"

张支队立刻派侦查员去调取商场外的道路监控,追踪这辆三轮货车的动向。然而,道路监控显示,三轮送货车在转进一个小巷之后就无影无踪了。侦查员们以货车消失的地方为中心,把方圆几百米内能调到的监控都排查了一遍,可依然一无所获,那辆货车就像凭空消失了一般。

也许是凶手就近藏匿起来了,又或许是凶手更换其他的交通工具逃到了别的地方。张支队只能出动所有能调动的警力,以最后一次见到三轮车的地方为中心进行地毯式搜索。

这一忙就从晚上忙到了天亮,侦查员们挨家挨户地走访排查,沐安澜也跟着他们一起寻找三轮货车的下落。他不敢让自己停下来,一旦停下来,他就会胡思乱想,他不敢想象如果洛雅宁被凶手折磨致死,他要怎么办。

天渐渐大亮,张支队拉住一晚上都没有说话的沐安澜,劝道:"你还是回去休息一下吧,这样下去你的身体会吃不消的。你放心,哪怕只有一丁点儿线索,我都会通知你。"

第四个故事

沐安澜木然地摇了摇头,眼睛里布满了血丝:"找不到雅宁,我怎么可能睡得着。"

"现在还没有发现雅宁的踪迹,也没有找到……她的尸体,这就是个好消息啊。雅宁很聪明,说不定已经逃出来了,或者在和凶手周旋。"张支队想要安慰沐安澜,却有些语无伦次。

谁都知道,落入这样一个穷凶极恶的变态杀人狂手中,洛雅宁的处境极其危险。谁都无法猜测已经发生了什么,又或者下一秒将会发生什么。

沐安澜不想听他说这些,掉头往另一个路口走去,刚走到拐弯处就看到林枫也站在那里。她和另外一队侦查员刚从一个小区里出来,显然也是来帮忙找洛雅宁的。

见到沐安澜如此憔悴的样子,林枫满是心疼,她走到沐安澜身边安慰道:"安澜,你别担心。雅宁是个好姑娘,她一定会逢凶化吉、平安归来的。"

沐安澜盯着林枫看了许久,突然冷漠地开口:"如果不是你突然跑来我家,我们就不会出去吃饭,雅宁也不会遭遇这样的危险了。"

"我……"林枫一时无言以对。

"好了,安澜,这和阿姨有什么关系?"何乐忙走过来站在他们母子两人中间,"我知道你很担心雅宁,可现在说这样的话有什么意义呢?"

"是啊,现在说这样的话有什么意义?"沐安澜在悲伤之下,完全不知道自己在说什么,他只想让自己的语言化为一把又一把的利剑,无论刺向谁,都可以找到一个发泄的出口,"你确实应该离开我的,因为你的出现只会给我带来无穷无尽的灾难。"

"够了,沐安澜!"何乐见林枫眼底涌起了悲伤,只好强行把沐安澜往一边的警车里塞,"你累了,赶紧回去休息!"

沐安澜已经放弃了挣扎,他看着天空中露出的一丝鱼肚白,眼底最后的希望之火也摇摇欲坠。他坐在车里,外头的天色越来越亮,他心中的光芒却越来越弱、越来越弱……

洛雅宁在半梦半醒之间,感觉眼前仿佛有一阵迷雾,她就像走在混沌中,又累又迷茫,可怕的阴影笼罩着她。她拼命想要张嘴呼救,嘴巴却被人用胶布封住。她告诉自己不能睡着,只有醒着才有一线生机,可脑袋却越来越重、越来越重。

起先,她被捆绑住了手脚装进一个狭小的箱子里。过了很久以后,她被放出来,可还没来得及看清周围的景象,就被强行塞进了一辆汽车的后备厢,随后就不知去了哪里。最后,在不停的颠簸和浓重的汽油味中,她不知不觉地昏睡过去。

等再次醒来,重获光明的时候,洛雅宁发现自己在一个满眼粉红色的房间里。房间的墙上贴着各种二次元人物的海报,靠墙放着一个书架,但书架上摆放的不是书籍,而是各种各样的人偶,其中也有原凝的作品。而洛雅宁则被人像扔垃圾一样扔在地上,全身酸痛。

洛雅宁终于看清了绑架她的人,不由得倒吸一口凉气。

那是个女生,很胖,很强壮,站在娇小的洛雅宁面前就像一座铁塔。她先是摘下墨镜,随后摘掉口罩,最后脱掉了帽子。她看起来二十岁出头,长相丑陋,头发留得很短,像男孩一样,唯一的优点就是皮肤还算白嫩。她眼中的阴郁仿佛在告诉洛雅宁,她就是连环杀人案的凶手。洛雅宁之前在脑海里设想过凶手的模样,可眼前这个人却比她想象得更可怕,尤其当对方的眼睛盯着自己的时候,冷酷与仇恨就好像凝成了一把刀子,随时都能让她千疮百孔。

"你就是洛雅宁?那个当红女主持人?"胖女孩上下打量了洛雅宁一番,"我觉得也不过如此嘛。原凝喜欢你哪一点?身材好,还是脸蛋好?"

洛雅宁见胖女孩逼近自己,不由得往后退了退。这个女孩很可怕,仅仅和她对视就让人心里发毛,更何况她手中不知何时多了一把锋利的匕首。

第四个故事

"你想要干什么?"洛雅宁努力让自己冷静下来。

胖女孩将匕首贴在洛雅宁的脸上,不知道是在欣赏她的容貌,还是在盘算其他什么事情。

"你长得很漂亮,比她们所有人都要漂亮。这个世界真是不公平,凭什么有些人天生就可以拥有一张漂亮的脸蛋,而有的人生来就丑陋不堪,每天只能像阴沟里的老鼠一样活着。"胖女孩神情悲伤地说道,"其实我也想拥有一张这样的脸,那他或许就会多看我一眼。"

洛雅宁知道她说的是原凝,这个胖女孩果然是原凝的爱慕者,由爱生恨起了杀机。

"你叫什么名字?"洛雅宁突然问道。

胖女孩没想到一个将死之人还会有心情问她的名字,惊愕之余还是回答道:"反正你就要死了,不妨告诉你吧,我叫高思涵。"

"好吧,思涵,你喜欢原凝对不对?"洛雅宁鼓足勇气试图和她聊天。

高思涵瞪着洛雅宁,愤愤地说道:"那是当然!我喜欢原凝,喜欢他很久很久了,他却没有看过我一眼,都是因为有你们这些狐狸精的存在!如果没有你们,这个世界真的会安宁不少。"

洛雅宁尽力让自己表现得自然一些:"喜欢原凝的女生确实很多,他有独特的个人魅力,很多人都愿意和他交朋友。"

听到这些,高思涵更加不满,用匕首指着洛雅宁:"你懂什么?你信不信我马上就划破你的脸,这张漂亮迷人的脸上多几个血口会更好看。"

洛雅宁连忙闭上嘴,表示自己再也不发表意见了。

"你其实是幸运的,我没有当场杀了你,而是把你带了回来,这说明我不会让你这么快就死去,我要换一种方式折磨你。"高思涵邪恶地笑了起来,"原凝这么喜欢你,甚至用你的形象做了一个人偶,那我就把你做成真的人偶送给他。过几天就是他的生日了,我相信他一定会喜欢我送的这份大礼。"

"原凝是一个善良的人，他一定不会希望喜欢他和他作品的女孩会是这样一个凶残的人。"洛雅宁蜷缩起身体，语气尽量保持镇定，试图说服高思涵，"你现在自首还来得及。"

"来得及？"高思涵的笑声越发刺耳，她脸上的横肉抖动起来，令她看起来更加可怕，"早就来不及了，从我动了杀人的念头开始，我就知道绝不可能回头了！更何况我喜欢原凝，他却连我是谁都不知道，他又怎么会在意我是一个什么样的女孩？我既然要出现在他的面前，就要以一种让他毕生难忘的方式，谁让他这么在乎你呢？"

洛雅宁艰难地挪动身体，想要远离高思涵。眼前的这个女孩已经成了恶魔的化身，她对原凝变态而畸形的爱早已超越了一切，使她完全陷入癫狂之中。

离原凝生日还剩下几天时间，只希望在这期间沐安澜他们能找到自己。洛雅宁突然有些后悔，是她太高估自己的能力，才会陷入如今的绝境。如果她能活着出去，沐安澜一定会骂死她，她现在多么希望能被沐安澜骂。可眼下什么都无所谓了，能够活命才是最重要的。

045 可怕的生日礼物

新的一天，这个城市的太阳照常升起，景色依旧。刑警支队的侦查员们经过一夜的走访排查都陆续收队，拖着疲惫的身体向张支队报告情况。

尽管依旧毫无收获，张支队还是给他们安排了新的任务——扩大搜索范围，同时在全市范围内寻找体型、相貌与监控里的凶手相像的女人，一一排查。时间紧迫，压力又大，每个人的神经都绷得紧紧的。

另一间办公室里，沐安澜正坐在窗前看着熟悉的景色发呆。他手中抱着那个红色的人偶，心里却不知在想什么。从他空洞而绝望的眼神中能感受到，他此时平静无波的面容下，藏着五内俱焚般的焦灼。

第四个故事

张支队给沐安澜倒了一杯热茶，宽慰道："同事们都回来了，暂时还没有雅宁的消息。但你要相信，没有消息就是最好的消息，凶手没有当场杀了她，说不定就是新的转机。"

尽管每个人都在安慰他，可沐安澜的心情却越来越沉重，他就像一只快要爆炸的气球，再多给他一点压力，就会四分五裂。就在这时，何乐冲了进来。他跑得很急，看了一眼站在窗边的沐安澜，喘着粗气说道："原凝先生来了，他说他可能想到谁是凶手了。"

沐安澜比张支队反应更快，拔腿便跑了出去，张支队和何乐也连忙跟上。

沐安澜来到接待室，见到原凝便一个箭步冲上前，急迫地问道："你想起什么了？"

原凝被他吓了一跳，看着激动不已的沐安澜以及紧随而来的张支队和何乐，不知应该对谁说才好。

张支队忙把沐安澜按在沙发上，温和地对原凝说道："您别介意，我们都是因为太担心雅宁了。"

原凝摇了摇头，神色凝重地说道："我在家看到新闻，雅宁的事，我感到很抱歉，又是我的缘故……"

"废话少说！"一向冷面寡言的沐安澜忍无可忍，一拳砸在桌子上，震得桌上的茶杯都跳了起来，发出刺耳的声响。

原凝点了点头，继续说道："三年前中央商场的专卖店开业，我当时在现场参与活动。那天粉丝和媒体都非常多，我记得在人群里有一个女孩，因为长得很胖而且难看，被旁边的人嘲笑推搡，她很难过却不敢反驳，眼泪在眼眶中打转儿。我觉得她很可怜，就在派送幸运礼物的时候，送给她一个我亲手做的娃娃。我今天看到新闻里的监控画面，突然想起了这个女孩，还特意让助手调来了活动当天的影像资料。我觉得她很有可能就是你们要找的人。"他拿出一张光盘，"我把影像资料带来了，这个线索也许对你们有用。"

沐安澜忙把光盘放进电脑里，调出那段视频。

活动进行中，一个胖女孩站在台下，接受了原凝从台上递过去的一个白色的人偶。女孩很激动，拿到人偶后兴奋地将它抱在怀里，深深注视台上的原凝。当大家想看清楚那个女孩的长相时，镜头一转，已经看不到她的身影了。

"就是她。"沐安澜毫不犹豫地说道。虽然视频时间不长，角度也不是绝佳，但已基本能看清这个女孩的样貌，的确如原凝所说，她很胖，也很丑。

张支队吩咐道："马上打印截图，要尽可能地清晰。"

何乐抢先接下任务，赶紧去办了。

沐安澜盯着电脑屏幕上胖女孩的脸。就是她绑架了洛雅宁，但她又把人藏去了哪里呢？

"原凝先生，你能不能试着联系下这个女孩？她既然喜欢你，甚至为了你去杀人，一定也会听你的话吧？"张支队试探着问道。

原凝摇了摇头："对不起，我不认识她，而且事情已经过去三年了，我还能去哪儿找她呢？"

"难道就真的没有办法了吗？"

原凝蹙眉想了想，突然拍了下脑袋："这三年来，每年我生日时都会收到一束黄色玫瑰，没有署名，神神秘秘的，不知道是不是……"

张支队眼前一亮："快去查！"

洛雅宁蜷缩在小小的房间里，眼睛被黑布蒙着，嘴巴也被胶布封住，手脚被死死绑住。一开始她还试图挣扎，结果高思涵只要一发现她手脚上的绳子有松动，就会更用力地收紧绳子。她感到自己的手腕和脚腕已经被粗糙的绳子磨破，但疼着疼着，也就麻木了。更要命的是，高思涵不给她水喝，

第四个故事

也不给她吃东西,她觉得自己越来越虚弱,嗓子里就像堵了一团火,烧灼得难受。高思涵并不是一直待在她身边,可即便只有她一个人时,她也无法动弹。她只能忍受着饥渴,静静地等待死亡的降临。

此时,房间外突然传来咣当一声,随即又响起沉重的脚步声。洛雅宁知道是高思涵回来了,正想往后退一退,肩膀却被人用力抓住,一双手解开了遮住她眼睛的眼罩。

洛雅宁已经很久没感受到光线了,只觉眼睛一阵刺痛,缓了许久才看清面前站着的高思涵。高思涵把两个大袋子放到桌上,从其中一个袋子里取出食物后,当着洛雅宁的面大吃起来。

洛雅宁转过脸,心想自己虽然被绑架了,但也不能没骨气,再饿也要忍着。可惜身体却不听话地做出了最诚实的反应,她的肚子咕噜咕噜地叫了起来。

高思涵放下手中啃了一半的鸡腿,幸灾乐祸地说道:"怎么,是不是肚子饿了?"

洛雅宁撇了撇嘴,这不是明知故问吗?早知道她应该吃了晚饭再从餐厅溜走。不过话又说回来,早知道这个变态一直守着她,她怎么敢逃离保护圈。

"既然饿了,就吃点东西吧,这个鸡腿可香了。"高思涵用油腻腻的手抓着被啃了一半的鸡腿扔到洛雅宁的面前,说道,"快吃吧,我可不想在原凝生日前就饿死你。"

洛雅宁别开脸,她怎么可能吃这样的东西,就算饿死在这里,也不可能让她没有尊严地在地上乞食。

"还挺有骨气的嘛。"高思涵舔了舔手指,"不吃就算了,反正两三天不吃也死不了人。"

洛雅宁心想,饿是饿不死,但不喝水可能真的会死人。她的嘴唇已经干裂出血,能闻到腥甜味。

好在高思涵也想到了这点，她拿起一瓶矿泉水，走到洛雅宁面前，一把撕掉封住她嘴巴的胶布，也不管她配不配合，硬往她嘴里灌水。洛雅宁被高思涵大力拉住头发，整个人以一种奇怪的姿势往后仰去，水灌进去后，她连连咳嗽，但总算喝到了几口水。

"你知道吗，之前那三个女孩可没有你这么幸运，她们死时的样子可恐怖了，一个个四肢扭曲，因为我砸碎了她们的骨头，划花了她们的脸，谁都看不出她们曾经貌美如花。可你不一样，我要让你死得美美的，就像睡美人一样，再把你打扮好装进盒子里，送给原凝作生日礼物，他一定会觉得很惊喜的。"

高思涵从另一个袋子里拿出一套衣服，是动漫风格的服装，制作得十分精美。她小心地展开衣服，对着躺在地上的洛雅宁比画了一下，满意地说道："我觉得你穿上会很好看。"

洛雅宁不敢直视高思涵肥腻而恐怖的脸。这个女孩身上没有一丝这个年纪该有的青春气息，她的眼神空洞，充满了邪气，有一种令人恐怖的戾气在她周身涌动着。

"你知道我和原凝先生是怎么认识的吗？"高思涵的脸上露出诡异的笑容，她干脆一屁股坐到洛雅宁的身边，把那件衣服轻轻地抱在怀中，似乎在回忆一件美好的事情，"其实我从小就喜欢人偶，那些漂亮的人偶穿着精致的衣服，就像小公主一样。我也想像她们一样美丽娇弱，受尽万千宠爱，可我越长越胖，胖到身边没有一个人愿意和我玩，我没有朋友，同学们都嘲笑我，他们觉得我胖，觉得我蠢，却不知道我心中有多痛苦。所以，我就更加喜欢人偶了，原凝先生的作品一直是我最喜欢的，没有之一。我没想到会在一次偶然的机会下见到他。

"那天，他在商场为自己的专卖店站台，我刚好路过，一下子就被他吸引住了。他像一位高贵的王子，被众人包围着，就如天上最明亮的星星。当时在我身边的人都歧视我、嘲弄我，我很自卑，可原凝先生竟然看到我了。

第四个故事

他的眼神是那样温柔,好像每一个被他用心注视的女孩都是公主,我在那一瞬间就爱上了他。他还送给我一个他亲手制作的人偶,这是我这辈子收到的最好的礼物,而那天刚好就是我的生日。"

洛雅宁静静地听着,高思涵在提到原凝时,声音才会有一丝温柔,虽然嗓音仍旧嘶哑低沉,但总算有一些温度。

"从那天之后我就一直在想,要怎么才能再次受到原凝先生的注意呢?直到最近,我终于想到一个好办法,我要杀人,只有杀了人才能引起所有人的关注,包括原凝先生。所以我在杀了第一个人后,在她的尸体旁边放了一个原凝先生制作的玩偶。我要让他知道,这个世界上有一个如此喜欢他的人在默默注视着他。"

这种扭曲的喜欢不要也罢。洛雅宁暗自在心中想着,不知道原凝听到这番话后会是什么样的反应。

"杀人,你自己一点都不害怕吗?"洛雅宁终于忍不住问出心中的疑惑。

她才二十多岁,就把杀人当作一种游戏,她的内心是有多么冷漠无情啊。

"害怕?"高思涵咯咯大笑起来,"怎么会觉得害怕呢?每当看到她们在痛苦中缓缓死去时,我就会有一种说不出的快感。平日里,那些女生像孔雀一样耀武扬威地展示自己的美丽,她们怎么也想不到会有一天,自己引以为傲的美丽皮囊会落得这样一个下场。"

高思涵抱着粗壮的腿,把脑袋埋进双腿之间,仿佛又陷入了烦恼。

"可我接连杀了几个人后,原凝先生都毫无反应,我不能确定他是否知道我杀人就是为了他,我很烦恼。后来我看到一本书上说,如果你真心爱一个人,就要给他所喜欢的,而不是强迫他喜欢其他的东西。我受到了启发,原凝先生可能不太喜欢血腥的东西,艺术家都这样,他们喜欢精致美丽的东西。刚巧,我在新闻上看到了你,你说他以你为原型做了一款人偶,还拿了大奖。看来原凝先生真的很喜欢你,至少他是喜欢你这副躯体的,我就想把你做成最完美的人偶送给他。"

"你到底想怎么样?"洛雅宁的声音忍不住颤抖着。

高思涵认真想了一下,说道:"我要把你做成标本,确保你永远美丽。我已经想过了,如果要做成标本,首先要把你……"

洛雅宁真想堵住自己的耳朵,这么残忍血腥的话她不想再听下去,无奈双手被捆得死死的,她压根儿没法动弹。

高思涵说着说着,头却慢慢垂了下去,声音也越来越小。洛雅宁看了她一眼,发现她的眼睛也合上了,随后响起了巨大的呼噜声,原来她竟睡着了。

洛雅宁松了口气,可即便高思涵睡着了,自己还是不能动,想要逃出去似乎依旧不太可能。

046 获救的希望在自己手中

洛雅宁已经被绑走两天了,沐安澜也整整两天没有合过眼。第三天早晨,忍无可忍的张支队终于把他赶回了家,强行命令他休息,因为如果再这样下去,洛雅宁还没找到,他就先垮掉了。

屋子里空荡荡的,沐安澜脚步沉重地在房间里转圈。

这里只有他一个人,孤零零的一个人。其实从前他也是一个人,却从来没有觉得寂寞过。他喜欢清静,喜欢独处,但洛雅宁不经意地闯入了他的世界里。她明朗的笑容、清脆动听的嗓音,渐渐成为他生活的一部分。他们每天早上一起吃早餐,下班后又等对方一起用晚餐。尽管就住在隔壁,每晚仍会腻在一起,再互道晚安,回自己家睡觉。

洛雅宁曾经含蓄地提过同居的事,沐安澜还清楚地记得她当时害羞的神情,俏脸通红。他当时就在心里想,要挑一个合适的机会,郑重地向洛雅

第四个故事

宁求婚。只是现在不知道还有没有这个机会。

这个家里处处留下了洛雅宁生活过的气息,餐桌旁似乎有她大快朵颐的身影,厨房里好像也有她手忙脚乱的样子,沐安澜的眼前几乎出现了幻觉。

身后突然响起脚步声,沐安澜猛地回头。有那么一瞬间,他真的以为是洛雅宁回来了。可站在他身后的是他的母亲林枫,他眼底燃起的希望又瞬间熄灭了。

"你还没吃饭吧?我给你做点吃的。"短短的几天时间,沐安澜就瘦了一大圈,让她这个做母亲的很是心疼。

"不用了,我不饿。"沐安澜哪里吃得下东西,他脑子里想的都是洛雅宁,不知道她现在怎么样了,有没有吃饭,凶手有没有虐待她,甚至有没有生命危险。

林枫也不勉强儿子,此时此刻,不要说沐安澜了,她也吃不下。

"雅宁是个好孩子,我知道她心地善良,虽然认识时间不久,但我是真心喜欢她的。"林枫走到书架前,上面摆着一张洛雅宁和沐安澜的合影。相片上,洛雅宁笑得一脸灿烂,沐安澜显然不太愿意拍照,一脸不情愿的样子,可眼神中带着对洛雅宁的宠溺和无可奈何。

林枫无比珍惜地摸了摸相片中的女孩,动容道:"她知道我和你之间有隔阂,一直想要化解。安澜,你也一定能感觉出来吧?"

沐安澜的身子猛地一震,他如何感觉不出来?洛雅宁是最善良的,她时不时在自己面前提起林枫。虽然他没有表态,但在洛雅宁一直以来的努力下,他对母亲似乎也没有从前那么排斥了,否则那天晚上也不会答应和母亲共进晚餐。

"如果可以,我宁愿那个被抓走的人是我。只要能换回雅宁……"林枫红着眼睛说道。她知道如果没有了洛雅宁,儿子的心也会跟着一起死去,她这个做母亲的心中又怎么会好受?

"你不要再说了,我不想听。"沐安澜的声音很轻,他看着林枫眼中的哀伤,突然开口道,"雅宁一直希望我能原谅你,但我一直没有对你说过任何谅解的话,如果她这次能够平安归来的话,我就原谅你。"

　　这句话来得太突然,林枫既震惊又感动,她的儿子终于愿意原谅她了。

　　"我现在想得很明白,只要雅宁在我身边,我的世界就充满了爱。让那些怨恨都见鬼去吧,只要她能平安归来,"沐安澜喃喃自语道,"只要她回来就好。"

　　林枫去厨房倒了一杯牛奶递给沐安澜:"你还是吃点东西吧,否则会撑不下去的。张支队已经尽全力在找人了,如果找到了,你还得好好照顾和安慰受惊的雅宁。如果你自己的身体都垮了,还怎么照顾她呢?"

　　林枫说得很有道理,沐安澜也坚信一定可以找回洛雅宁,最终他接过牛奶一饮而尽。喝完没多久,他就感觉到一丝困意,他想休息一会儿,可不知不觉就倒在沙发上沉沉睡去了。

　　一直等候在旁边的林枫见他终于睡着了,从卧室里拿出一条毛毯,轻手轻脚地盖在他的身上,然后关上灯,让他好好地睡一觉。

　　几个小时后,沐安澜从梦中惊醒。他做了一个噩梦,梦见洛雅宁被一群凶恶的狼拼命追赶,她一边跑一边大声喊着他的名字,然而领头的饿狼一下子将她扑倒,随即狼群跟着扑上去,撕扯着她。

　　沐安澜大叫着醒了过来,他能感觉到梦里洛雅宁惊惧的大眼睛还在他眼前晃动。

　　屋里漆黑一片,沐安澜掀开毯子站起身,拉开遮光的窗帘,发现太阳已经西斜。一天又将过去,洛雅宁还是毫无消息。

　　"你醒了?"林枫从厨房里走出来,她刚熬了粥,想让沐安澜醒来后喝一点,但沐安澜比她预计的醒来得要早,"我给你熬了粥,要过一会儿才能喝。"

"我没胃口。"沐安澜拒绝了母亲的好意,"我要去局里看看有没有新的动向。"

"有消息的话,张支队一定会通知你的,你就在家里等着吧。"

林枫心疼儿子,但沐安澜下定了决心,他要第一时间知道侦破工作的进度。他抓起车钥匙,婉言谢绝:"我已经休息好了,要继续工作了。"

林枫拦不住他,只好由着他去。

沐安澜在门口停下脚步,转身对林枫说道:"你回去的路程太远了,暂时就住在这里吧。我这几天都会待在局里,直到雅宁平安归来。"

林枫顿时感觉很欣慰,儿子终于开始接受她了。

夜幕再次降临,一切依旧静悄悄的。

趁高思涵熟睡的时候,洛雅宁仔细倾听周围的动静,屋外没有人声,也没有汽车声,只偶尔有一两声清脆的鸟鸣。洛雅宁怀疑自己被转移到离市区很远的地方,如果她身处郊区,那被找到的机会就更小了。

高思涵睡醒后打开电脑上了一会儿网,接着又出去了,但这一次她犯了一个严重的错误——她把手机落在了桌上。这对洛雅宁来说很重要,如果能拿到手机的话,她就有获救的希望了。

洛雅宁手脚都被绑住,只能倒在地上,像毛毛虫那样一寸一寸艰难地往桌子旁边挪。终于贴近桌子后,她喘了口气,努力站起身,把手机扫落在地。幸运的是,手机并没有设置密码,她把两只脚并在一起,调出了拨号键。

洛雅宁轻轻地呼出一口气,心脏紧张得剧烈跳动着。沐安澜的电话号码,她烂熟于心。

嘟……嘟……

此时,洛雅宁听到了脚步声。

高思涵回来了!

洛雅宁急得不得了，这也许是她唯一的机会，如果沐安澜不接电话的话，她就再也没有机会和外界联系了。

终于，在电话响起第三声后，沐安澜接了起来："喂。"

熟悉的声音，但有些嘶哑。

洛雅宁顾不得其他，用最快的速度小声说道："绑架我的人叫高思涵，我现在被困在一间小屋里，不知道是哪里……"

洛雅宁恨不得一口气把自己所知道的都说出来，只是她话才说了一半，高思涵就进来了。高思涵一眼就看到还未挂断的电话，气得几步冲上前，一脚踩在正处于通话状态的手机上，手机顿时四分五裂。

高思涵抓住洛雅宁的头发把她甩了出去。洛雅宁觉得自己就像一只沙包似的被扔出去，头磕在墙角，疼得她眼冒金星，差点晕厥过去。

"你居然敢报警！"高思涵怒不可遏，狠狠扇了洛雅宁两个耳光，她漂亮白皙的脸蛋顿时肿了起来。

高思涵仍不解气，又把洛雅宁从角落里拎起来，拽着她往外拖去。洛雅宁死命挣扎，用脚钩住门框，不想被拖走。高思涵可没那么好的耐心，一个手刀劈在她的后颈上，洛雅宁顿时停止了挣扎，瘫软在地上。

"敬酒不吃吃罚酒。"高思涵狠狠啐了一口，轻而易举地将洛雅宁扛上肩膀，带上之前买的衣服，出了门。

外面的天色很暗，高思涵扛着洛雅宁走出小屋。小屋周围都是树林，位置十分偏僻隐秘。高思涵毫不犹豫地走进树林，七拐八弯后来到一个天然的山洞前。山洞的入口处长满了一人多高的野草，正好遮掩住洞口，令人难以察觉。

高思涵将洛雅宁重重地扔在地上，随后蹲下身子，轻轻抚摸她的脸，轻声说道："你可是我给原凝先生准备的生日礼物，如果弄坏了可怎么好啊。"她露出邪恶的笑意，给昏迷中的洛雅宁换上带来的衣服，"你就在这儿好好待着，就算没机会把你做成标本也没关系。再过几天，当你被人发现的时候,恐怕早就饿死了。不过,谁都不会知道这里有个山洞,更不可能找到这里来。"

想到这里,高思涵的脸上露出几分得意的神色。她转身离开山洞,临走时还用厚厚的杂草遮住了洞口。

林子里又恢复了宁静,鸟儿开始歌唱,仿佛刚才什么事都没有发生过一样。

047 蛛丝马迹

沐安澜在前往市公安局的途中接到了洛雅宁的电话。尽管来电是一个陌生号码,但他依旧有些疑惑地接了起来,结果电话那头传来洛雅宁惊慌失措的声音。她说出了凶手的名字,却不知道自己在哪里。沐安澜刚想询问,电话那头就传来了洛雅宁的尖叫声以及一个女人的咆哮声,紧接着就是电流的刺刺声。

沐安澜猛地踩下刹车,凝神仔细聆听,可电话那头已经没有了声响。他又回拨过去,依旧得不到回应。沐安澜惊出了一身冷汗,忙给张支队打电话,把刚才得知的信息告诉他。

身后车辆不耐烦地响起催促的喇叭声,沐安澜才想起自己还堵在路中间,连忙发动汽车,将油门奋力踩到底,往市公安局的方向疾驰而去。

沐安澜用最快的速度赶到市公安局,唯恐不赶紧做些什么就会来不及。从刚才电话里的情形可以想象得到,洛雅宁如今的处境十分危险。

"怎么样?查到了吗?"

张支队正带领一队人往外走,边走边说道:"我们之前排查到一个女人与你提供的名字和其他信息相符。地址已经有了,是一个租住的公寓,但不确定她是不是把雅宁藏在那里,要赶紧过去看一看。"

路上,张支队向沐安澜简单说明了高思涵的情况:"她是一家公司的仓库管理员,屡遭嫌弃,不知换过多少个工作。其实她学历不低,但因为长相不佳,有些笨拙,又十分内向,不爱与人交流,所以找的都是像仓库管理员这样没有存在感的工作。以前她都是被用人单位辞退,这次比较奇怪,她在半个月前主动提出辞职,而这个时间正好和第一起杀人案相符。"

到达之后,一行人冲进公寓楼,停在了其中一间的门口。沐安澜就要破门而入,张支队拉住他,示意大家站在门两侧,然后自己上前按响门铃,但一直没有回应。

正在这时,隔壁的门打开了,一个中年男人走出来,看到一群警察站在家门口的走廊里,吓了一大跳,不禁往屋里退去。

"等一等,"张支队出声喊住他,出示证件,"我们想问一下,住在你隔壁的高思涵,你注意过她的动向吗?"

"你说那个胖女孩啊?"中年男人脱口而出,"她半个多月前就搬走了。房子是租来的,听说她辞职了,就不住了。她走的那天我还问她要去哪里,她没有回答我,但我知道她在郊区有一套祖产,可能是回去了吧。"

"她退房了?"

一句话,让所有人的心情一下子跌入了谷底。

"房东还没有把房子转租出去,如果你们要查线索的话,可以进去看看。"中年男人拿出一把钥匙,"房东的钥匙在我这里。"

"谢谢了。"张支队忙打开门,带着人进去搜查。

屋子里除了几件简单的家具,其他的东西几乎都被搬空了,但还是能看出原先的主人生活过的痕迹。高思涵应该很喜欢动漫,墙上贴着一张被撕烂却没有带走的海报,墙壁上还有许多海报粘贴过的痕迹。房间被装饰成粉红色,很有少女的感觉。

"快找线索!"

沐安澜从进屋开始就在一寸一寸地搜寻。他此时的心情很糟糕,却又冷静得可怕。只有找到线索才能找到洛雅宁,他努力说服自己要冷静,不能

第四个故事

自乱阵脚,如果他慌了,那洛雅宁怎么办?她还在等自己去救她呢。

沐安澜在空荡荡的屋里徘徊,每一个角落都没有放过。他掀开积满灰尘的床板,突然蹲下身。只见床底下的缝隙中,有一角发黄的纸片。

"这是什么?"张支队也看到了,伸手指挥道,"你们两个小心点,把床抬起来。"

床被缓缓抬起,沐安澜取出了那个东西,原来是一张泛黄的相片。相片中的人正是高思涵,但应该是好多年前拍的,她还是一副稚嫩的模样,穿着一身俗气的棉袄,站在一个小土坡上,身后有一片树林,还露出平房屋脊的一角。

"这是哪里?"张支队皱眉说道,"可能是她郊外的老宅?"

沐安澜闭上眼,在脑海中仔细搜索。许久之后,他突然睁开眼睛说道:"我知道在哪里,你们跟我来。"

尽管张支队觉得有点莫名其妙,但见沐安澜已冲出门,立马指挥其他人跟上。

"沐安澜,你这么快就知道她在哪儿了吗?"

沐安澜跳上车,张支队也坐到副驾驶座上。还没等张支队关好车门,沐安澜已经急踩油门飞驰出去了。

"是乌木山附近。"沐安澜说道。他去过乌木山很多次,还曾带洛雅宁去过,对于那里他很熟悉。

张支队又重新看了一眼手中的相片,可仅凭一张几年前的相片就想要准确找到位置,依旧有难度。

沐安澜开的是张支队的警车,他把警笛放在车顶上,一路顺畅通过,争分夺秒地往前冲。

"当地人口并不多,把相片拿给他们看,也许能认出来。"

张支队点了点头,希望能快点找到洛雅宁,再快一点。

幸运的是，当张支队拿着相片询问当地一户人家的时候，老人一眼就认出了高思涵，还热情地给他们指引方向。

为了避免打草惊蛇，沐安澜和张支队一行人提前下了车，悄悄摸向高思涵家的小屋。然而，当他们抵达时，屋里静悄悄的，甚至静得有些可怕。

"别急，我先从窗口看一下屋内的情况再做决定。如果雅宁在里面，我们迅速破门而入，解救人质。"张支队吩咐完下属，自己则贴着墙挪到窗边，小心翼翼地往里看。第一扇窗户应该连着房间，他看了一眼就退了下来，猫腰往下一扇窗户看去，随后转头示意下属破门。

沐安澜早已等得不耐烦了，跟着刑警们一起冲进屋。刑警们迅速占领几个房间，却没有找到洛雅宁。整个屋子里只有高思涵，她躺在沙发上，双眼紧闭，而她的手腕低垂，血流了一地，显然是割脉自杀了。

"雅宁呢？"沐安澜疯狂地寻找，可就是没有看到她的身影。

张支队检查过后，确认高思涵已经死亡，然后给何乐打了电话，让他带人来做现场勘查。

虽然找到了凶手，众人的心却悬得更高，因为凶手一死，就更没有人知道洛雅宁的去向了。

高思涵穿得整整齐齐，面容安详，似乎这是她早已想好的归宿。而在她的胸口上放着一封信，上面写着：

我亲爱的原凝先生：

我走了。我知道，从我来到我走，你都没有注意过我，我是那样卑微渺小，得不到你的关注。但是不要紧，你很快就会认识我，一个全心全意爱着你的女孩——高思涵。

我虽然不漂亮，却是这个世界上最爱你的人。每一年你的生日，我都会准备一份生日礼物，今年也不例外。我知道你喜欢洛雅宁，所以想把她做成娃娃送给你。我把她藏了起来，警察应该会帮你找到她。希望

第四个故事

你能尽快看到她,因为她很快就会死去,太晚的话可能就只剩下一堆白骨了,那这个礼物就不漂亮了。

我的结局是早就定下的。这个念头在我心中已经徘徊了很久很久,但我一直下不了决心,总想着在走之前再为你做点什么。你的生日又将来临,原本想亲自为你送上祝福,可惜不太可能了,我没时间再去见你了,希望你喜欢我的礼物。

最爱你的高思涵

这封简短的遗书让沐安澜心中重新燃起了希望。

"雅宁还没有死。"沐安澜看了一眼狼藉的房间,被踩碎的手机还在地上,"雅宁趁高思涵不注意给我打了电话,然后被发现了。高思涵并不知道雅宁告诉了我什么讯息,以为自己暴露了行踪,所以她另找一个地方把雅宁藏了起来,让她自生自灭。只要我们尽快找到雅宁,她就能够获救。"

"会藏在什么地方呢?远近都没有人家,这里一览无余,根本就没有其他藏人的地方。"有同行的刑警提出疑问。

"在山上!"沐安澜和张支队同时说道。

地上放着高思涵的鞋,鞋底沾有新鲜的泥印,还有些湿润。

"这几日天气晴好,只有林子深处才会有如此湿润的泥土,所以往山上走一定不会错。"

"我现在就调集所有警力和救援队,就算是掘地三尺也要把雅宁找回来。"

高思涵的家坐落在山林脚下,附近树林没有经过人工开采,多年来林木疯长,只有偶尔进山的人踩出的一条小路,想要从这片密林里找到洛雅宁,不是件容易的事。何况天色已暗,连路都看不清楚,解救难度可想而知。

刑警和救援队配合兵分几路,呈包围之势上山。他们从山脚出发,一路往山上摸去。连日来晴朗无雨,山林间的小路上连一个脚印都没有,只能凭着感觉边走边喊洛雅宁的名字,一时间满山都亮起了手电筒的光芒。

048 她一定会平安归来

洛雅宁从昏迷中醒来,已不知过去了多久,甚至分不清是白天还是黑夜。她栽倒在松软的泥土上,嘴巴被胶布封住,手脚被捆得死死的,根本无法动弹。

她全身痛得厉害,已经几天未进一粒米,虚弱得只能躺在地上喘息。别说被捆得像粽子一样了,就算现在有人松开她的束缚,她恐怕也站不起来。她不知道自己还能坚持多久,也许再过些时候就会被活活饿死。

她努力睁开双眼,眼前一片漆黑,眼睛看不到,听觉就会变得格外敏锐。她伏在地上倾听,好像听到有窸窸窣窣的声音,似乎是什么爬行动物经过。

难道是蛇?她一个激灵,顿时清醒了不少。她最怕蛇,只是远远看一眼就会起一身的鸡皮疙瘩。现在那些东西很可能就在离她不远的地方,说不定会爬过来,她只是想象都觉得可怕。她必须离开这个地方。

洛雅宁打起精神,用力翻身,感受身边的环境——有泥土的腥味,还有植物腐烂的味道,空气潮湿而冰冷,手边还能摸到植物的根茎。洛雅宁意识到自己可能身处一个洞穴里,之所以看不到光,或许是因为洞穴很深,也有可能是洞口被盖住了,所以如果她不想办法自救的话,外面的人永远都看不到她,也找不到她。

难道真的要死在这里了吗?不,她还有大好的青春,还有自己深爱的人,还有美好的生活在向她招手。她远在家乡的亲人还等着她把沐安澜带回去见一见。自己的母亲操劳了半生,怎可以让白发人送黑发人?

想到这里,洛雅宁的身体里又聚集了一些力量,她努力挪动身体往后

第四个故事

靠,过了许久,她终于感觉背部贴到了洞穴的内壁。她的身边好像有一块很大的石头,上面粗糙湿滑,还有一些青苔。总算有一样东西可以帮到她了,如果她足够有耐心,或许可以用这块石头磨断手上的绳索,那她就可以逃出去了。

黑暗中,她吃力地抬起手,在那块大石头上磨擦。可她双手被反绑着,每动一下都十分艰难,手腕不停地在石头上蹭来蹭去,很快就磨出了鲜血。她咬着牙忍着痛,一下又一下地机械般磨擦着,累了就歇一会儿,然后接着磨。

这是希望,只要她还有一口气,就不会放弃逃出去的希望。

沐安澜和何乐已经在林子里转了四五个小时,偶尔有手电筒的光从远方透过来,他们知道其他人也没有放弃,大家都在咬牙坚持着。

"不行了,休息会儿吧。"何乐终于支撑不住了。

他们折腾了大半夜,走过的每一簇草丛、每一棵树木都被仔细搜寻过,可是天黑路滑,容易迷路,进度十分缓慢。

沐安澜喘着粗气,他还不想放弃,拿起镰刀左右挥动,砍断拦在面前的荆棘,打算继续前行。

何乐一把拉住他,劝道:"休息会儿再走吧,你也不是铁打的。"还有几个小时天才大亮,到时光线照进树林更方便找人,现在保存体力很有必要。

沐安澜坐下,接过何乐递来的矿泉水,拧开后仰头喝了一半,然后将剩下的都倒在了头上,浇一浇他心头的焦虑之火。

时间在流逝,就好像洛雅宁的生命也在一点点流逝,他怎么坐得住呢?所以只休息了一小会儿,沐安澜就起身继续往前走了。

何乐虽然已经疲惫不堪,但看到好朋友如此焦灼,也不忍心,连忙跟了上去。

"雅宁,雅宁,你能听到我的声音吗?"

"雅宁,你在这里吗?"

两人一边走一边大声喊着,希望能得到回应。他们每喊一声就会停顿一会儿,竖起耳朵倾听四周的动静,可除了夜风吹动树叶的声音和一两声被惊起的鸟叫声,他们完全感受不到洛雅宁的存在。

何乐几乎要丧失信心:"会不会……高思涵并没有把她藏在这里?"

沐安澜坚定地说道:"一定就在这座山上,除此之外,高思涵别无选择。"

见沐安澜对自己的推断如此有信心,何乐不再说什么,晃晃手电筒,继续往前迈进。

就在这时,草丛里突然蹿出一个细长的影子,何乐只觉腿上一痛,"哎哟"一声往后退了几步,然后就看到一条蛇从眼前逃走了。

"我被蛇咬了!"何乐几步跳到空旷处,卷起裤腿,借着手电筒的光一看,腿上果然有被蛇咬过的牙印,还流了一点血,好在这蛇没有毒性,不会有大碍。

沐安澜把何乐扶到一棵大树下坐好,说道:"你别跟着我一起了,就在原地等待救援。"

"不,我要和你一起去。"找不到洛雅宁,何乐也没法安心。

"你跟着我的话,我还要照顾你,反而耽误进度。"

尽管不放心沐安澜,何乐也没办法,只好留下来。

不知磨了多久,洛雅宁的双手已经痛到颤抖,她甚至有好几次痛晕过去,但醒来之后她还是努力磨着绳索。她看不到自己到底磨到什么程度,也不知道还有多久才能磨断,只能不住地给自己打气。终于,她停下了手,再也没有力气举起双手。

隐约间,她好像听到了沐安澜的声音,他在呼唤她:"雅宁,雅宁,你在哪里?"

是出现幻听了吗？这种情况已经出现过好几次了。洛雅宁在半睡半醒之间，耳边一直回荡着沐安澜的声音，他告诉她一定要坚持下去，不能放弃。而这一次，沐安澜的声音再度传来，是那么清晰、那么真实，让她几乎以为是真的了。

"雅宁，你到底在哪里？"沐安澜的声音越来越近，"我知道你就在离我不远的地方，对吗？"

洛雅宁这次听清楚了，是沐安澜，是他来找她了！她呜呜地叫着，可嘴巴被胶带牢牢地封住，发出的声音微弱得连自己都听不清楚，怎么可能传得出去？

沐安澜的声音越来越近，几乎就在她的头顶上。也许，他已经来到她的身边，只要再仔细找一找，就能发现她藏身的地方。

洛雅宁用脚拼命蹬洞穴的内壁，希望可以通过这样的方式制造一点声音，可是洞穴里的泥土是松软的，就连她用来磨绳子的石头，蹬上去也悄无声息。

"我在这里，我就在这里！"洛雅宁在内心呐喊着，眼泪不住地往下流。可她没有办法通知沐安澜，即便知道他近在咫尺也没有用。

月亮缓缓斜移，夜依旧那么安静，只有沐安澜凄厉嘶哑的声音还在树林中回荡。他站在一个高高的土坡上往下眺望，目力所及之处都是高大茂密的丛林，他几乎就要绝望了。这时，他看到一个女人的身影在一棵树后闪动了一下。

"雅宁！"他冲了过去，"是你吗？"

借着月光，沐安澜看清那个人不是洛雅宁，而是他的母亲林枫。他失望地垂下肩膀，有气无力地问道："你来做什么？"

"我听说雅宁可能被藏在这片林子里，就跟着来找一找。多一个人，总多一份力量，"林枫扶住儿子的肩膀，"我们一起去找吧。"

"你还是赶紧下山吧。"沐安澜拉下她的手,母亲年纪大了,经不起这样折腾。

"我不会给你添麻烦的,我是来帮忙的。"林枫执意要一起走,"再过一个小时天就亮了,到时候我们就能找到雅宁了。"

沐安澜兀自往前走,远远地甩开林枫:"我说了,你不用跟着我,我一个人可以。这山上有许多蛇,如果你被蛇咬了,还得有人救你,岂不是更麻烦?"

林枫从儿子的这番话里听出了关心,心里很是欣慰。她决定从另一个方向找,这样的话,找到洛雅宁的机会也会更大一点。

天渐渐亮了,林间的鸟雀发出清亮婉转的啼鸣。沐安澜觉得自己已经找遍整座山的每一个角落,可依旧没有任何发现。所有搜救人员都在山脚下集合,每个人的情绪都很低落,都在为洛雅宁深深担忧着。

张支队小声对沐安澜说道:"也许高思涵根本就没有把雅宁藏在山上?"

沐安澜看了眼茂密的山林,似乎有些动摇,可如果没有藏在山里,还能去什么地方呢?

这时,一位拿着砍柴刀、背着竹篓的大爷从他们身边经过,好奇地看了他们两眼,然后鼓起勇气问道:"你们是来办案的吗?"

"是的,大爷,有一个女孩被藏在了山里,生命垂危。你知道这山里有什么比较特别的可以藏人的地方吗?我们已经找了一夜,可还是没有找到人。"

张支队原本并没有抱什么希望,大爷却摸着胡子想了想:"这是座荒山,要找一个人可不容易。你们既然已经找了一夜,有没有发现一个山洞呢?"

"山洞?"张支队回头询问在场的人,但众人纷纷摇头,表示自己没有见过。

沐安澜急切地一把抓住大爷的肩膀，问道："您是说这座山上有一个山洞吗？"

"是啊，"大爷点了点头，"半山腰上有一个天然的山洞，就在一个土坡上，不注意是找不到的。我们经常进山砍柴、采野菜，有时遇到下雨就会到山洞里躲一下，也只有我们附近的人才知道这个地方，外人是不容易发现的。"

"太好了，"沐安澜有一种预感，洛雅宁就被藏在这山洞中，"麻烦您带我们过去好吗？"

大爷是个热心的人，听说是去救人，二话不说就带领众人上山了。

经过漫长的一夜，洛雅宁再度从昏睡中醒来。此时，隐约有光线透进洞里，虽然依旧看不清周围的事物，但比起伸手不见五指的黑暗已经好很多了。

洛雅宁记得自己昏迷之前听到了沐安澜的声音，可自己想要喊他却叫不出口。现在沐安澜肯定已经离开了，他并没有发现自己。

难道她真的就要死在这里了吗？

洛雅宁真的很不甘心，她还有很多事没有尝试过，她还没有结婚，没有体会过女人一生中最幸福的时刻；她也还没有生孩子，不知道当母亲的艰辛与快乐。她不甘心就这样放弃生命。

凭着这股不甘心的力量，她再度坐起身，重新来到那块大石头旁边，磨起了腕上的绳索。她毫无保留地使出浑身的力气，她不知道自己能坚持多久，但她知道一定要拼尽全力。

也许上天听到了她的祈祷，洛雅宁突然觉得手腕间一松，牢牢缚着她的绳子竟然断了，她简直不敢相信自己的好运气。

她获救了，她就要重获自由了！她撕开粘在嘴上的胶布，激动地想要站起来，然而她才刚站起，就双腿一软摔倒在地上。她现在很虚弱，随时可能再度昏迷。她略微休息了一会儿，才勉强撑住自己的身体，往光线透出的地方爬去。

一米、两米、三米……洛雅宁终于爬出了洞穴。当刺眼的光照到她的脸上，当她闻到新鲜的空气，当她看到树林间自由飞翔的鸟儿的时候，她有一种想哭的冲动，可她不能哭，她要保持体力走出去，寻找能救她的人。

049 又将面临新的挑战

老人引领沐安澜一行人上山来到洞穴旁，指了指被茂密的植物遮盖住的洞口，说道："这就是我说的洞穴了，快进去看看吧。"

沐安澜发现他昨晚来过这里，他甚至还在洞穴的上面站了一会儿，后来还遇到了林枫。可当时天太黑，他压根儿没注意到有一个洞口，事实上，就算是白天也很难发现洞口。他拿上手电筒，二话不说第一个冲了进去，但洞穴里空荡荡的，什么都没有。

"怎么样？雅宁在里面吗？"张支队站在洞口，焦急地喊着。

沐安澜已经无力回答。他用手电筒扫视洞穴，看到地上有一截带血的绳子，血迹还是新鲜的，说明的确有人来过这个洞穴。

一定是洛雅宁，她还活着，自己逃出了洞穴！

"她还活着！"沐安澜一阵狂喜，他冲出洞穴，手中拿着断掉的绳子，"她弄断绳索逃了出来。"

何乐接过绳子，上面新鲜的血液还没有凝固，他推断道："雅宁一定刚离开不久，我们快分头去找。"

这个好消息让所有人都振奋起来，搜救人员以山洞为中心，往四周寻觅，一边走一边大喊洛雅宁的名字。

洛雅宁艰难地在山林中移动,她不认识路,也不知道方向,只是一个劲儿地往山下走。有时候脚一软就从荆棘上滚下去了,衣服被划破,脸上满是细小的伤口,加上手腕和脚腕都在流血,她随时都会倒下。

这时,她远远地听到有人在喊她的名字,于是停住脚步,回过头看到有几个人影在林间晃动。她想要呼救,可张开嘴却发不出声音,只能无力地伸出手,想要冲着他们挥一挥,告诉他们自己就在这里,可她还没有把手举高就再也支撑不住,倒在一片灌木丛里,无法爬起来了。

沐安澜没有忽略任何一个角落,他突然察觉到不远处有动静,好像有什么东西倒在树丛里,于是立马跑过去,就这样他发现了洛雅宁!洛雅宁全身都是伤口,衣服已经破烂不堪,她紧紧地闭着双眼,昏迷不醒。

"在这里,找到她了!"沐安澜高声喊道。他脱下外套,轻柔地裹住洛雅宁,小心翼翼地把她从荆棘里抱出来。见她全身上下没有一处完好的地方,沐安澜心疼不已,他强忍住难过,轻轻呼唤她的名字:"雅宁,雅宁。"

何乐首先赶来,见到洛雅宁身上的伤也吓了一跳,连忙替洛雅宁简单检查了一下:"她现在很虚弱,快脱水了,赶紧送去医院。"

谁都不敢耽搁,沐安澜抱起洛雅宁就往山下狂奔而去。直到现在,他的心还不能踏实。不过万幸,洛雅宁终于被找到了。但愿拨开乌云,后面就是明媚的太阳。

洛雅宁好像睡了有一个世纪那么漫长,终于从昏迷中醒来。她睡得很安心,直到第二天的曙光再度降临这座城市,她才在和煦的日光中慢慢睁开了眼睛。她身上还有点痛,但死里逃生的喜悦让她忽略了这些伤痛。

屋里有花的香味,甜甜的,闻起来让人身心愉悦。洛雅宁觉得自己的感官从来没有这样灵敏过,阳光、花香、静谧的环境,就连医院里独有的消毒水的味道,都仿佛变得不一样了。也许这就是生命的意义,只要活着,就能感受到这个世界的美好。她很庆幸自己还活着,从黑暗的、绝望的困境中挣扎出来了。她就像做了一个噩梦，在梦里被死亡追逐，只要松懈一点点，就会陷入万劫不复的境地，但是在绝境中，有一个人一直紧紧地拉着她的手，帮她一起与死亡抗争，终于，他们胜利了，她又回到了这个世界。

"雅宁，你终于醒了。"一双温热的大手握住了她的手。

洛雅宁转过头，看到沐安澜坐在她的床边，眼中的关切显露无遗，他急切地问道："你有没有哪里不舒服？不，你一定很不舒服。我帮你叫医生，你全身有那么多伤，一定很痛，对不对？"

洛雅宁摇了摇头，说话时嗓音有些沙哑："我不痛，真的，我现在感觉很好。"

"那你饿吗？你渴吗？你是不是……"

"都没有。"洛雅宁有些虚弱，但心情的愉悦让她的精神好了许多，"我一切都好，不痛、不饿，也不渴。"

沐安澜终于放下心来，连日来压在他心里的大石头总算落了地。他面容憔悴，也不知多久没有休息了，也没顾得上打理自己，胡子拉碴的，哪里还像那个干净清爽的男人，仿佛一夕之间老了十几岁。

"你怎么变得这么难看？我告诉你，我可是一个'颜控'，如果你再不好好打理自己，我可是会嫌弃你的。"

"你嫌弃我吧，就算嫌弃我，我也要黏着你一辈子，你休想逃离我。"沐安澜亲吻洛雅宁的手背，还故意用他硬硬的胡茬儿扎她。

洛雅宁忍不住咯咯笑出声，想要收回手，可手被沐安澜紧紧握住，怎么都抽不回来。

沐安澜顺势趴到病床上，贴近洛雅宁的嘴唇。他这些天一直担惊受怕，生怕再也看不到洛雅宁。现在她终于醒了，就这样真实地在自己的眼前，他要好好看看她，亲吻她，感受她的存在……

就在这时，病房门被推开，张支队和何乐闯了进来。何乐提着一篮水果走在前面，见两人卿卿我我的样子，忙捂住自己的眼睛，笑道："哎呀，我们好像来得不是时候，打扰小两口亲热了。"

"是吗？我可是什么都没看到。"张支队也挤了进来，嘴上说着看不到，眼睛却瞟来瞟去，一脸坏笑。

"你们两个真是够了。"沐安澜有些尴尬地坐回椅子上。

"我来送点水果，没想到雅宁已经醒了。年轻就是好啊，复原能力超强。"何乐把水果放到床头柜上，笑眯眯地打量洛雅宁。

"那是，我可是打不死的小强。"洛雅宁心情十分愉悦，还伸出手和何乐击了个掌。

沐安澜毫不客气地说道："人也看过了，一会儿就和张队一起回去吧，队里没什么事给你们做了吗？"

"案子都结了，还有什么工作？"张支队难得清闲几天，摸了摸脑袋说，"是时候放几天假回去陪儿子了，这小子一直在抱怨我这个当爹的从没带他出去玩过。"

"你的确应该多抽出点时间陪陪家人。"何乐拍了拍张支队的肩膀。

"那你呢？你小子什么时候找个女朋友，正经地谈个恋爱，也让你家里人高兴高兴？"张支队一把搂过何乐的肩膀，"我带你去相个亲吧。"

见两人有说有笑的，洛雅宁抿嘴笑起来。然后突然想到，她似乎遗漏了一个人，忙问沐安澜："我怎么没有看到你母亲，她不会已经回加拿大了吧？"

"你昏迷的时候她来看过你，医生说你没事她就放心了。她也参与了搜救你的行动，胳臂被划伤了，我让她回去休息了。"沐安澜平静地说道，"我告诉她，等你醒来之后会给她打电话的。"

洛雅宁狐疑地看着沐安澜，他现在提到母亲时的语气已经不像之前那样排斥了，这种改变是什么时候发生的？

"你们母子的关系好像变好了？"

沐安澜不知该如何回答，只好强行转移话题："你哪那么多话，有这个时间好好关心下自己的身体吧。"

何乐凑了过来，冲着洛雅宁挤了挤眼睛，说道："雅宁，你不知道吧，这几天安澜和阿姨的关系突飞猛进，应该已经和好了。"

"真的吗？"如果不是躺在病床上，洛雅宁真想跳起来拥抱一下沐安澜，他终于想明白了，了解了母亲的一片苦心，"那……阿姨，也不出国了吧？"

沐安澜无奈地回答道："是的，她不准备离开了，还说要留下来参加我们的婚礼。所以你要赶紧养好伤，早一点嫁给我。"

洛雅宁的脸一红："怎么突然说起这件事了，我还没有想过呢。"

"那你从现在开始就可以好好想一想了。"

他们聊得太投入，完全没发现林枫也走进了病房。她的一只手缠着纱布，另一只手抱着一束漂亮的百合花。

真是说曹操，曹操就到。看到林枫，洛雅宁的脸更红了，她把身子缩回被子里，半遮住自己臊得通红的脸。

林枫却不给她害羞的机会，径直坐到床边，说道："安澜是真心爱你，这次为了救你，他几天几夜不眠不休。现在你好不容易脱险了，他急着想把你娶回家呢，你就答应嫁给他吧。以后的日子里，他一定会好好爱护你，不会让你受委屈的。"

这母子俩什么时候这么有默契了？洛雅宁在心中嘀咕。

"阿姨，你至少要给我一点时间考虑吧？"洛雅宁小声说道，"他都还没有向我求婚，我怎么能答应呢？"

林枫顿时明白过来，她一手拍了拍儿子的手，一手拉过洛雅宁的手，把两只手放在一起，紧紧握住，欣慰地笑了。

"好了好了，你们一家人就不要在这里秀幸福了好不好？"何乐忍不住扁了扁嘴，捂住胸口，做出一副很受伤的样子，"麻烦你们体谅一下我这个'单身狗'的心情好不好？"

三人同时看向何乐,相视而笑。

"何乐,你与其留在这里受伤害,不如早点回去吧。雅宁的身体还很虚弱,需要休息,以后也不欢迎你来探视,我会好好照顾她的。"沐安澜为洛雅宁盖好被子,毫不客气地下了逐客令。

洛雅宁窝在被子里,看着他们相互调侃,她第一次觉得住院也挺好的。都说大难不死必有后福,她的幸福也应该真正到来了吧。

在医院休养了半个多月,洛雅宁终于迎来了出院的日子。她早就在病房里待腻了,好不容易等到这一天,就像被放出笼子的鸟儿一样快乐。

沐安澜办完出院手续,带着洛雅宁去停车场取车,突然神秘地说道:"我有一件礼物要送给你,在后备厢里,你自己去取吧。"

"什么礼物还要我自己去拿?"洛雅宁来到车后,伸手按了下后备厢的开启键。

厢门缓缓打开,一串颜色、形状各异的气球争先恐后地飘出来,飘向湛蓝的天空,气球的下面拴着一条横幅,上面有沐安澜亲手写的三个大字:嫁给我。

这……这是求婚吗?

洛雅宁捂住了自己的嘴,难以置信地看着那一长串飞向天空的气球。那简单的三个字,让她有想流泪的冲动。

许多人看到了这浪漫的场景,纷纷跑来围观。

这时,沐安澜已经单膝跪地,手中举着一枚钻戒。他真诚地看向洛雅宁,说道:"雅宁,嫁给我好吗?"

洛雅宁既激动,又有些意外,有些语无伦次:"一切都太突然了,我……我还没想好呢。"

"可我已经听到你心里的答案了,你说你愿意。"

洛雅宁瞪大眼睛,她一直以为沐安澜是个内秀的人,大部分时间都冷得像块寒冰，就算有温情的一面，也不愿展示在众人面前。现在，他却在大庭广众下向她求婚，还厚脸皮地说出这样的话来，她一时不知该如何回答。

而沐安澜已经握住洛雅宁的手，将精致的钻戒顺势戴到了她的左手无名指上。

"你答应了就不可以反悔哦。"沐安澜低下头，轻吻她的手指，"我会保护你一生一世的。"

围观群众纷纷起哄，爆出热烈的掌声。

沐安澜把洛雅宁拥进怀里，在她耳边轻声说道："你应该露出最甜蜜的微笑，你可是公众人物，说不定明天就要上头条了。"

洛雅宁咬了咬牙，这才明白沐安澜在众目睽睽之下求婚的原因——他是要找一堆人见证，让她不能再逃避。

事实上，他的确听到了她心底的声音。

"我愿意！"

"过几天我们一起去拜访你的父母，我要亲自向他们提亲，"沐安澜幸福地畅想着，"接着就要筹划婚礼的细节了。"

洛雅宁被沐安澜紧紧地抱在怀里，在此之前，她真的没有想过结婚的事，可此刻听着沐安澜有力的心跳声，她突然觉得结婚似乎是一个不错的选择，那毕竟是他们幸福的彼岸啊。

见证他们幸福一刻的不仅有围观的群众，还有一通不合时宜的电话，是张支队打来的。

"你不是带儿子去度假了吗？"沐安澜不耐烦地说道，"你是不是太闲了？"

张支队的声音却十分严肃："高思涵的案子可能没那么简单。我们在整理卷宗的时候发现，高思涵和一个叫'今夜你会不会来'的网友联系密切。她曾经加入过一个QQ群，这个群十分隐蔽，没办法查到群成员的ID和聊天记录。在高思涵自杀之前,她退出了这个QQ群,而'今夜你会不会来'的信息也难以查获,我们觉得有些蹊跷。

"更为巧合的是,今天在一个高校发生了一起自杀事件,死者在自杀前一个月也曾经加入这个QQ群。死者的舍友证实死者在加入这个神秘的QQ群后,性情大变,最后走上了自杀这条不归路。而在这名死者的好友名单里也有'今夜你会不会来'。

"局里的技术人员深挖下去后,发现这个QQ群已经存在一段时间了,很有可能在进行什么可怕的阴谋,如果不拆穿的话,也许会有更多的受害者。所以我觉得高思涵的这起案件暂时不能轻易结案,你有时间的话就来局里一趟,我们开个会研究一下。"

沐安澜默默听完后,好看的眉头紧蹙起来。

"对不起,高思涵的案子还有疑点,我需要现在过去一趟。"沐安澜抱歉地说道,他今天晚上原本还订了浪漫的烛光晚餐,但现在看样子又要泡汤了,"你不会怪我吧?"

"当然不会,"洛雅宁替他打开车门,"但我要和你一起去。"

"可是……"沐安澜有些犹豫,他担心之前的事会再度上演。

洛雅宁却没有半点迟疑地坐上了车,系紧安全带,催促道:"你不是说很紧急吗?快开车啊。"

沐安澜神情凝重地看着她。

"快走啦。"洛雅宁握了握他的手,"你刚才向我求婚的时候,不是说过要保护我一生一世吗?怎么,现在就想说话不算数了吗?"

沐安澜笑了,他舍不下洛雅宁,同样也舍不下案子。无论如何,只要牵起彼此的手,就能和对方一起坚定地走下去。

白色的路虎车绝尘而去,他们又将面临新的挑战!